《山西抗日根据地红色文化经典文献大系》
编纂委员会 编

山西抗日根据地红色新闻经典文献

晋冀鲁豫根据地卷（一）

张汉静 主编

山西出版传媒集团 山西人民出版社

山西抗日根据地红色文化经典文献大系编纂委员会

主　任　张碧涌

副主任　宋　伟

委　员　万　勇　杨建军　王招宇
　　　　张效堂　李立平　张三忠

主　编　张汉静

山西抗日根据地红色新闻经典文献

主　　编　张汉静
副 主 编　王鹏飞　李　霞　梁红艳　周　恒
编撰人员　李　杰　黄小白　张　玉　苏　颖
　　　　　卫昕怡　李浩然　韩雅琳　李家宜
　　　　　牛　杰　侯赛华　刘运洲　李　俊
　　　　　吴泊瑶　王　博　罗丹萍　王鹏媛

序言

新时代以来，中华民族伟大复兴进入了不可逆转的历史进程。民族的伟大复兴同时也是文化的伟大复兴。在民族复兴的百年历史征程中，中国共产党引领着中华民族谋取了自身的独立、自由、解放和发展，其间所迸发出的伟大抗争精神、自强精神、奋斗精神、创新精神，无时无刻不在激荡着每一位共和国公民的一腔热血。

回望20世纪以来中华民族所经历的由屡弱到觉醒、从抗争到振兴的伟大历程，我们发现，中国共产党的诞生不但"深刻改变了近代以后中华民族发展的方向和进程，深刻改变了中国人民和中华民族的前途和命运"[1]，同时也开启了中国人民和中华民族新的文化发展方向和进程。这个新文化的方向和进程，浸染着无数革命先辈和仁人志士的鲜血与汗水，自诞生之日就将红色基因深深植入每一位中华儿女的心灵深处。

1939年，毛泽东同志在《论持久战》英译本序言中指出："伟大的中国抗战，不但是中国的事、东方的事，

---

[1] 习近平：《在庆祝中国共产党成立100周年大会上的讲话》，《人民日报》，2021年7月2日，第2版。

也是世界的事……我们的敌人是世界性的敌人，中国的抗战是世界性的抗战。"[1] 在第二次世界大战东方战场的反法西斯斗争中，山西作为中国共产党领导的抗日敌后游击战争的主战场之一，不但为抗日战争的完全胜利发挥了不可替代的决定性作用，更为中国共产党领导的军事建设、政权建设和文化建设提供了丰富的实践场所和内容。[2] 这其中，山西抗日根据地文化建设所孕育的鲜明的红色底蕴和丰富的社会实践成果，不但是中国共产党文化软实力与文化主导权建设史中的光辉典范，而且对于我们"继续弘扬光荣传统、赓续红色血脉"[3] 也具有重大的现实意义。

在纪念中国人民抗日战争暨世界反法西斯战争胜利70周年大会上，习近平总书记指出："中国人民抗日战争和世界反法西斯战争，是正义和邪恶、光明和黑暗、进步和反动的大决战。在那场惨烈的战争中，中国人民抗日战争开始时间最早、持续时间最长。面对侵略者，中华儿女不屈不挠、浴血奋战，彻底打败了日本军国主义侵略者，捍卫了中华民族5000多年发展的文明成果，捍卫了人类和平事业，铸就了战争史上的奇观、中华民

---

[1] 毛泽东：《抗战与外援的关系——〈论持久战〉英译本序言》，载《八路军军政杂志》1939年第2期。
[2] 张汉静：《山西抗日根据地文化传播史》，山西人民出版社，2020，第2页。
[3] 习近平：《在庆祝中国共产党成立100周年大会上的讲话》，《人民日报》，2021年7月2日，第2版。

族的壮举。"[1]

山西省委、省政府高度重视红色文化资源的保护利用工作,将《山西抗日根据地红色文化经典文献大系》大型历史文献与研究丛书项目列入《山西省"十四五"文化和旅游产业融合发展规划》。山西省委宣传部积极组织力量,开展《山西抗日根据地红色文化经典文献大系》丛书的编纂工作,成立了编纂委员会,提出了丛书编纂的总思路、总要求、总目标,为丛书的研究、编纂和出版打下了坚实的基础。

2018年,我们开始组建"山西抗日根据地红色文化"研究团队,致力于山西抗日根据地红色文化、山西抗日根据地文化传播史系列研究,先后出版了《山西抗日根据地文化传播史》《山西抗日根据地文化传播研究》系列丛书以及相关论文等研究成果,获得了良好的社会反响和关注。山西波澜壮阔的革命历史与红色文化资源,为"山西抗日根据地红色文化"研究团队提供了取之不尽的研究素材。前期的研究成果不但使我们更加明晰了红色文化研究的意义,还进一步坚定了我们继续前进的信念。在山西省委宣传部的组织指导下,我们在前期研究工作的基础上开启了《山西抗日根据地红色文化经典文献大系》的搜集整理和研究工作,拟对山西抗日根据

---

[1] 习近平:《在纪念中国人民抗日战争暨世界反法西斯战争胜利70周年大会上的讲话》,《人民日报》,2015年9月4日,第2版。

地红色文献进行一次全方位、系统化的整理和研究。我们邀请了北京大学、南京大学、南开大学、上海交通大学、中国社会科学院、山西大学等院校的著名专家学者，积极参与我们的学术实践活动。专家们一致认为，这套红色经典文献大系无疑将是对抗战时期中国共产党领导的山西抗日根据地军事斗争、政权建设、文化建设的一种全面而全新的呈现，意义重大。

习近平新时代中国特色社会主义思想是我们做好《山西抗日根据地红色文化经典文献大系》的政治引领和学术秉持，山西深沉厚重的人文历史与红色文化是我们得天独厚的资源宝库，我们将在山西省委宣传部的组织指导下，积极听取专家意见，发挥团队优势，充分利用本省学者的比较优势，努力把《山西抗日根据地红色文化经典文献大系》做成扎实可靠、经得起历史检验的学术精品。

一、《山西抗日根据地红色文化经典文献大系》研究的主要内容

《山西抗日根据地红色文化经典文献大系》大型历史文献与研究丛书分为版画、歌曲、新闻、戏剧、影像和文学等6个方面。这些研究内容既相互独立，又互有关联，共同构建起山西抗日根据地红色文化研究的学科体系、学术体系和话语体系。

版画是山西抗日根据地最具代表性，同时也是最容

易为根据地军民所接触和接受的美术形式之一。《山西抗日根据地红色版画经典文献》是山西三大抗日根据地众多版画工作者代表性作品的大集成。我们分别将山西三大抗日根据地的木刻作品、宣传画、年画、连环画等红色版画进行系统的分类、整理和专题研究，并用"以图引文，以文载图，图文互应，文史互证"的新形式，为读者呈现出山西抗日根据地红色版画所处时代真实的社会历史语境、根据地红色版画家战斗生活的实际状况、版画创作者的心路历程，以及这其中所承载的中国共产党人的政治主张、精神世界和革命理想。

歌曲是山西抗日根据地音乐传播的主体，是山西全域抗战波澜壮阔历史图景的生动呈现。《山西抗日根据地红色歌曲经典文献》的内容涉及山西全部县域，所收录的红色经典歌曲的百分之六十是第一次正式出版发行。在编纂过程中，我们采用了歌曲、视频、相关文字文献相结合的综合立体呈现形式，通过挖掘民间老艺人的传唱，组织广大群众文艺工作者的演唱，并将之整理成影像文献资料，全方位记录和还原抗战时期山西根据地军民团结起来共同奏响抗日救亡红色主旋律的生动历史文化景象，并期以之唤醒读者灵魂深处的红色记忆。

《山西抗日根据地红色新闻经典文献》旨在对山西抗日根据地主要报纸的社论进行深入挖掘和研究，力求整体、全面地反映当时中国共产党进行政治宣传、革命动员，以统一思想、赢得民心、取得胜利的路径、方法和手段。总结中国共产党抗战时期领导新闻宣传、坚持党性原则与进行社会动员的成功经验，为当代新闻宣传工作讲好中国故事、传递党的声音、占领宣传高地、把握舆论主动提供历史镜鉴。

《山西抗日根据地红色戏剧经典文献》是在收集大量山西抗日根据地戏剧剧本的基础上，以戏剧剧本＋相关文字评论文献＋专题研究的形式呈现。山西是文化大省，更是传统戏剧大省，抗战时期山西抗日根据地不但为话剧、街头剧、歌剧等新兴剧目提供了广阔的社会实践舞台，更使山西传统的晋剧、蒲剧、上党梆子、北路梆子、秧歌剧、道情、眉户等传统戏剧完成了形式和内容上的脱胎换骨。将各种代表性戏剧作品的剧本和当时的相关文字评论文献进行收集与整理，无疑会使读者切实感受到山西抗日根据地红色戏剧那种直击心灵、超越时代的魅力。

《山西抗日根据地红色影像经典文献》是中国共产党领导的山西抗日根据地军事斗争、文化建设、社会发展等实际状况的视觉传达，对山西抗日根据地相关的历史照片、新闻纪录片等各类历史影像进行收集与整理，并附以简介、评论及专题研究著作。这不但能为读者展示一个更为生动的山西抗日根据地的社会历史风貌，还能使读者进一步在珍贵的历史语境及画面中追寻革命先辈身影，重温这些影像背后所承载的民族独立与解放的辉煌历史。

《山西抗日根据地红色文学经典文献》系统搜集和整理了山西抗日根据地有代表性的经典小说、诗歌等各类文学作品。读者可以从这些红色经典文学作品中把握根据地文学创作的思想与主线，从宏大的历史叙事切入根据地军民鲜活的革命斗争实践，在感受红色文学魅力的同时，还可以感受到红色文学工作者在民族解放斗争中积极投身革命，对民众的现实斗争进行艺术提炼，并以之为创作源泉的现实主义创作精神与追求，以及这种现实主义美学模式对日后中国文学的独特影响。

二、《山西抗日根据地红色文化经典文献大系》研究的基本遵循

坚持历史唯物主义的理论指导。"历史唯物主义作为马克思主义哲学的重要组成部分，是关于人类社会发展一般规律的科学。在革命、建设、改革各个历史时期，我们党运用历史唯物主义，系统、具体、历史地分析中国社会运动及其发展规律，在认识世界和改造世界过程中不断把握规律、积极运用规律，推动党和人民事业取得了一个又一个胜利。"[1]在对文献的搜集整理和研究中，我们始终坚持唯物史观，尊重客观历史，还原历史情境与细节，努力通过真实的历史资料，讲述中国共产党在山西抗日根据地文化传播的历史活动，展示中国共产党

---

[1] 习近平：《坚持历史唯物主义不断开辟当代中国马克思主义发展新境界》，载《社会主义论坛》2020年第2期。

在决定中华民族命运关键时刻的历史担当。

坚持以人民为中心的研究理念。"一切来自人民，一切为了人民"是中国共产党人的核心立场。在《山西抗日根据地红色文化经典文献大系》的文献收集过程中，我们更加深刻地理解了中国共产党人心中那份深深的根植于人民、服务于人民的群众情怀和立场，更深入地探寻到了中国共产党人之所以能够起到民族解放中流砥柱作用和充分发扬伟大复兴历史担当精神的思想根源。为此，我们在整理和写作过程中，严格以各类历史文献为基础，通过系统的梳理、筛选和分类，呈现并还原中国共产党人在残酷斗争的岁月中时刻为人民而斗争、以人民为依靠的真实历史景象，使读者能够在各类生动的历史文献中切实感受到太行精神（吕梁精神）背后的群众渊源，进一步明确中国共产党人经过历史淬炼而析出的那种不变的初心与使命。

坚持系统性的研究方法。系统性是我们做好以历史文献为基础的文化研究工作的重要方法。系统观念是马克思主义认识论和方法论的重要范畴，是马克思主义政党基础性的思想和工作方法。在《山西抗日根据地红色文化经典文献大系》的写作中，面对纷繁复杂的历史文献，只有系统性方法才能帮助我们在碎片化的材料中发现关键点和关节点，切中要害，进而实现对于材料的逻辑性梳理和再认识。这对我们塑造以历史文献为基础的系统性的历史思维，追寻基于历史事实的文化观念的形成，以及以其为基础的面向当下和未来的创造性转换和创新性发展具有重要的方法论意义。

坚持深入研究文化软实力与文化主导权的学术定位。我们在前期的《山西抗日根据地文化传播史》一书中，首次将文化软实力与文化主导权引入我们的研究，使我们能够以一种全新的视角来认识中国共产党人在山西抗日根据地的文化建设工作，《山西抗日根据地红色文化经典文献大系》作为我们前期工作的深化，更使我们深刻地认识到中国共产党在山西抗日根据地进行的各项文化建设工作，就是中国共产党人在抗日战争这一大的时代和社会背景下，通过各种文化载体将自己的革命理想、政治主张与奋斗目标对受众进行文化传播，从而进行文化软实力的建设和文化主导权的构建。在这个过程中，中国共产党人根据各项文化建设工作自身的特点，充分调动起与其相关的各种主客观因素，比较全面地达到了自身的军事和政治工作目标，使山西抗日根据地的社会文化风貌发生了翻天覆地的变化，并以其丰富的社会实践内容构建了自身独特的红色文化理论体系。读者通过《山西抗日根据地红色文化经典文献大系》收集、整理的各类历史文献及研究成果，可以切实地感受到中国共产党人如何从细微之处着手，一步步成体系地进行文化软实力建设和文化主导权方面的构建，这方面的历史经验以及在这个过程中所涉及的路线、方针与政策等问题，恰恰是在抗日根据地传统研究中容易忽视的。

坚持理论探索与注重实践相结合的实证研究。理论的研究不能只是单纯的学术探索，更需要从实践出发，并回归到实践中。在《山西抗日根据地红色文化经典文献大系》的研究中，我们从书斋里走出去，用脚步丈量大地，在黄土中扎根，在田野上书写，以实际应用为目的，把科研成果的学术性语言转化为人民群众喜闻乐见的形式，并将其有效地反馈给人民群众，使之重新成为广大群众关注的热点。为此，我们在实践中特别注重将各类历史文献依照自身的特点加以遴选，在音乐、戏剧、美术、影像、文学等若干方面，以广大群众乐见的生动方式打造一个传播矩阵，以文本、音频、视频等多种方式呈现，使读者通过视觉、听觉形成立体的感受，从而使山西抗日根据地的红色文化真正回归广大群众的文化生活，在满足广大人民群众文化需要的同时，充分展现山西抗日根据地红色文化独特的内涵与永恒的魅力。

三、《山西抗日根据地红色文化经典文献大系》研究的现实意义

从历史中走来，并引领着我们走向未来。在《山西抗日根据地红色文化经典文献大系》的搜集整理研究过程中，我们力求从中国共产党与新中国文化传承的历史渊源方面思考问题，站在党和国家文化事业发展全局与战略的高度思考问题，进而将工作引领到一个全新的高度，为新时代、新起点上的文化繁荣和文化强国建设提

供助力。

中国共产党为什么能？中国共产党人的文化自信与使命担当来自何处？来自马克思主义基本原理同中国具体实际相结合，同中华优秀传统文化相结合，以及在这个基础上进行的伟大斗争和社会实践。通过《山西抗日根据地红色文化经典文献大系》对中国共产党文化建设和社会实践的追根溯源，我们看到了中国共产党人的思想与山西抗日根据地传统社会文化的碰撞与融合，看到了山西抗日根据地因之而产生的巨大社会文化变迁；更加深刻地理解了中国共产党人在民族危难时刻如何从各项文化建设工作的点点滴滴着手，通过艰苦卓绝的斗争，构建起恢宏无比的文化巨厦，并引领深受苦难的中华民族不断抗争，最终完成了自身的解放。这其中所蕴含的伟大精神和实践经验，对于我们持续深化对文化建设的规律性认识和把握，以及今天在新的历史起点上继续推动文化繁荣、建设文化强国、建设中华民族现代文明，创造属于我们这个时代的新文化，无疑具有极为重要和深刻的示范意义。

《山西抗日根据地红色文化经典文献大系》是对抗战时期中国共产党人文化建设工作的一次系统性梳理，在其中，我们既可以看到中国共产党人文化建设的理论、路线、方针、政策，又可以看到在它们指导下各项文化工作开展的具体成果，以及由此而凝结成的中国共产党人独有的精神、文化和工作经验。山西抗日根据地红色文化根植于民族解放的伟大历史实践，体现着中国共产党及其领导下的根据地人民独立自主、英勇抗争、不屈不挠的太行精神（吕梁精神），这种文化给我们带来的生命力、感召力和影响力超越时空，在今天依然是我们在新的历史起点上文化自信、道路自信、理论自信及制度自信的坚实基础和精神动力。

讲好红色故事，助力红色文化传播，加强红色文化教育，赓续中国共产党人的精神谱系，是《山西抗日根据地红色文化经典文献大系》研究的另一个目标。《山西抗日根据地红色文化经典文献大系》中所承载的众多历史文献和文化艺术成果，以及我们对它们的多样化使用和推介，必定会使广大党员、干部和人民群众更加深入地认识到中国共产党人的初心与使命源自何处、理想与信念指向何方。这对加强革命传统教育、爱国主义教育、青少年思想道德教育，传承好红色基因，确保红色江山永不变色，无疑会起到积极的作用。

最后需要指出的是，《山西抗日根据地红色文化经典文献大系》是国内第一次聚焦于区域抗战文化的系统性、综合性、创新性的学术探索，更是一项具有挑战性和前沿性的学术创新研究。把它做成学术精品，不仅是对抗战史研究的新贡献，也是赓续红色血脉、传承红色基因、坚定文化自信的历史使命。我们在搜集整理文献资料和开展专项学术研究的过程中，力图最大限度挖掘历史资料，用更高、更新的视角回望历史，客观地再现那段艰苦而辉煌的历程，这不仅是我们这代人对那段难忘岁月应有的敬仰和历史使命，更是留给子孙后代永恒的精神财富。我们组建研究团队时间较短，且以年轻教授和博士生为主体，再加上我们的学术水平、认知能力和文字功底有限，在历史文献的搜集整理和历史研究整体性把握上，难免挂一漏万而还显得稚嫩和不足，对于疏漏与谬误之处，我们真诚地欢迎专家学者批评指正。

张汉静

二〇二四年十二月于并州

前言

全面抗战时期，新闻工作不仅是信息传播的重要工具，而且是政治宣传、社会动员、对外宣传和舆论引导的重要手段，在推动抗战胜利、增强民族凝聚力和争取国际支持等方面发挥了不可替代的作用。山西抗日根据地的红色新闻宣传工作宛如一盏盏明灯，在那段残酷的斗争岁月里照亮了人们前行的道路，传递着希望、力量与信念。为了还原山西抗日根据地新闻工作的常态与实情，深刻理解中国人民伟大的抗战精神，以及中国共产党领导抗战取得胜利的历史经验，我们编撰了《山西抗日根据地红色新闻经典文献》系列丛书，以"文献+研究"的形式，对山西抗日根据地红色新闻文献进行了系统化梳理。

《山西抗日根据地红色新闻经典文献》丛书共分两部分：第一部分为文献，以时间为轴，系统编排和整理了晋察冀、晋冀鲁豫、晋绥三大抗日根据地重要报刊的社论，这些报刊具体包括：晋冀鲁豫抗日根据地的《新华日报（华北版）》（后更名为《新华日报（太行版）》）、《太岳日报》（后更名为《新华日报（太岳版）》），晋察冀抗日根据地的《晋察冀日报》（原名为《抗敌报》），晋绥抗日根据地的《抗战日报》（解放战争时期更名为《晋绥日报》）等。在经典社论的基础上，配有社论出处的原报刊图片，全方位、立体化地展示社论的创作背景与表现形式。第二部分为研究，包括三部著作：《山西抗日根据地新闻史：中国共产党推动民族认同的媒介动员策略研究》《山西抗日根据地红色经典报人》和《山西抗日根据地外国记者传略》。《山西抗日根据地新闻史：中国共产党推动民族认同的媒介动员策略研究》采用历史学、传播学交叉的研究路径，以史论结合的方式对全面抗战时期山西敌后的新闻传播历史进行了系统梳理，突出了党性、历史性、逻辑性、当代性和融合性。《山西抗日根据地红色经典报人》和《山西抗日根据地外国记者传略》详细记录了山西抗日根据地从事新闻工作的红色报人和外国记者的生平事迹、贡献及具有影响力的作品，通过深入挖掘和整理历史资料，为读者还原了一个个鲜活的新闻工作者形象，表现了他们在艰苦环境下坚持真理、传播正义、鼓舞士气的崇高精神。

《山西抗日根据地红色新闻经典文献》有三个显著特点：一是社论原图与文字文献相结合。文字文献的社论原图为读者呈现了真实的历史记录，让读者在阅读中感受到历史的厚重；文字文献以简体字和横版的形式呈现内容，方便读者研究使用，最大化的发挥社论文献在当代的教育功能。二者结合为研究山西抗日根据地的新闻传播史、文化史等提供了丰富且可靠的第一手资料，增强了文献的真实性和可信度。二是系统性与专类性相结合。本丛书系统编排和整理了晋察冀、晋冀鲁豫、晋绥三大抗日根据地重要报刊的社论，直观地呈现了抗日根据地的新闻传播情况和舆论动态，对当下做好新闻宣传工作具有重要的现实意义。三是文献与研究相结合。本丛书在呈现文献的基础上，对山西抗日根据地的新闻宣传工作进行了多维度的深入研究，挖掘了其中蕴含的历史规律和经验。研究从历史学的角度探讨了不同阶段新闻宣传工作在推动抗日斗争、凝聚人心、鼓舞士气等方面所发挥的重要作用；从新闻学的视角分析了该时期新闻宣传工作的特点，以及中外新闻工作者的专业素养和敬业精神；从传播学的角度探寻了新闻报道在根据地内外的传播路径、受众反馈和社会影响等。文献与研究相结合，不仅为学界提供了丰富的素材，而且推动学者们从不同的角度和层面深入探讨、分析山西抗日根据地的历史文化及新闻传播等问题，促进多学科之间的融合，并为学术研究提供了新的视野和路径。

  本丛书的出版将为中国新闻传播史、抗日战争史、根据地史和中共党史等学科的研究提供宝贵的第一手资料。同时，也为新时代赓续红色血脉、弘扬红色精神、讲好红色故事、做好思想政治工作提供有益的素材。我们真诚期待本丛书能够为广大读者带来深刻的启示，铭记那段历史，缅怀先烈，珍惜来之不易的和平生活，开创美好的未来。

凡例

《山西抗日根据地红色新闻经典文献》是一部思想教育与学术研究并重的专题文献丛书。全书坚持以历史唯物主义为指导，深入贯彻落实党中央关于加强革命文化传承，推动红色资源创造性转化、创新性发展的重大部署，对山西抗日根据地红色新闻相关文献进行了系统整理，重现了红色文化在抗战历史中的实践力量，旨在服务于新时代思想政治工作和革命传统教育。

一、本丛书三卷按山西抗战时期三大根据地——晋察冀、晋冀鲁豫、晋绥进行划分，所收录文献为三大抗日根据地主要报刊在全面抗战时期的社论。

二、文献采自山西省图书馆所藏1986年山西日报新闻研究所影印报刊。其中，晋察冀抗日根据地卷收录了《抗敌报》（1940年11月7日更名为《晋察冀日报》）的主要社论，晋冀鲁豫抗日根据地卷收录了《新华日报（华北版）》（1943年10月1日更名为《新华日报（太行版）》）、《太岳日报》（1944年4月1日更名为《新华日报（太岳版）》）的主要社论，晋绥抗日根据地卷收录了《抗战日报》的主要社论。

三、每篇收录社论原图、名称、正文及文献来源，文献内容编排方式依据原始顺序，不做改动。

四、所有文献均统一采用简体字横排。原版文献为繁体字或竖排者，均按现代通行书写规范进行了处理；原始文献因影印残缺、字迹模糊者，以"□"代替，删节部分以"……"号标注，尽可能保留文献原始风貌。

五、为呈现文献原貌，所有文献不做技术加工、处理，以保持资料的真实性与学术参考价值。

六、各卷卷末设有文献索引，按社论标题音序编排，以便于读者查找与使用。

七、全书所用文献资料均采自公开渠道，若有未注明之处，敬请学界与读者批评指正。

山西抗日根据地红色新闻经典文献

晋冀鲁豫根据地卷（一）

周 恒 编撰

目录

（一）

《新华日报》华北版·一九三九 / 1

  发刊词 / 3

  论华北战局 / 6

  组织广大妇女到抗战中来 / 10

  伟大的纪念节 / 13

  发扬民族的自尊心与自信心 / 16

  列、李、卢纪念与青年运动 / 19

  纪念列宁 / 22

  加强军民团结 / 25

  粉碎敌寇对冀中冀南的进攻 / 28

  纪念"一·二八" / 30

  晋冀豫各界紧急动员起来！ / 33

  三五两区扩大行政会议的成功 / 36

  我军收复辽县 / 39

  纪念"二七" / 41

  公务人员的标准 / 43

  论目前国际形势 / 46

严格进行统制贸易　/ 49

日寇占领海南岛和华北的新形势　/ 51

保卫大西北　/ 53

当心敌人的袭击　/ 55

敌国的危机　/ 58

加紧除奸工作　/ 61

剧战开始了　/ 63

第三次国民参政会的辉煌业绩　/ 66

动员大家来宣誓　/ 69

纪念"三八"　庆祝晋东南妇救总会成立　/ 71

论苏联第三个五年计划　/ 74

纪念孙中山先生　庆祝晋东南农救总会成立　/ 78

严格检查动员工作　/ 81

破坏拆城要澈底　/ 83

纪念"三一八"　庆祝晋东南青救总会成立　/ 85

战时人民武装问题　/ 88

反对敌寇诱征壮丁　/ 90

肃清伪币　/ 93

武装保护春耕　/ 95

论欧洲新的大事变　/ 97

热情的期待　/ 99

加紧防空　/ 101

动员新战士上前线　/ 103

发动归队　/ 105

加紧节约运动　/ 107

澈底禁毒　/ 109

庆祝粉碎九路围攻一周年　/ 111

论干部的学习　/ 113

论晋冀豫目前战局　/ 115

民众团体的训练班　/ 117

一个严重而又光明的转变关头　/ 119

广泛发展和健全游击小组　/ 123

论机动战　/ 125

纪念"五一"　/ 127

论改进空室清野工作　/ 130

开展敌后方文化运动　/ 133

纪念"五七"　肃清民族叛逆　/ 136

初步的胜利　/ 138

坚持华北游击战争　/ 141

粉碎敌寇政治阴谋　/ 143

提醒一件极重要工作　/ 146

英苏谈判与德意军事同盟　/ 148

论磨擦（一）　/ 151

论磨擦（二）　/ 154

敌机的轰炸　/ 157

为坚持河北抗战与巩固团结进一言　/ 160

纪念"五卅" / 162

"只有挖掉烂肉才能增长新的抗战力量" / 165

为实现真正的三民主义而奋斗 / 167

"反共"即是灭亡中国 / 170

拥护坚持河北抗战的八大纲领 / 173

听信谗言的危险 / 176

"敢不敢胜利" / 179

新时期中除奸工作的新任务 / 182

论新时期中敌我的困难 / 185

"扫荡"华北还是进攻西北 / 188

起来！克服时局的重大危机！ / 191

欢迎冀东抗日联军领袖杨老先生 / 194

发扬光大解决河北问题的曙光 / 197

英勇奋斗的十八周年 / 199

动员全体军民克服时局重大危机 / 202

巩固抗战部队的团结 / 205

纪念"七七" / 208

粉碎敌人的"扫荡"首先要打击敌人新的阴谋 / 211

巩固我们的抗敌堡垒 / 213

加紧巩固和发展农村中的抗日民族统一战线 / 215

加紧武装民众　发展广泛的游击战争 / 217

敌寇水淹河北平原 / 219

论目前时局 / 221

努力粉碎敌寇"扫荡" / 223

论晋冀豫战局 / 226

赈救河北灾黎 / 229

发展群众的游击战 / 232

武装保卫秋收 / 235

纪念"八一三" 反对妥协投降 / 238

粉碎敌人新的"以华治华"毒计 / 241

改善人民生活 / 244

提高战斗的积极性 / 247

优待抗战将士家属 / 249

实行民主政治 改革地方行政机构 / 252

善于应付一切封建迷信组织 / 255

实行真正有钱出钱的合理负担 / 258

晋城高平相继克复与晋冀豫战局 / 261

纪念国际青年节 / 264

再为河北呼吁 / 267

开展敌占区工作 / 270

平沼倒阁 阿部组阁 / 273

争取伪军反正和反对敌寇捕捉壮丁 / 276

健全自卫队 / 279

抗议英政府引渡程案爱国志士 / 282

"九一八"八周年 / 284

庆祝中共晋冀豫区第一次代表大会 / 287

拥护十八集团军的七大纲领　/ 290

巩固与发展农村中的统一战线　/ 293

深入群众中去　/ 295

论合作社　/ 298

纪念双十节　/ 301

谨告山西军民　/ 304

论敌后方县政的改革　/ 307

反对东方慕尼黑　/ 309

论新阶段　/ 312

开展深入反汪的群众运动　/ 315

揭穿敌寇各种政治阴谋　/ 318

迅即成立各级民意机关——参议会　/ 321

敬告敌占区同胞　/ 324

中国对帝国主义战争所应取的态度　/ 327

苏联和平外交的新胜利　/ 330

拥护中央迅即召开国民大会制定宪法实行宪政　/ 333

（二）

庆祝苏联十月革命二十二周年　/ 339

号召华北军民高度紧张起来　/ 342

论晋察冀边区灵邱事件　/ 345

拥护世界和平　反对帝国主义战争　/ 348

敌对平原"扫荡"再度开始　/ 351

庆祝涞源大捷 / 354

论屯积公粮 / 357

起来！扑灭汉奸！ / 360

论敌后财政经济政策 / 363

论目前文化教育工作 / 366

开展冬学运动 / 369

重申共产国际宣言的伟大意义 / 372

加倍深入群众工作 / 375

立即克服屯积公粮工作中的不良现象 / 377

为扩大抗日部队而奋斗 / 380

论南宁失陷 / 383

保卫晋察冀边区，粉碎敌人的新围攻 / 385

哀悼伟大的国际主义者——白求恩同志 / 388

组织国民宪政促进会 / 390

铲除暗杀团 / 393

反对国联荒谬"决议" / 396

论小学教员的工作 / 399

抗议英帝国主义的帮凶行为 / 402

庆祝收复黎城东阳关 / 405

送一九三九年 / 409

《新华日报》华北版·一九四〇 / 413

迎接民国二十九年 / 415

论山西时局 / 418

邯长大道收复后的晋冀豫战局 / 421

提高革命的警惕性 / 424

为普遍建立子弟兵而斗争 / 427

论巩固革命的组织 / 430

民族败类的罪行 / 434

危在旦夕的阿部内阁 / 437

号召华北各地组织宪政促进会 / 440

论平定物价 / 443

侯如墉投敌 / 446

严厉镇压反动派！ / 449

大量吸收知识份子来参加抗战 / 452

救济难民 / 455

亡国灭种的协定 / 458

开展反奸细底斗争 / 461

准备春耕 / 464

实施民主政治促进全国宪政运动 / 467

纪念"二七" / 470

春耕与开荒 / 473

日寇经济困难的增加 / 476

反对帝国主义制造进攻苏联的阴谋 / 479

拥护救国十端 / 482

建立青年武装与半武装组织 / 485

取缔特务机关 / 488

庆祝苏联红军二十二周年纪念　／491

加紧团结力争时局好转　／494

论美国对我贷款　／497

广泛发展抗日的文化运动　／500

评国民党中央对于国民大会的指示　／503

欢迎聂吕二司令　／506

华北妇运的当前任务　／509

纪念孙中山先生　／512

检查春耕准备工作　／515

学习晋察冀的经验教训　／518

纪念"三一八"　／521

再论政权改造问题　／524

孙中山与马克思　／527

欢迎"抗大"　／530

庆祝华北各地的大胜　／532

以抗日民主政权消灭汉奸傀儡政权　／535

反对强征壮丁　／538

纪念儿童节　／541

坚持团结　反对伪"国民政府"　／544

抗议成都事件　／547

晋冀豫区新闻界宪政座谈会的伟大收获　／550

起来！准备迎接"扫荡战"　／553

加紧团结开展敌后华北的讨汪运动　／556

国参会第五次大会闭幕 / 559

论抗日民主政权 / 562

创立正规的教育制度 / 565

加紧团结，反对枪口对内 / 568

迎接战斗的五月 / 572

加紧春耕运动 / 575

日益扩大中的帝国主义大战 / 578

纪念"五一" / 581

接受"五四"给予我们的教训 / 584

准备迎接敌寇对晋冀豫的大"扫荡" / 587

广泛深入宪政运动 / 590

展开交通战，加紧反"扫荡" / 593

庆祝总攻白晋路的伟大胜利 / 596

论改进机构与调节人员 / 599

空室清野 / 602

论保障人权 / 605

论山岳地区的破路修路工作 / 608

建立统一的民兵制度 / 611

帝国主义战争的继续扩大 / 614

武装保卫夏收 / 617

预祝晋冀豫区各界宪政促进会胜利成功 / 620

纪念"五卅" / 623

停止危害青年的行动 / 626

展开节省运动 反对贪污浪费 / 629

抗议敌机轰炸重庆 / 632

晋冀豫区宪政促进会的成就 / 635

反对造谣中伤 / 638

加紧动员，预防旱灾 / 641

意大利参战 / 644

纪念高尔基、瞿秋白同志 / 647

澈底改造村政权 / 650

拥护抗日的货币政策 / 653

改进社会教育 / 656

加紧准备纪念"七七"三周年 / 659

认识困难与克服困难 / 662

庆祝中国共产党十九周年 / 665

提高自力更生的信念 / 668

反对查封没收抗战书报 / 671

拥护中共中央对时局宣言 / 674

反对英帝国主义无耻行为 / 677

敌内阁五度改组 / 680

论目前粮食问题 / 683

团结到底，抗战到底 / 686

谁未执行诺言？ / 689

纪念"八一" / 694

加紧瓦解和争取敌伪军 / 697

（三）

遥祝苏联最高苏维埃第七届大会开幕 / 703

加强各抗日根据地的组织工作 / 705

加强全国抗日军队的团结 / 708

论日美英的矛盾 / 711

纪念"八一三" / 714

提高抗战信心 反对悲观失望 / 717

庆祝冀南、太行、太岳行政联合办事处的成立 / 720

敌寇底困难 / 723

纠正统一战线中的"左""右"倾错误 / 726

庆祝"百团大战"在正太路上序战大捷 / 729

再祝"百团大战"的大胜利 / 732

开展敌占区工作 / 735

厉行节约，响应前线大胜利！ / 738

加紧根据地的经济建设 / 741

加紧准备纪念"九一八" / 744

民主政治的创举 / 747

拥护冀钞统一冀太三区货币 / 750

适当的改善人民生活 / 753

纪念"九一八" / 756

怎样实施真正抗战教育 / 759

加强抗日根据地的工作 / 762

正确的实行新的合理负担　/ 765

加紧秋收　/ 768

日寇侵入越南　/ 771

庆祝百团大战第二阶段序战胜利　/ 774

庆祝联合大会光辉成功　/ 777

论德意日军事同盟　/ 781

拥护冀南太行太岳行政联合办事处施政纲领　/ 784

发展家庭手工业　/ 787

纪念双十节，慰劳前线将士　/ 790

提倡牧畜　/ 793

奖励发明　/ 796

百倍提高警惕性　粉碎敌人新"扫荡"　/ 799

开展广泛的群众游击战争　/ 802

正义的控诉　/ 804

加强自卫队的工作　/ 806

拥护朱彭叶项四将军八日联电挽救时局严重危机　/ 809

苏联的胜利发展与我国抗战　/ 811

欢送在乡战士迅速归队　/ 814

爱国同胞动员起来踊跃参加抗日军　/ 817

反对汪逆卖国条约　/ 820

加强青抗先工作　/ 823

开展冬学运动　/ 826

论"百团大战"的伟大意义　/ 829

提高农业生产　/ 835

论目前囤粮工作　/ 838

日益高涨着的世界革命运动　/ 841

提高警惕　厉行锄奸　/ 845

论军区工作　/ 848

巩固与扩大农村统一战线　/ 851

《新华日报》华北版·一九四一　/ 855

新年献辞　/ 857

论目前华北职工运动　/ 860

准备春耕　/ 863

麻雀战之伟大成功　/ 866

消灭熟荒　/ 870

论建设抗日民主政权　/ 873

论目前参军运动　/ 876

罗斯福的战略方针　/ 879

反对亲日派阴谋策动围攻新四军　/ 882

纪念列、李、卢　/ 885

拥护中共中央九项主张　/ 888

华北军民当前的严重任务　/ 891

加紧动员　迎接敌寇新"扫荡"　/ 895

严重的时局　/ 898

预祝太行青年支队的生长　/ 901

纪念"二七"　/ 904

反共内战的必然恶果 / 907

消灭时疫　预防春瘟 / 914

好男儿参加到抗日武装中去 / 917

在惊涛骇浪中坚持既定的正确方针 / 921

严整抗日阵容　坚持抗日到底 / 924

再论准备春耕 / 927

纪念苏联红军的诞辰 / 931

论兵役动员工作 / 935

新四军杀敌讨逆大胜 / 940

坚持华北抗战　加强军区工作 / 945

论准备民选村级政权 / 948

开展敌占区及接近敌占区工作 / 951

纪念"三八" / 956

论领导与检查春耕准备工作 / 959

纪念孙中山先生 / 962

论"三三制"政权的理论基础 / 966

坚持华北抗战到底 / 970

创造民兵堡垒——模范基干队与铁的青抗先 / 974

论公安工作 / 977

拥护成立晋冀豫边区临时参议会 / 981

论群众团体的民选 / 984

加紧争取伪军 / 988

猛烈开展的世界革命运动 / 992

纪念黄花岗七十二烈士 / 996

"冀太联办"第二次行政会议的成就 / 1000

纪念"四四"儿童节 / 1003

热情的期待 / 1006

拥护中共中央北方局对于晋冀豫边区目前建设的主张 / 1009

论支差 / 1013

纪念"四一二" / 1016

武装保卫春耕 / 1019

论临代会工作 / 1022

建设地方武装 / 1026

悼念陈宗平同志 / 1029

纪念列宁诞辰 / 1032

起来！肃清汉奸 / 1035

抗议非法摧残重庆《新华日报》的罪行 / 1038

（四）

神圣的壮举 / 1045

纪念"五一"与华北工人阶级当前任务 / 1048

纪念"五四"开展新民主主义文化运动 / 1051

纪念学习节 / 1054

拥护模范的施政纲领 / 1057

坚决展开对敌斗争 / 1060

再论节约 / 1063

坚决执行党中央关于参加经济和技术工作的决定　／ 1066

论日本的侵略动向　／ 1069

抵制仇货——加强对敌的经济斗争　／ 1073

加强对敌贸易战　／ 1076

向敌人展开猛烈的货币战　／ 1079

防止偏向　／ 1082

纪念抗大五周年　／ 1086

庆祝八路军总攻胜利　／ 1089

武装保卫夏收　／ 1093

论群众武装建设　／ 1096

开展反维持会斗争　／ 1099

谁不举起剑来谁将死得更可耻　／ 1103

慎防敌人的袭击和轰炸　／ 1107

怎样登记公民　／ 1110

德国法西斯进犯苏联　／ 1114

对晋冀豫边区临时参议会参议员的希望　／ 1117

纪念中共诞日　／ 1120

勉励共产党参议员　／ 1124

迎接晋冀豫边区临参会　／ 1127

伟大抗战的四周年　／ 1130

一个划时期的盛典　／ 1133

晋冀豫边区三年实业建设计划　／ 1136

发行建设公债　／ 1138

爱护八路军 / 1141

反对敌寇捕捉青年壮丁 / 1145

拥护成立晋冀鲁豫边区政府 / 1148

接受群众团体民选经验积极开展村选运动 / 1151

村选的动员问题 / 1154

巩固春耕成果 / 1157

希特勒闪击战的破灭 / 1161

加紧瓦解和争取敌伪军 / 1165

发扬民族气节 / 1168

日寇加紧南侵 / 1171

论中苏利害的一致性 / 1174

紧急动员起来准备粉碎敌寇的秋季大"扫荡" / 1177

坚决实行晋冀鲁豫边区施政纲领 / 1181

庆祝晋冀鲁豫边区临时参议会胜利闭幕 / 1185

对于晋冀鲁豫边区政府的希望 / 1188

论经营山货 / 1191

开展工业生产建设 / 1194

纪念"九一"记者节 / 1198

晋东南农救二代大会 / 1201

村选开始了 / 1204

纪念国际青年节 / 1208

庆祝晋冀鲁豫战役出击胜利 / 1211

最近的国际事件和中国 / 1215

为完成六百万生产建设公债而奋斗　/ 1218

纪念"九一八"十周年　/ 1221

锻炼身心，提高素养　/ 1224

再论粉碎日寇秋季大"扫荡"　/ 1227

反对学习中的教条主义　/ 1233

加强党性的锻炼　/ 1236

冲破敌寇的经济封锁　/ 1239

论美日谈判　/ 1242

论日寇的新进攻　/ 1246

认识困难，克服困难　/ 1250

阜平之捷　/ 1253

以新的胜利来纪念双十节　/ 1256

争取粮食战线上的胜利　/ 1259

注意！晋察冀边区反"扫荡"的经验教训　/ 1263

悼武士敏将军　/ 1268

我们再作一次呼喊！　/ 1271

加强思想准备举行国民誓约　/ 1275

庆祝晋察冀边区反"扫荡"胜利　/ 1278

保卫莫斯科　/ 1282

加紧准备反"扫荡"急起锄奸　/ 1286

希特勒败局已成　/ 1289

克服备战工作中的偏向　/ 1293

东条对美的要求和日美谈判的前途　/ 1297

反"扫荡"的胜利结束　/ 1300

检查和总结本年度工作　/ 1304

莫斯科前线大战　/ 1308

壮大子弟兵　/ 1311

两个营垒间的外交战　/ 1314

加强人民武装工作　/ 1318

站在反法西斯斗争最前线　/ 1322

太平洋战争的形势　/ 1325

论今后华北敌我的政治斗争　/ 1329

新形势下的对敌经济斗争　/ 1333

展开宣传战线上的攻势　/ 1337

辞一九四一年　/ 1340

《新华日报》华北版·一九四二　/ 1345

展望前程　纪念本报三周年迎接一九四二年　/ 1347

反侵略各国的空前团结　/ 1352

太平洋战争中日寇在我沦陷区的动向　/ 1355

精兵简政　/ 1358

青年反法西斯运动到群众中去　/ 1361

中国协助同盟国的主要方策　/ 1364

马尼剌弃守后的太平洋战局　/ 1367

对症下药　/ 1370

我们的困难在那（哪）里　/ 1374

敌军工作是反攻的先锋　/ 1378

寄语今日之苏武　/ 1382

新大陆上的狮子吼　/ 1386

反对寇野蛮的经济掠夺　/ 1389

（五）

教育上的革命　/ 1395

文化战线上的一个紧急任务　/ 1398

民兵与民力　/ 1401

新加坡告急　/ 1405

精兵之道　/ 1408

克复摩亚斯克　/ 1412

到钢铁民兵之路　/ 1415

根绝旧社会的遗毒——贪污　/ 1418

消灭浪费节省民力　/ 1422

反对武装建设中的形式主义　/ 1425

人人学会当家　/ 1428

日本议会的新花样　/ 1432

希特勒将干什么　/ 1435

公债运动，再努力！　/ 1438

英国政局　/ 1441

十八集团军发言人谈反"扫荡"战况　/ 1444

太行区反"扫荡"的胜利　/ 1447

迅速救济灾区同胞　/ 1450

展开春耕运动　/ 1453

粉碎敌人清剿"扫荡"的几个重要教训　/ 1456

备战工作应成为经常工作　/ 1460

我们要向敌人复仇！　/ 1463

春耕运动中党的支部工作　/ 1466

愈困难愈要团结　/ 1469

今年春耕的组织与领导　/ 1472

平粜粮食与平抑物价　/ 1475

组织强有力的游击战争　/ 1478

清丈土地　/ 1481

重提"节约民力"旧话　/ 1484

民兵——在反"扫荡"中　/ 1488

举起增产的胜利旗帜　/ 1493

展开一个复工运动　/ 1496

培养与教育革命的后代　/ 1499

敌人开始第五次治安强化运动　/ 1502

扑灭四大浪费　/ 1505

组织人民防止毒气毒菌　/ 1510

实行三三制　/ 1513

发扬民主作风　/ 1517

一个新任务的号召　/ 1520

现时太平洋战局与对敌伪宣传　/ 1522

拿出"脱裤子"的勇气来　/ 1526

精研十八种文件　／1529

今年的中国青年节应该作些什么？　／1532

警惕反动份子新活动　／1535

从敌人魔爪中夺回自己的同胞！　／1539

纪念五四整顿我们的文风　／1542

今年完全击败希特勒　／1546

敌伪在四次"治强运动"中的动向　／1549

"的"在哪里？"矢"怎样放？　／1553

缅甸战局与国内团结问题　／1556

为什么两年就能胜利　／1559

工作为什么落后？　／1563

日本总选举及其今后之政局　／1566

全力粉碎敌人"蚕食"阴谋！　／1569

坚持敌后抗战反对悲观失望　／1573

到群众中检查战时地方工作　／1578

华北各抗日根据地正处在空前残酷斗争中　／1581

论华北敌后平原群众抗日游击战争的新形势　／1586

抢种 · 锄苗 · 防旱　／1592

战后新世界的展望　／1595

一定要反省自己　／1600

深入反维持斗争　／1604

为党的一贯方针而奋斗　／1608

把我们的报纸办得更好些　／1612

巩固反维持斗争的胜利 / 1616

送别晋西北绅士参观团 / 1619

甘地的错误政策 / 1622

改进我们的调查工作 / 1625

论战后新中国 / 1628

建立新中国的客观条件 / 1632

中国共产党忠实于自己的诺言 / 1635

武乡段村事件的实质 / 1638

日本士兵代表大会与日人反战团体大会开幕 / 1641

大家都注意了政治攻势吗？ / 1644

寄勉武装工作队 / 1647

今天的敌后战斗 / 1650

精兵简政是当前工作的中心环节 / 1654

检查整风学习 / 1658

重新调整英印关系 / 1661

政治攻势与整风 / 1664

我们始终要同老百姓在一起 / 1667

敌后形势与我军政治工作 / 1671

抗议暴敌残杀"俘虏"的罪行！ / 1676

整风运动从何着手？ / 1679

准备秋季反"扫荡"的工作 / 1682

正确的学风正确的党风 / 1685

迅速救济五六专区的灾荒 / 1689

切实检查保卫秋收工作的进行 / 1692

红军的伟大胜利 / 1695

反对敌伪五次治安强化运动 / 1700

把我们的负担政策贯澈下去 / 1703

保护我们的粮食 / 1707

揭穿敌伪"三清"运动的阴谋 / 1710

党与党报 / 1714

（六）

战备工作经常化 / 1721

敌后的民主建设 / 1724

强化群众运动的指导 / 1727

认真的把群众发动起来与组织起来 / 1731

斯城解围 / 1735

论红军冬季攻势 / 1737

继续正确深入负担法令 / 1740

再论粮食保卫和检查 / 1743

积极推行"南泥湾"政策 / 1746

反对官僚主义 / 1749

把冬学运动更提高一步 / 1752

《新华日报》华北版·一九四三 / 1757

保障佃权是减租交租的关键 / 1759

把民主建设推进一步 / 1762

一切要为克服困难和准备反攻打算　/ 1765

人尽其材材尽其用　/ 1768

我们对于在乡知识份子的希望　/ 1771

进一步贯澈精兵简政　/ 1775

纪念"二七"与目前工人的任务　/ 1778

反对敌伪的奴役运动　/ 1781

团结的力量　/ 1784

庆祝苏联红军节　/ 1787

努力争取新文化运动的开展　/ 1790

春耕运动已至紧张关头　/ 1793

旧阴谋新花样　/ 1798

以加强国民教育工作来纪念"四四"儿童节　/ 1802

我们的感觉要更敏锐些　/ 1806

紧急准备迎击敌寇"扫荡"　/ 1810

战争与生产　/ 1813

以改进整风来纪念五五　/ 1817

我们胜利的粉碎了敌人的"扫荡"　/ 1822

拥护划时代的两大文献　/ 1826

春耕运动的一个新步骤　/ 1830

迅速把文化推广到群众中去　/ 1834

空前无比的两年　/ 1837

全区军民动员起来声援陕甘宁边区准备迎击日寇的夹击和"扫荡"！　/ 1840

法西斯主义的末日　/ 1845

一致起来克服严重灾荒　/ 1849

　　再论国民党在敌后的特务政策　/ 1854

　　展开群众性的除奸运动　/ 1860

　　三论国民党在敌后的特务政策　/ 1863

　　加紧准备种麦以渡明年夏荒　/ 1867

　　连系思想开展反省　/ 1870

《新华日报》太行版·一九四三　/ 1873

　　检查减租工作　深入时事教育　/ 1875

　　把当前整风中的思想领导紧紧掌握起来！　/ 1878

　　再论检查减租　/ 1881

　　三论时事教育　/ 1885

《新华日报》太行版·一九四四　/ 1889

　　再论深入冬学运动　/ 1891

　　向蟠武线的军民致敬　/ 1894

　　培养公私兼顾的群众骨干　加紧开展春耕运动　/ 1898

　　林县人民的解放　/ 1903

　　关于互助劳动中的几个问题　/ 1906

　　敌后根据地生产运动的开展　/ 1911

　　全力保卫秋收　/ 1915

　　保卫秋收　开展大规模的秋收秋耕运动　/ 1919

　　再论全力保卫秋收　加强计算和组织工作　/ 1922

　　开展全年生产总结运动　/ 1926

　　认真贯澈减租法令　/ 1930

应当怎样认识和准备二届参议会的选举运动　/ 1934

　　庆祝全区杀敌劳动英雄战绩生产展览联合大会的成功　/ 1937

《新华日报》太行版·一九四五　/ 1943

　　立即动手加紧模范文教工作者会议的准备工作　/ 1945

　　开展普遍的拥政爱民拥军优抗运动　/ 1948

　　克服财政制度上的某些混乱　/ 1952

　　庆祝道清线的辉煌胜利　/ 1956

　　武力劳力结合加紧保卫春耕　/ 1960

　　组织起来开展春耕运动　/ 1964

　　庆祝全区文教会议的成就　/ 1968

　　加强我们的民兵工作　/ 1972

　　紧急任务紧张工作　/ 1974

《太岳日报》·一九四〇　/ 1977

　　怎样调查合理负担　/ 1979

　　反对挑拨者造谣中伤　/ 1982

　　如何完成半年建政计划　/ 1985

　　开展妇女工作　/ 1988

　　发展抗日武装　/ 1991

　　纪念"八一"　/ 1994

　　卫生问题　/ 1997

　　展开粮食争夺战　/ 2000

　　节省物力　/ 2003

"合理负担"作得怎样？　/ 2005

加紧抗日戒严　/ 2008

加紧瓦解敌军争取伪军　/ 2010

严防汉奸活动　/ 2013

稳定金融　/ 2016

论太岳合作事业　/ 2019

发展贸易　/ 2022

建立货币对照所　/ 2025

再论合理负担的调查工作　/ 2027

论农工业品展览　/ 2030

庆祝"百团大战"在正太路上序战大捷　/ 2033

再祝百团大战的大胜利　/ 2036

论"百团大战"　/ 2039

庆祝"联办"成立　/ 2042

一点一滴的节约　/ 2045

论英美协定　/ 2048

（七）

迎接"九一八"　/ 2053

准备秋收　/ 2056

怎样爱护根据地　/ 2058

秋收到了！　/ 2061

开展农村民主斗争　/ 2064

  肃清汉奸特务机关　/ 2067

《太岳日报》·一九四一　/ 2071

  怎样健全村自卫队的工作　/ 2073

  反对工作上的空谈主义　/ 2076

  开展坚决的对敌斗争　/ 2079

  给太岳区知识青年　/ 2082

  再论互助互济工作　/ 2085

  抗议潭株地方官宪的非理罪行　/ 2088

  加强政权工作　/ 2091

  全区人民起来声讨亲日派　/ 2094

  揭露亲日派的阴谋罪行　/ 2097

  发扬"二七"革命精神，驱逐亲日派　/ 2100

  中国共产党中央关于"三八"妇女节的指示　/ 2104

  目前发展群众武装上的障碍　/ 2107

  老乡们！振作起来准备春耕　/ 2110

  欧非战事及国际形势　/ 2113

  纪念"三八"节　/ 2116

  建议成立晋冀豫边区政府　/ 2119

  纪念孙中山先生　/ 2121

  春耕到了，大家动员起来吧！　/ 2124

  国民党当权派的反动行为　/ 2127

  论恢复集市、庙会、骡马市　/ 2131

  把武装和生产结合起来！　/ 2134

开展群众的文化娱乐运动 / 2137

维护廉洁政治，反对贪污浪费！ / 2140

创造药彦明式的群众英雄！ / 2143

急速完成去年冬季的囤粮工作 / 2146

春耕的劳动互助组织问题 / 2149

怎样组织春耕竞赛 / 2152

积极筹备晋冀豫边区临时参议员的选举 / 2155

迎接晋冀豫边区临时参议员的选举 / 2158

纪念"五一"节 / 2161

新文化与大众结合起来！ / 2164

拥护中共北方局十五项主张 / 2167

加紧人民武装保卫春耕 / 2169

推选边参参议员的宣传动员工作 / 2171

发掘民间艺术 / 2174

拿武装斗争打击敌寇征捕壮丁 / 2177

起来！保卫我们的大西北！ / 2180

边参参议员的推选工作应该加紧一些了！ / 2183

注视远东慕尼黑！ / 2186

迎接县临时代表会议 / 2189

武装保卫麦收 / 2192

迎接"七七"四周年 / 2195

加强对敌斗争 / 2198

起来！准备反"扫荡"！ / 2201

拥护中共中央"七七"宣言 / 2204

开展村民主运动 / 2207

论目前的民兵工作 / 2210

论村选的宣传工作 / 2213

亟应整顿的小学教育 / 2216

澈底实行减租减息 / 2219

伟大的队伍 / 2222

论村选的试选 / 2225

拥护边区政府！拥护正副主席！ / 2228

普遍地建立民众学校 / 2231

抵制仇货 / 2235

坚决实行边区施政纲领 / 2238

纪念国际青年节 / 2241

庆祝晋冀鲁豫战役出击胜利 / 2245

论基点村的试选工作 / 2249

粉碎日寇秋季"扫荡"！ / 2252

开展调查研究工作 / 2254

劝募公债 / 2257

再揭露敌寇的"治强"阴谋 / 2260

西南太平洋形势紧张 / 2263

反对日寇的掠夺　告敌占区同胞 / 2266

站在反法西斯斗争最前线 / 2269

拯救沦陷区青年 / 2272

精兵简政　/ 2275

反对敌寇组织伪军　/ 2278

《太岳日报》·一九四二　/ 2281

打破旧观念　/ 2283

自我批评从何着手？　/ 2286

反对敌寇四次"强化治安"运动！　/ 2289

精兵简政到底　/ 2292

春耕工作怎样了？　/ 2295

黎明前的黑暗　/ 2298

迎接困难　加强团结　/ 2301

春耕工作中的偏向　/ 2304

寄语工代大会　/ 2307

悼殉难者　/ 2310

加强对于学习的领导　/ 2312

澈底实行精兵简政　/ 2315

日本军队崩溃的象征　/ 2318

论精兵简政的模范　/ 2321

日本士兵，反战大会的收获　/ 2325

《太岳日报》·一九四三　/ 2329

大家都来庆祝取消不平等条约　/ 2331

反对敌伪的奴役运动　/ 2334

急起生产救灾　/ 2337

《太岳日报》·一九四四　／2339

　　抓紧时间深入冬学教育　／2341

《新华日报》太岳版·一九四四　／2345

　　再号召全区掀起反抢粮斗争　／2347

　　紧急动员起来，准备粉碎敌人行将到来的大"扫荡"！　／2350

《新华日报》太岳版·一九四五　／2353

　　发扬起来　贯澈下去　／2355

　　动员起来，展开大规模的生产运动！　／2359

　　沁源人民胜利了　／2363

　　立即动员起来，准备粉碎从背后来的反动派的袭击！　／2367

　　防旱备荒中的几个问题　／2371

　　开展社会卫生运动　／2374

　　关于扩军中的几个问题　／2378

　索　引　／2381

　后　记　／2410

一九三九

YI JIU SAN JIU

《新华日报》华北版

一九三九

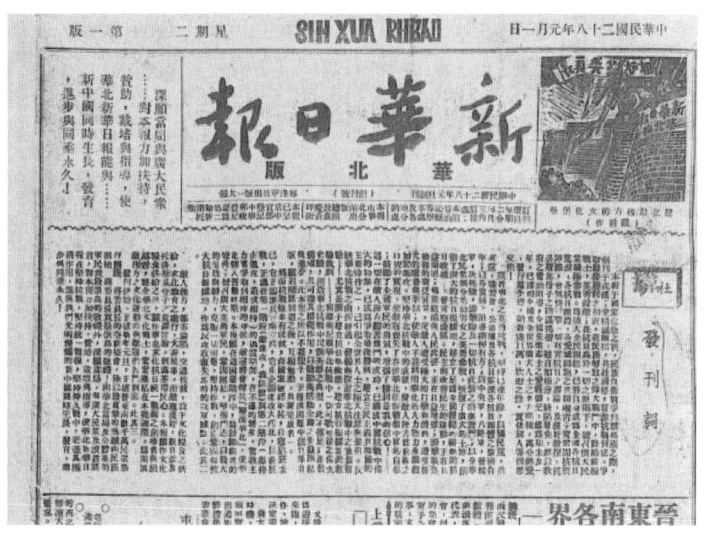

发刊词

  本报于国家危急之秋，民族自卫战争怒潮高涨之际，创刊于武汉；秉精诚团结，共赴国难，贯澈抗战到底，争取最后胜利之初衷，在民族解放之伟大战斗中，鼓励前线战士，英勇杀敌；在抗日高于一切之原则下，号召广大民众积极参战。为扩大全民团结，已将自身成为全国各抗日党派、各抗日团体、各爱国同胞之共同喉舌；冀巩固抗战阵线，曾无情抨击一切有害抗日之谬论，及汉奸敌探，托洛斯基份子之阴谋挑拨。虽自知棉薄，缺陷难免，然以政府之赞助领导，全国先进志士之爱护备至，虽为期未及一年，已博得全国及全世界广大人士之多方奖掖，万分热爱，发行遍全球，销数达巨万，欣慰之余，实使同人等愧感交集！

兹皆华北之英勇抗战，坚持已达年余，以国民党、共产党、牺盟会、公道团及各抗日党派各抗日团体之亲密合作；以各当局之领导指挥有方；以中央军、八路军、晋绥军、决死队、游击队及一切抗日武装之浴血苦斗；以全华北民众无分老幼男女之英勇参战，恢复了广大的土地，创造了广大的抗日根据地，建立了足为全国模范的崭新的抗日政权——晋冀察边区。民主与改善民生的运动，正在日益开展；群众组织与人民武装，正在日益增强；游击战运动战的广泛展开，使敌人遭受极大的打击与消耗，遭受极大的威胁与牵制；使敌人不能利用华北的人力物力来继续加紧进攻。坚持华北抗战中的成就，变敌人后方为前线之口号的实现，使敌寇丧失了吞并华北征服整个中国的自信；鼓励了全国军民的勇气，增强了胜利是我的信心！——这一切在敌人后方艰苦奋斗的成功，已构成中国抗战中伟大的特点，已成为争取最后胜利，建立三民主义共和国的主要条件之一，已引起全世界人士之极大注意与景仰。反映华北抗战之曲折经过，发扬与探讨华北抗战中之宝贵经验——尤其是关于建立抗日新政权，建立抗日根据地的经验教训——报导与记载华北抗战中一切可歌可泣之伟大史迹，创造华北抗战中民族英雄之典型，此不仅足以激发懦顽，且可尽其模范作用，以鼓励与推动全国之更益团结与进步。此本报之所以不避艰辛，于极度困难中创刊华北版，愿追随诸同道之后，互相勉励，共冀完成者一。

然而抗战虽多有成就，而国家破碎更甚，日寇猖狂未已，它正图进兵晋南晋西，它正企图进攻大西北，目前抗战，正处在第一阶段（敌进攻，我防御）到第二阶段（敌停止进攻，造成相持）的过渡期间，在不远的将来，当我主力军争取到相持的时候，敌寇将会转兵"扫荡"华北，使华北转入苦战时期。本报愿在这困难阶段中，为鼓励前进的号角，号召广大英勇军民，巩固团结，坚强斗志，以最大的果敢与毅力，克服一切困难，坚持作战，创造巩固和扩大抗日根据地，作为反攻收复失地时的我军据点。此其二。

敌人后方，都市沦陷，交通被截，我于文化粮食之供给，文化教育之进行，大非易事，而敌寇汉奸，亲日派及托洛斯基分子之荒谬言论，到处荼毒民心。本报愿作文化粮食供给之所，愿作华北文化抗日统一战线之创导者与组织者，将全华北文化战士，紧紧团结在本报周围，为开展敌后方之文化运动而与敌寇们苦斗到底。此其三。

发刊伊始，正值新年元旦，正值晋东南数千万民众举行拥护□□□□的空前盛会，除以最真挚的热诚向□□□□——□□□□致最崇高的敬礼！向华北当局及全体英勇军民致最崇高的敬礼外，深愿当局，与广大民众及读者诸君，对本报力加扶持、赞助、栽培与指导，使华北新华日报在坚持抗战，坚持统一战线，坚持持久战中，更尽其积极作用，能与我们光明灿烂的新中国同时生长、发育、进步与同垂永久！

（原载一九三九年一月一日《新华日报》华北版第一版社论）

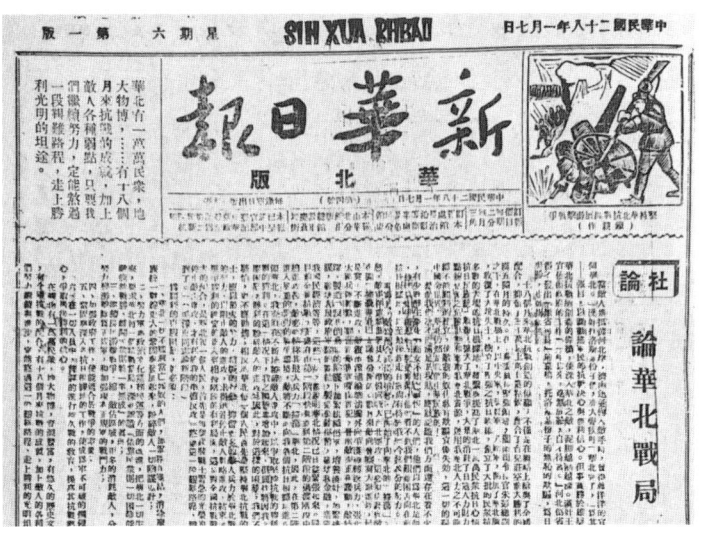

论华北战局

当敌人进抵黄河北岸,济南迅速转入敌手时,曾得意洋洋的宣告"已占领整个华北"。汉奸托洛斯基份子们,亦大声疾呼"华北完了",为其主子——日寇——张目,以图动摇军民的抗战决心与胜利信心。但事实胜于雄辩,十八个月来华北抗战所创造的伟绩,使深入华北之敌,泥脚越陷越深。汉奸王克敏们不得不宣布伪政府的工作"一年以来,毫无成绩,自不待言"。河北伪省长高凌蔚亦不得不发出"无省可长"的哀鸣,托洛斯基份子的无耻的欺骗,为日寇张目的汉奸鬼脸,也就揭□无余。

十八个月来华北抗战创造的伟绩,不仅是在战略上给与了全国抗战以最大的配合,抑留□三十万以上的日寇精锐，配合了台儿庄空前大胜利的争取，保卫武汉五阅月的持久。在蒋委员长坚强领导，阎、卫司令长官，朱、彭总副司令直接指挥之下，在华北战场上，以中央军、晋绥军、八路军，开展了华北广泛的游击战争，收复了大块失土，树立了坚强之抗日政权，创立了大批的民众抗日武装，建立多数的大块的抗日根据地，维系与提高了华北一万万民众抗日心情，结成巩固的抗日民族统一战线，扩大了华北战争，大量的消耗了日寇人力财力，逼使敌陷于点线占领之危险状态和夺取我华北资源，运用我华北人力之不可能，使汉奸伪组织不能顺利的建立，使敌寇的奴化教育欺骗宣传失效，这一切的综合，告诉了全中国全世界，华北仍然是我们中华民族的！

然而我们决不能满足于现状，应该认识我们方面还存在着不少的弱点与缺陷，有少数醉生梦死"商女不知亡国恨"的人们，他们以为华北是个"安乐窝"了，他们只知争权愈□，制造摩擦，他们看不到我们艰难困苦尚在前面，保持华北抗日根据地，以至最后赶走日寇尚有待于我们今后万分的努力。

事实上，敌为配合武汉的争夺，已开始了向华北的"扫荡"。据近日各方消息，敌军□重新部署兵力，准备向我大西北进攻，这必须估计到敌□进攻西北与企图"扫荡"华北是不会分开的。数月来敌向晋察冀大举进攻，最近向冀南特别是冀□不断进攻，敌复由津浦线塘沽关外向平汉线转送兵力，张北多伦增兵，正太路兵□频繁，同蒲路敌□□□□犯，晋南敌亦正在蠢动，敌特务机关更为活跃，制造"反共倒蒋"的阴谋，加紧组织伪军，培养汉奸，加紧挑拨离间政治阴谋，破坏人民政府军队的团结，制造伪钞伪币，破坏我金融，紊乱我财政，摧毁我国民经济等等，这些一切，都说明华北情况已日益紧张起来。同时又必须认识目前全国抗战，正处在由第一阶段快要达到第二阶段的过渡阶段中，在我停止敌总进攻后，敌必将转移其最大兵力"扫荡"华北，因此，在第二阶段中，华北将进入严重的紧张的战争环境，敌将不断的向我各个抗日根据地进攻，以图巩固占领华北。

我亦须在不断地粉碎敌人进攻中，以争取坚持抗战的胜利，配合全国抗战的胜利。在这一情况下，我之国难要增加起来，但同时将因我之努力进步而克服困难，胜利的粉碎敌人的进攻。因此，对于这样的困难，我们不应忽视，不应骇怕，更不应动摇；相反的华北每一个人民首先是坚持华北抗战的每一个武装战士，应以最大的努力，积极的行动，抑留更多的敌人兵力于华北战场，配合正面的努力，以阻止敌人的进攻，求得迅速停止敌人战略进攻，结束过渡的阶段，使战争胜利的确定的进入到相持阶段的有利局面。这是对全国抗战战略的真正的伟大的配合，是华北每一个人民，首先是每个武装战士紧急的光荣的任务。"只有停止敌之进攻，才有利于我的准备反攻"，"熬过这一段艰难路程，胜利的坦途就来到了。"（毛泽东同志论新阶段）

为顺利的克服困难，就必须：

一、华北一切不愿意当亡国奴的人们，加紧精诚团结，消除摩擦，把抗日民族统一战线更大的巩固与发展起来，粉碎敌人一切阴谋鬼计；

二、努力军事政治文化党务民运等方面的改进，把华北一切生动力量动员起来，要求华北每一个抗战当局，深刻认识"依靠民众则一切困难能克服，任何强敌能够战胜，离开民众则将一事无成"的真理；

三、继续开展游击战争，缩小敌占区域，更多的消耗敌人，分散敌人，同时努力变游击队为正规军，和加强现有正规军的战斗力；

四、加强政府工作，使能适合于战争的需要；

五、巩固与深入各抗日根据地的工作，使成为牢不可破的钢铁般的支点；

六、在一切人员中，普遍的进行持久战的教育，提高其抗战热情与民族自尊心，争取最后胜利的信心。

在华北有一万万民众，地大物博，资源丰富，有悠久的历史文化传统的基础，有全国抗战的配合，有十八个月来抗战的成就，加上敌人的各种弱点，只要我们努力继续与进步，定能熬过这一段艰难路程，走上胜利的光明坦途的。

（原载一九三九年一月七日《新华日报》华北版第一版社论）

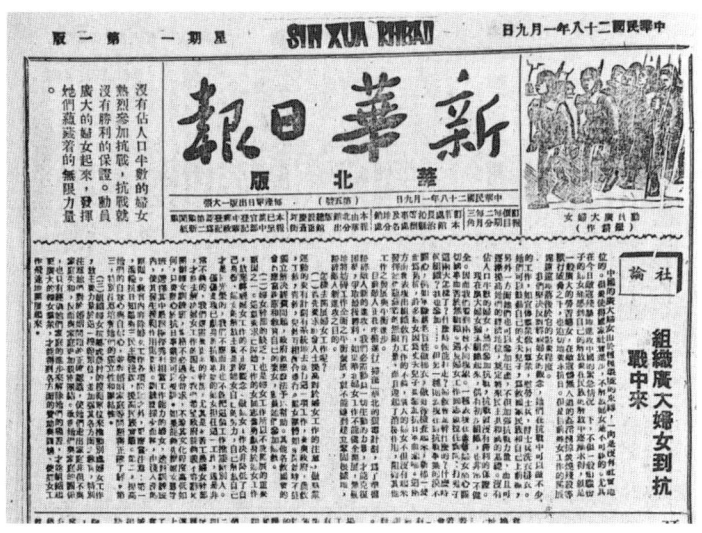

组织广大妇女到抗战中来

中国的广大妇女由于种种环境的束缚，一向是没有社会地位的。但要使得国家社会进步，不解放妇女是不可能的。尤其在今日敌寇残暴地进攻中国的紧急情□下，不但一般知识份子的妇女痛感到自己的解放要在民族的解放中逐渐求得，就是一般广大的劳苦妇女，在敌寇惨无人道的奸淫掳掠焚烧残杀等兽行威胁之下，也迫切地要求抗日。但是目前妇女工作的开展还远远地落后于它的需要程度。

我们坚决反对轻视妇女的观念，她们在抗战中可以做不少的工作，如宣传群众教育群众，慰劳士兵，替士兵洗衣缝衣。她们可以鼓动自己的丈夫儿子，为救国家民族和自己上前线，另外一方面她们也可以参加生产，不但加强抗战力量，而且可逐渐提高她们的经济地位，奠定将来民主共和国的基础。没有占人口半数的妇女，热烈参加抗战，抗战就没有胜利的保证。

现在广大妇女犹未组织起来，偶有初步组织，也非常不健全，因而我们看到两种不同现象。一种表现在□□妇女热心关切国事而苦于无组织，遇见妇女工作同志就拉住询问：打鬼子这两天怎样了？什么时候能打走？妇救会是干什么的？什么时候组织？我也参加……但另一种则表现在对抗战事业的漠不关心，例如军队请老百姓做棉衣，做好后检查起来，新棉一变而为旧棉，许多妇女因为丈夫儿子要参加抗日军而悲啼。这两方面表现出组织教育工作的不够，广大的妇女不但没有起来发挥她们蕴藏着的无限力量，而且还起了消极作用，阻碍其他工作之发展与平衡进步。

目前敌人正在准备进行"扫荡"华北的狠毒计划，为了准备粉碎敌人新的进攻，我们必需动员一切生动的力量，才能克复困难，争取最后胜利。如果华北妇女工作不能健全开展，无疑地将妨碍工作全面之平衡发展，就不能达到建立巩固根据地，粉碎敌人新进攻之目的。

怎样去开展妇女工作呢？

（一）首先要求社会人士提高对于妇女工作的注意，做群众运动的要有计划有系统地去进行这一项工作，参与政府、农救、工救、青救、儿救互相配合进行。妇女团体如果开始时不能独立解决经费问题，政府就应设法予以帮助。其他各救国会的会员应当说服和教育自己的妻女，动员她们参加妇救。

（二）妇女干部的缺乏，也是妇女工作所以不能开展的重要原因之一。这就要求已开始工作的女同志奋勇献身于妇女工作，放弃轻视妇女工作的不正确观念。做妇女工作决非降低了自己身份，妇女的解放主要是靠妇女自己的努力，自己解放自己才是最光荣的，我们不应而且也不能把这个工作推诿给别人。

仅仅是现已献身于抗战事业的妇女担任这一工作，还是非常不够的，我们还需要更多的干部，尤其是□苦工农妇女干部，才能去解决妇女工作的困难。我们希望政府能够义不容辞地开办妇女训练班，资格不必过分苛求，不论其文化程度高低如何，只要热心于抗日事业就可以受训。如果能够先办妇女识字班，选择其中最积极优秀有相当工作能力的妇女，送到训练班内，使其发生模范作用则更好。训练应采少而精，由浅入深的原则。教育内容除妇女工作各项问题之外，更应当注意：第一，灌输抗日知识与三民主义浅说，提高民族意识。第二，提高她们的自尊心与自信心，并对婚姻家庭等问题得正确了解。第三，特别注意培养她们的独立性和团结性。

（三）组织妇女抗属或农村的模范单位来推动别处妇女工作，放主要力量于这一模范单位，并加强其各方面之教育，特别注意她们对于婚姻问题的正确认识，使她们走出家庭，非但不与家庭失和，反而与家庭更加亲密团结。改善她们与家庭的关系，也只有经过她们家庭的进步来解除她们的痛苦，才能组织起更广大的妇女群众，才能得到各方面的赞助与同情，使妇女工作飞速地开展起来。

（原载一九三九年一月九日《新华日报》华北版第一版社论）

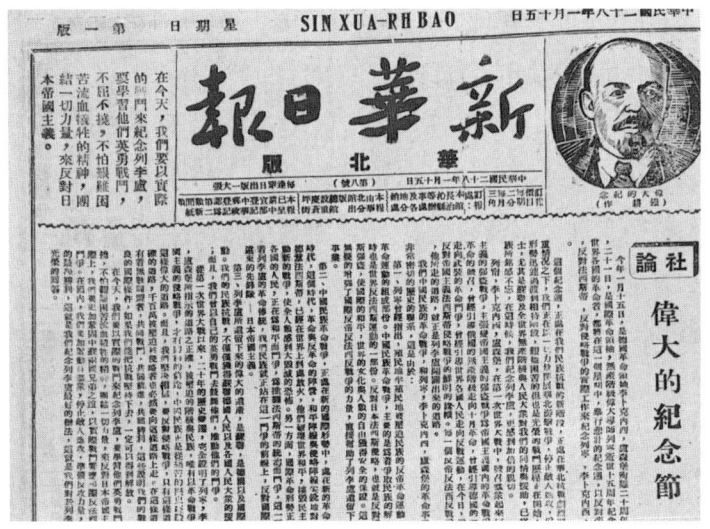

伟大的纪念节

今年一月十五日,是德国革命领袖李卜克内西、卢森堡殉难二十周年纪念日,二十一日,是国际革命领袖,无产阶级伟大导师列宁逝世十五周年纪念日,全世界各国的革命者,都将在这一个星期中,举行悲壮的纪念周,以反对帝国主义、反对法西斯蒂、反对侵略战争的实际工作来纪念列宁、李卜克内西、卢森堡。

这个纪念周,正处在我们民族抗战的新阶段,正处在华北抗战剧烈开展的严重情况之下,我们正在以一切力量开展华北游击战争,停止敌人进攻,争取抗战形势迅速过渡到相持阶段,艰难困苦的但也是光荣的战斗历程正在开始,国际人士,尤其是苏联及全世界无产阶级与人民大众对我们的同情与援助，已为我们民族所铭感不忘，在这时候，我们纪念列李卢，更感到加倍的亲切。

列宁、李卜克内西、卢森堡，在第一次世界大战中，号召群众起来反对帝国主义的强盗战争，主张变帝国主义的强盗战争为帝国主义国内的革命战争。这个革命的号召，曾经引导俄国的无产阶级走向十月革命，曾经引导德国的工人兵士走向武装的革命斗争，曾经引导世界各国人民走向反战运动，在今日，这已成为反对帝国主义法西斯蒂侵略战争的鲜明的旗帜。每一个反帝反法西反战争的战士，他所走的道路，就正是列李卢开辟出来的道路。

我们中国民族的革命战争，和列宁、李卜克内西、卢森堡的革命事业，有着非常密切的历史的联系，这是由于：

第一，列宁曾经指出，殖民地半殖民地被压迫民族的反帝革命运动，是国际革命运动的组成部份。中国民族革命战争，主要的是为着争取民族的解放，但同时也是世界反法西斯运动的一部份。反对日本法西斯侵略，也就是反对国际法西斯强盗，使国际的和平、世界的文化与人类的自由获得安全的保证。这一战争，无疑的增强了国际反帝反法西反战争的力量，直接帮助了列李卢遗留下来的伟大事业。

第二，中国民族革命战争，正处在新的国际形势中，处在新的革命与战争的时代，这个时代，革命与反革命的阵营、和平阵线与侵略阵线尖锐地对立着，日德意法西斯蒂，已经在世界上到处放火，他们破坏世界和平，摧毁民主制度，挑动新的战争，使全人类感到大毁灭的恐怖。另一方面，国际革命形势正在发展，各国的人民，正在为和平而斗争，为推翻法西斯蒂的统治而斗争，这一斗争承继着列李卢的革命传统，我们民族就正站在这一斗争的前线上，反对国际法西斯蒂远东的先锋队——日本帝国主义。

第三，列李卢所遗留下来的伟大的遗产，是苏联，是德国以及国际的革命运动。我们的民族抗战，不仅仅获得苏联德国人民以及各国人民大众的援助与同情，而且，我们会以自己的英勇战斗去鼓舞他们，推动他们的斗争。

从第一次世界大战以来，二十年的历史变迁，完全证明了列宁、李卜克内西、卢森堡所指示的道路之正确，被压迫的阶级与民族，唯有以革命战争，反对帝国主义的侵略战争，才有胜利的前途，中国民族正是从痛苦的历史经验中选择了这条伟大的道路。而且，我们坚决相信，要反对侵略战争，只有这条道路是最正确的道路，千百万被压迫被侵略者也必然要向这条道路上走。在这条道路上我们有着无数同盟者，共同战斗，共同前进，共同胜利，这些说明我们的战争有着优良的国际条件，如果我们能把抗战坚持下去，一定可以得到解放。

在今天，我们要以实际的战斗来纪念列李卢，要学习他们英勇战斗、不屈不挠、不怕艰难困苦流血牺牲的精神，团结一切力量，来反对日本帝国主义。在国际上，我们要更加巩固中苏两国兄弟之谊，以实际战斗响应国际反法西反战争的斗争。在国内，我们要加紧动员群众，停止敌人进攻，准备反攻力量，争取抗战的最后胜利，这就是我们纪念列李卢最好的办法，这就是我们对于列李卢遗教的光荣的回答。

（原载一九三九年一月十五日《新华日报》华北版第一版社论）

发扬民族的自尊心与自信心

  伟大的中华民族正在神圣的民族革命战争中历练着自己，向着光明灿烂的胜利道路前进。

  我们中华民族是开化最早的民族，具备着五千年悠久的历史。在二千余年以前，我们已创造了成熟的古代文明，在政治、文学、哲学、艺术、建筑各方面，辉煌地照耀着古代的亚洲。世界上从来没有那一个古国，能够像中国一样地独立存在到今天。埃及、巴比伦、印度，这些古国都已沦亡了，只有伟大的中华民族拥有四万万五千万人口，继续存在，继续发展着。

  可是日本法西斯强盗，为了垂涎我们丰富的宝藏，为了要奴役我四万万五千万最勤劳的民众，悍然不顾国际信义，破坏世界和平，不顾日本地区犹不及我四川一省广大，不估计日本人口仅有七千万，竟然凭借它是一个帝国主义国家，冒险疯狂进攻中国。他屠杀了数百万无辜的同胞，单在南京，两天就杀死二万多人。它焚烧了我们无数城市和村庄，单在冀察晋边区和晋东南就有几十个城市和几千个村庄乡镇惨遭火劫。它抢劫了我们无限资财，连江浙一代农民的锄头镰刀，都被敌人掠夺去制造武器。我们无数同胞的妻女被敌寇兽兵蹂躏了，单在山西繁峙一县，就有二千良家妇女被日寇掳去做随营妓女。像这样残暴野蛮疯狂惨酷的兽行，是任何有人性的民族所不能忍受的。我们具备五千年悠久历史，有四万万五千万人口的中华民族，当然更不能忍受。

华北是中华民族发源的圣地，是我们古圣先贤和历代英雄豪杰的诞生处，是曩昔忠臣义士创造不朽伟绩的地方。黄帝曾经在这里征服过侵略者蚩尤，奠定中华民族的基业。中国古代大圣人尧舜禹汤都诞生在山西，中国古代最伟大的思想家孔孟诞生在山东，抵御金兵名垂不朽的陆登是在潞安府自刎，承继父志弃敌归宋的大孝子陆文龙也是在这里反正。但是我们的圣地华北，已经遭受敌寇的横暴摧残，这更是我们华北一万万人民所不能忍受的！

因此，我们每一个炎黄子孙．都应当誓死不做亡国奴，我们要号召全国团结一致，高度发扬民族的自尊心与自信心，不怕困难，不畏牺牲，坚决奋斗到底，我们一定要自由，我们一定要胜利。

抗战十八个月以来，中华民族更获得空前的进步，上有全国□□□□□□□□坚决领导抗战，下有全国军民的总动员，更有中华民族最优秀的一对好儿女——国民党和共产党，发挥"兄弟阋于墙外御其侮"的精神，精诚团结，亲密合作，共赴国难，同御日寇。我们的英勇奋斗已博得国际人士的广大同情，已受到全世界先进人类的钦敬！

我们为了更加高度发扬民族自尊心和自信心，必需完成摆在我们前面的这几个紧急任务。

第一，要发扬在神圣的民族革命战争中已经产生了而且正产生着无数惊天动地的光荣事迹，如平型关、台儿庄、南浔线的英勇战斗，如八百壮士，赵登禹、佟麟阁、郝梦龄、姜玉贞、范筑先、周建屏、陈□秀、叶成焕和空军战士阎海文等的牺牲精神，如献金同胞和华侨志士的爱国举动，这些都是我们伟大的民族典型，都应当拿来向前线后方国内国外广为传播。

第二，我们要揭发、清洗和淘汰民族阵线中，存在和增长着的消极性。如妥协倾向、悲观情绪和腐败现象等。

第三，我们要将敌人一切残酷兽行的具体事实向全国公布，向全世界控诉。

为此，我们号召全华北的报章杂志、宣传团体、文化艺术团体、军队政治机关、学校、民众团体和其他一切可能的力量，向前线官兵、后方守备部队、沦陷区民众和全国人士作广大的宣传鼓动，坚决洗涤一切悲观失望情绪，拥护蒋委员长"半途妥协就是自取灭亡"的指示，全国团结如一个人，坚持抗战到底。我们坚决相信中国挥动了民族革命战争的庞大拳头，一定将予日本法西强盗以歼灭的打击！

（原载一九三九年一月十七日《新华日报》华北版第一版社论）

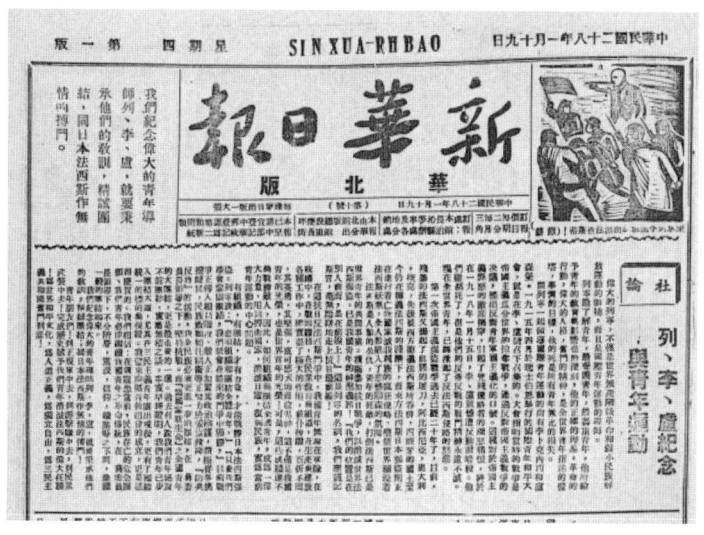

列、李、卢纪念与青年运动

伟大的列宁，不仅是世界无产阶级革命和弱小民族解放运动的领袖，而且是国际青年运动的导师。

列宁最了解青年，最爱护青年，最器重青年，他所给予青年的教育与影响也最深刻，他的正确的理论，革命的行动，伟大的人格，奋斗的精神，是全世界青年指迷的灯塔，学习的目标，他的死是所有青年无比的损失。

同列宁一起领导国际青年运动的尚有李卜克内西和卢森堡。一九一五年四月于瑞士伯恩举行的国际青年和平大会，就是在李、卢号召下召集的。大会指明当时的战争是帝国主义瓜分世界的掠夺战争，通过反对帝国主义战争的决议，提出反对青年军国主义化的口号。这种对于帝国主义罪恶的澈底揭穿，引起了凶残侵略者的深恶痛恨，终于在一九一八年一月十五日，李、卢就惨遭反动派暗杀。他们虽然死了，但是他们的反帝反战的战斗精神永远不灭。现在全世界青年，已经掀起了反法西斯侵略的怒潮。

第一次帝国主义强盗战争过去已经二十年了，目前，残暴的法西斯又扬起了血腥的屠刀，阿比西尼亚、澳大利、捷克，先后被西方德义法西斯所吞并，西班牙的国土至今仍在德义法西斯的践踏下，而东方法西斯日本强盗则正在进行着亡我国家灭我种族的疯狂侵略。整个世界弥漫着法西斯妖气，全人类陷入了悲惨阴森的氛围。

法西斯是人类的公仇，青年的死敌，打倒法西斯已是世界青年的共同事业。积极参加抗日战争，以消灭世界法西斯强盗，已是我国青年的神圣义务！"我们的位置是在别人前面，是在前线上！"这是列宁的名训，我们应谨记斯言，毫无踌躇地走上抗日最前线！

在这抗日反法西斯斗争中，我国青年无论在军队，在政权中，在战地服务，在民众教育与组织，在生产与建设各种工作中，确实尽了极大的作用，前仆后继，百折不回，其英勇，其坚强，直可感天地而泣鬼神。这不仅是我国青年的光荣，也是世界青年的光荣！可是，这些成绩还不够战胜敌人，因此，如何组织与团结全国青年，成为一伟大力量，用以捍卫国家，消灭日寇，复兴民族，实为当前青年运动的中心问题。

有组织，有团结，才有力量，才能战胜日本法西斯强盗。列宁说"必须组织和团结全体青年"，"只要我们学会巩固团结，我们就会在将来的斗争中获胜"，目前战争正转入相持阶段，敌人正加紧其政治阴谋，积极从事挑拨离间，民族败类如汪精卫等正努力于妥协投降，"防共反蒋"的活动，我全民族必须更进一步地团结，在蒋委员长领导之下，坚持抗战。而"为国家新生命"之全国青年的大团结，更是最重要的一环。过去有人说我们青年绝对不能团结，实属无稽之谈，事实早经证明，我们青年已步入团结大道，尤其在三民主义青年团出现后，更有了团结统一的标的与保证。

我晋东南区青救总会的成立，更是值得庆贺的。我们相信：在这寇患当前，民族存亡的危急关头，我们青年必能继续我国青年之革命传统，在蒋委员长领导下，不分阶层、党派、信仰、职业等之不同，像铁一般的团结起来。

我们纪念伟大的青年导师列、李、卢，就要秉承他们的教训，精诚团结，同日本法西斯作无情的搏斗！

青年朋友们！到正规军中去，到游击队中去，到民众武装中去！完成历史赋予我们青年消灭法西斯的伟大任务！为世界和平文化，为人道正义，为独立自由，为三民主义共和国奋斗到底！

（原载一九三九年一月十九日《新华日报》华北版第一版社论）

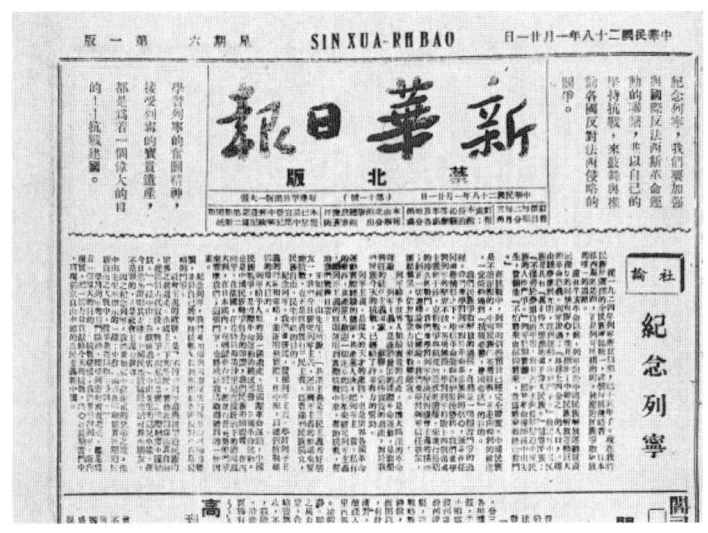

纪念列宁

从一九二四年列宁逝世以来,已十五年了。现在我们民族所选择的全民族团结统一,武装反抗侵略者日本法西斯的道路,正是列宁所指出的,被压迫民族争取解放的唯一的道路。

远在辛亥革命以前,列宁对于中国民族解放运动就表示深切的同情与关心,并且指出了中国民族解放运动巨大的革命意义。列宁说过:"地球上四分之一的人口,已经由睡梦进到光明,进到运动,进到斗争。"他认为中国民族是具有"真正伟大思想的真正伟大民族"。这个民族:"不仅善于梦想自由平等,而且善于去向长期压迫中国民族的人作斗争。"列宁特别赞扬中国的革命导师孙中山先生,赞扬他"不怕将来而信仰将来，并为将来而拼命奋斗"。

在抗战中，列宁的这些预言已经完全证实，中国民族是不能屈服的，中国民族的英勇抗战，正走向胜利的前途，一定能够达到"抗战必胜，建国必成"的目的。

我们民族争取解放的过程，自然是一个艰苦斗争的过程，我们要学习列宁对于革命事业无限的信心，无论在任何困难情形之下，相信革命能够得到最后胜利。我们要学习列宁的坚忍不拔、英勇无畏，学习列宁打败十四个帝国主义的干涉，克服战争与饥荒所造成的困难，来进行长期的持久的战斗。我们要学习列宁坚决反对机会主义的精神；纠正一切速胜论与亡国论。我们要学习列宁信任群众，团结群众，依靠群众力量来战胜敌寇。

列宁给予世界人类最宝贵的遗产，是博大精深的革命理论——列宁主义，是蓬勃发展的国际革命运动，是繁荣兴旺的社会主义国家——苏联。这些宝贵的遗产，对于我们民族今天的抗战，已经给了许多有力的帮助。

列宁主义是伟大的天才的产物，也是世界各国革命运动实际经验的总汇，共产党人绝不把列宁主义当作私有的东西，共产党人欢迎一切进步的同胞都来研究列宁主义，把列宁主义的原则运用到实际抗战中来，帮助抗战，帮助我们战胜日寇。

正如孙中山先生所说："共产主义是三民主义的好朋友。"我们今日研究列宁主义，运用列宁主义的原则来帮助抗战，也正是为着实行三民主义，为着达到民族独立、民族自由、民生幸福的目的。

纪念列宁，我们要研究、发扬列宁主义，学习列宁主义的理论和策略，并运用到实际工作中来，以达到抗战建国的伟大目的。

列宁给予人类的另一个遗产，是国际革命运动。中国民族战争，是国际革命运动的组成部份，各国革命运动，也是中国民族战争有力的同盟，我们民族的同盟者，在西班牙，在法国，在希特勒和墨沙里尼直接统治下的德国、意大利，在日本国内，在朝鲜与台湾，都进行着英勇的斗争来响应我们。这个斗争，也将成为我国取得胜利的一个因素。

纪念列宁，我们要加强与国际反法西斯革命运动的联系，并以自己的坚持抗战来鼓舞与推动各国反对法西斯侵略的斗争。

社会主义的苏联，是"不朽的列宁遗与被压迫民族的世界之真遗产。帝国主义下的难民，将借此以保卫其自由，从那以古代奴役，战争，偏私为基础之国际制度中谋解放"（孙中山《致苏联遗书》）。中山先生的远见卓识，在今日愈加证明其正确。中国民族抗战最忠诚可靠的朋友，不是别的，正是社会主义的苏联。

因之纪念列宁，我们要加强中苏两国的兄弟之谊，像中山先生所指示的一样：中苏"两国在争取世界被压迫民族自由之大战中，携手并进以取得胜利"。

学习列宁的奋斗精神，接受列宁的宝贵遗产，都是为着一个伟大的目的——抗战建国；我们应学习列宁，面向现实，把一切力量贡献给今天的抗战，决心在长期苦斗中，实现独立自由幸福的三民主义新中国。

（原载一九三九年一月二十一日《新华日报》华北版第一版社论）

加强军民团结

伟大的抗日战争,正如蒋委员长在退出武汉时所昭示全国,是"全面抗战"。抗战不单是军队的事,也不单是民众的事,而是中国全体军民为了争取解放,争取自由的光荣伟大的责任。目今军民关系较抗战之前和抗战的初期,已有显著的进步。在晋冀豫,军民的关系更为密切,例如去年秋收时,晋冀豫的军队几乎全部出动,帮助民众秋收,以及三区五区的民众募集鞋袜的慰劳运动,表现出军民的关系已经大大改善。

但是,我们不能否认在晋冀豫,军民关系仍然未曾达到应有的程度。现在敌人正在拼命进攻冀中冀南,实行其所谓"扫荡"华北的毒计。毫无疑问的,敌人不久还将进攻晋东南。为了准备粉碎敌人的新进攻，只有使军民关系更加密切才有办法。军队和民众的关系，正如鱼和水一样，军队处处要靠民众。另一方面，军队又是人民的保护者，如果没有军队，民众只好任敌人摧残，为敌牛马，政权也一样要军队保护，没有军队，政权也不能存在。

同时要克服将来的困难，目前也更应当加强军民合作。但这还须从军民双方面来着手。

第一，军队的纪律要好，要实行公买公卖，态度和气，尊重政权和民众团体，不强迫征粮，不强迫拉夫，不强迫当兵，用政治动员的办法来解决夫役与新兵的问题。不但在平时不动民众一针一线，不扰民众，而且要帮助群众解决生活上的各种困难问题。例如帮助民众春耕秋收，帮助抗属进行各种劳动，解决民众食盐困难等。在作战时，更要拼命出力保护民众。其次，为了争取主动，予敌人以重大打击，和减少群众的损失，还应当以最大的努力，推动和帮助群众进行武装训练和坚壁清野的准备工作。

第二，民众对于军队也要予以最大的帮助，每一个人都应当深刻地认识：军队是我们民众的保护者，没有军队，我们就会做亡国奴。所以民众应当关心军队，爱护军队。不但在平时与军队非常融洽，要帮助抗日军人家属，解决各种困难，提高前线杀敌的战士的士气，在战争中，更加要积极帮助军队。运输、担架、侦察和带路，进行对敌人一切扰乱和破坏的工作。

总之，军队和民众应当互相把对方看做自己，军队帮助民众，就是帮助了自己，民众帮助了军队，也就是帮助了自己。大家都是一家人，好像兄弟姊妹一样。

旧历的年关快要来到了，为了加强军民的团结，我们谨提出以下的两个建议，希望能在旧历年节中实行。

第一，发动民众举行盛大的劳军运动，动员广大人民做鞋子、袜子送给英勇抗战的各部队。遣派民众代表到各部队中去，献旗帜，赠送各种必需的慰劳品和慰劳的信件，用以鼓励战士的士气，提高他们英勇杀敌的热忱。

第二，举行盛大的军民联欢大会。凡有驻军的地方，由军队政治机关与地方政府及民众团体协同筹备。动员全体军民参加，由军队、政府、或民众的剧团表演各种游艺，驻军应当请自己的房主会餐。在演剧和会餐之中，要特别优待抗日军人家属。

我们要使华北的军民关系，做到全国的光辉的模范。只有这样，才能应付将来华北的艰苦局面，才能克服以后的种种困难，准备起反攻的力量。

（原载一九三九年一月二十三日《新华日报》华北版第一版社论）

粉碎敌寇对冀中冀南的进攻

　　敌寇为着准备进攻西北，"扫荡"我华北各地的游击战争和抗日根据地，数月以前就开始了对晋冀察边区的进攻。不管敌人怎样疯狂残暴，由于边区千万群众在贤明政府的领导之下，一致团结，配合着聂荣臻司令员指挥下英勇善战的国军和游击队，在极艰苦的环境中，粉碎了敌寇的围攻，又一次取得了光荣的胜利。

　　敌于进攻晋冀察边区遭到惨败之后，转移兵力，进攻冀中。现在冀中正在紧张的战斗中，而敌又开始进攻冀南。月来我冀中冀南的正规军游击队在不断的与敌军苦战，英勇的抗击着敌军，而且已经取得了一些胜利。因此使得敌人不敢贸然"挺进"，而不能不采取谨慎的"逐步推进"

的办法。

粉碎敌人进攻的首要条件，在于我全民族坚固的团结，我们希望冀中冀南的各党各派、各军队游击队，亲密的团结起来，共同对付进攻的敌人，严防敌探汉奸的挑拨离间。大敌当前，一切内部的冲突摩擦，均应停止，以便一心一德，集中力量，积极打击敌人，消灭敌人。否则彼此摩擦，抵消力量，将恰中敌寇之奸计。若再执迷不悟，勇于私斗，怯于抗敌，不以民族国家为重，则将无法击破敌人之进攻，而有负于国家之重托！

动员广大民众积极起来参战，直接配合军队作战，这是粉碎敌人进攻的基本条件。必须记着"依靠民众则一切困难能够克服，任何强敌能够战胜，离开民众则将一事无成"（毛泽东）。我们希望冀中冀南的各党派、各群众团体、各军队游击队，协力同心的积极动员民众，依靠民众的力量，坚持的粉碎敌寇进攻。一切违反民众利益，甚至强迫摧残民众的行动，均应停止，因为这只是有利于敌人的。

冀中冀南在抗战中已经树立了为群众所爱戴的抗日政权，依靠着这一基础，强化各地政权的效能，培植他们战时的工作能力。经过这些抗日政权领导广大的民众与武装，配合军队作战，这是粉碎敌人进攻有力保证之一。希望冀中冀南的各党派、各军队尊重与维护这些抗日政权，强化其能力。摧残和压迫这些政权，只是有利于敌人的。

依靠着冀中冀南广大的民众，各党各派、各军队游击队更亲密的团结起来，政府军队民众融为一体，粉碎围攻是一定能胜利的！敌人将像在晋察冀边区一样的遭受失败！

我们谨向冀中冀南的抗日政府、正规军游击队及全体民众致慰问的敬意，并预祝他们的胜利！

（原载一九三九年一月二十五日《新华日报》华北版第一版社论）

纪念"一·二八"

在中华民族争取解放的斗争史上，有重大意义的"一·二八"，到今年恰恰是第七个周年纪念。在这七年中，我们中华民族经过许多忧患，遭受颇大损失，但却换得了许多光荣的进步，使"一·二八"上海抗战中殉国英雄、死难烈士，含笑于九泉。

"一·二八"的抗日战争中，十九路军及八十八师，在上海及各地民众支持之下，以局部的孤军，与日寇血战三十四天之久，使敌寇遭受重大损失，使全世界震惊于中华民族优秀儿女的伟大力量。然而终于因未能得大军后援，因未能得当地政府通力合作，而不得不自动撤退。惨痛经验，告诉我们，没有国内的坚固团结，与政府军队民众协力同心，就不可能战胜强暴的日寇。

但光荣的"一·二八"抗战，英勇壮烈的参战军民，为我们中华民族开拓了一条伟大的道路，长期受外敌压迫的中华民族今日终于抬起头来。在十九个月的抗战中，使国共两党以及全国各抗日党派的团结日益巩固，日益扩大；使政治制度开始走向民主；使无数千万勇敢民众都组织在抗日民族统一战线之中，为民族解放而共同奋斗，尤其是在敌人后方广泛的开展游击战争，建立广大的抗日根据地，使敌寇无法统治其占领地区。英勇战绩，已博得全世界同情与钦佩，而阻碍进步，破坏统一，卖国求荣的如汪精卫之流，也已被清除。他过去一手签订丧权辱国的淞沪协定，出卖"一·二八"战士之血迹，终于在这全民族长期抗战中，完全暴露其汉奸真面目，与敌探奸细托洛斯基份子□□□等共得日寇卖国贿款三百万元，同登日寇炮舰。肃清这些内奸，对中华民族的团结，对抗战前途，均有莫大的积极作用，同时，也为淞沪抗战中殉国将士、死难同胞报了血仇！

我们今天的奋斗，是无愧于"一·二八"先烈的，然而纪念"一·二八"的今日，正当敌寇集中同蒲、平汉、正太各路兵力，在进攻晋西，被阎司令长官亲率各军，予以粉碎之后，在进攻晋察冀边区，被全体军民英勇击退之后，又复一再进攻冀中冀南，侵犯晋东南一带，企图"扫荡"华北，进攻西北。当此全华北无日不在血战之际，非全华北一切抗日力量，华北全体军民，更益团结得比铁更坚，比钢更固；非更益广大的发动与组织全华北民众，武装民众，开展游击战，不足以继先烈未竟之志，整个击碎敌人新企图；非"更哀切，更坚苦，更踏实，更刻苦，更勇猛奋进"（蒋委员长的昭示），不足以继先烈之精神，克服困难，击败敌人，不足以"充实抗日根据地而造成最后胜利"（同上）。谁不愿意集中火力对付当前大敌，而有意无意地造成摩擦，抵消抗战力量，谁便不配纪念"一·二八"殉国烈士；谁不愿意更广大的动员民众，武装民众，不想依靠民众力量去克服困难，谁不遵照蒋委员长的昭示，不"哀切，坚苦，踏实，猛进"，谁不记住汉奸汪精卫正是出卖"一·二八"战斗血迹的凶徒，托洛斯基份子□□□正是敌寇间谍，而不努力肃清汉奸，肃清托洛斯基份子，谁都不配纪念"一·二八"死节军民！

在今日纪念"一·二八"，我们已没有眼泪，没有叹息，有的只是英勇战斗。虽然艰苦的阶段，摆在前面，然而光明已在前程，抗战已日益接近于最后胜利。

（原载一九三九年一月二十七日《新华日报》华北版第一版社论）

晋冀豫各界紧急动员起来！

在去年十月敌人进攻晋察冀边区的时候，共产党北方局早就指出，这是敌人整个"扫荡"华北计划的开始。果然，敌人在进攻晋察冀边区遭到惨败之后，就向冀中冀南和晋西进攻；现在晋西的进攻，被阎司令长官领导各军，英勇击退，而冀中冀南，战事还正在开展之中。

最近各方面的消息，又证明敌人正在准备向我晋冀豫区的进攻。北面，正太路上敌人正在增兵，寿阳到寇兵二千，昔阳增至四千，南下陷我和顺并有继续前犯之企图。西面，同蒲路上的敌军正在不断调动和集中。晋南之敌，企图东犯翼城沁水，且已向中条山有所动作。南面，道清路之敌正在西移。东面，平汉路上，邢台磁县安阳之敌一部西犯，曾占彭城镇，已被我某部击退；临城内邱高邑之敌西犯，亦被我另一部队击退。据八路军某部缴获敌人之文件，证明原在江南进攻我武汉之敌矶谷师团（第十师团），已调来平汉线上。敌机在晋冀豫各地亦开始活跃，并在翼城等地轰炸。凡此一切，都证明敌有进攻晋冀豫之模样。

我们号召晋冀豫区各党派、各政权、各军队和游击队、各救亡团体，特别是自卫队，紧张起来，积极动员起来，准备粉碎敌人新的围攻！

我们希望全体党政军民，首先是各主管机关，立即进行检查：所有的动员工作是否完成了？完成到什么程度？还有些什么缺点？加倍努力的把一切工作准备好！我们要学习和发扬粉碎敌人九路围攻的经验，以及晋察冀边区和晋西最近粉碎敌人大举进攻的经验，努力布置粉碎敌人新的围攻的工作。

晋冀豫在华北各抗日根据地中，在各党派各军队各政权各民众团体的团结方面，在政府与人民的团结和军队与人民的团结方面，素称良好。在最近的时期中，有少数地方，或因误会，或因意气，发生若干不必要的磨擦。我们竭诚希望，这些磨擦能立即停止，误会与意气能立予消除。当此时局严重之际，凡是处在敌后的同胞，都是共生死同患难的兄弟姊妹。任何不团结，都会招致"唇亡齿寒"恶果，望我各界同胞三思之！

但一方面要加紧工作，加紧团结，另一方面却要反对慌张失措。慌张失措，庸人自扰，不但会引起恐怖心理，甚至可以被汉奸用来造谣捣乱，耸动人心。我们全体党政军民，尤其是主管机关，一方面必须兢兢业业，细心努力，把一切应做的工作计划好、做好，不使有一点缺陷，一点不周到；另一面必须严持镇静，不丝毫混乱步调，才能掌握当前的大局。我们这样做，我们就有把握粉碎敌人围攻，如像粉碎敌人九路围攻，和晋察冀边区以及晋西的粉碎敌人一样争取胜利。

抓住敌人在华北，吸引敌人到华北，给以大量的消耗和歼灭，以便我主力的休息整理与装备，和西北西南抗日根据地的建立，这是我们的光荣责任。敌人现在来进攻我们,这就是我们的胜利。敌人气势渐衰,我们的力量方兴未艾。抱定胜利的信心,我们必能粉碎敌人新的进攻。

(原载一九三九年一月二十九日《新华日报》华北版第一版社论)

三五两区扩大行政会议的成功

　　正当寇兽发出进攻晋东南的炮声，开始再次来屠杀蹂躏我晋东南父兄姐妹；再次来焚掠晋东南的田园、庐舍、粮食、农具、牲畜；企图来毁灭我整个晋东南——这坚持华北抗战的堡垒的时候，我晋东南三、五两行政区相继举行了紧急的扩大行政会议。

　　这两个会议的中心任务是迎接和粉碎敌人新进攻，正如第二战区司令长官行营周视察员所说，是一次"作战计划的会议"。

　　这两个不同行政区的同一性质的会议，几乎讨论和布置了同样的工作，宣布了同样的工作方法和方式，这证明在□□□□□□大会以后，晋东南的行政工作，相互之间的确已经有了更亲密的联系，工作步骤已经实现了走向统一。

这两个会议同样都有了丰富的收获，其重要收获之一，是改善和强化了各级行政机构，确立了政府游击队化的原则；并规定如何创造政府根据地，化整为零，化零为整，利用两个战斗间的时间和敌人将到未到的空间，在公安局和基干自卫队、自卫队武装保护之下推行和开展行政工作的实际办法。这一收获，使各级行政机构更能适合于战时动作，能在敌寇包围下坚持，而不至临阵慌乱，能与寇敌进行持久的搏斗，即使寇敌以更大量的兵力，更残酷的方法进攻，也无法不让青天白日的国旗在晋东南到处飘扬。

其重要收获之二，是统一了和充实了行政会议的组织，包括牺盟、公道团以及各民众团体，各地域民选的民众代表和少数民族代表的参加。这一行政会议在平时已经是一个相当的民意机关，可以说是地方参议会的准备，在战时恰恰又是团集一切力量的集体领导机关。它将帮助政府，使政府更能担负起它的责任，更能发挥它的力量，团结和领导全体武装的和非武装的民众配合正规军和游击队作战。

同时，会议又确定："一切以战争为中心，动员一切力量参加战争，全部工作军事化。"会议决定动员壮丁参加抗战部队；动员经济、文化、教育、宣传等各部门工作来配合战事；动员运输队、担架队、救护队等来帮助军队。会议也决定布置除奸网加紧除奸工作并商决在恰当时间中，怎样实行澈底的空舍清野，破路拆城。

政府的工作已经有了初步的大体的布置，目前的中心问题就在于如何使这些宝贵的决议，具体实现。全晋东南各地县、区、村的各级地方政府必需以最高度的积极性和紧张性，根据各当地的具体情形，以突击方式切实的来执行和完成行政会议交给他们的任务。而各民众团体也必需紧急动员起来，配合政府的工作，发动全晋东南的民众坚决的紧密的团结在政府周围，团结得像一个人一样，锻炼成一条无坚不摧无敌不克的铁鞭，向日寇迎头痛击。我们是否能顺利的粉碎敌人的新进攻，就要看我们晋东南全体军政民是否能百分之百的迅速完成自己的任务。我们相信，以晋东南全体军政民的果敢英勇，胜利是有保证的。

（原载一九三九年二月三日《新华日报》华北版第一版社论）

我军收复辽县

捷报传来,我忠勇将士,已于二日之晨收复辽县。残敌狼狈溃窜,我军正乘胜追击中。

辽县的收复,毫无疑义的给了整个晋冀豫军民以极大的兴奋,坚定了胜利的信心,来迎接行将到来的更大规模的血战,保卫我们的锦绣河山,保卫我们的抗日根据地,保卫我们的父母妻子,保卫我们的财产家园,尤其是保卫我们的大西北。

克复辽县的胜利,告诉了我们下述的宝贵经验:

第一,必须努力加紧团结,只有军队政府和民众打成一片,抗日部队互相亲密合作,抱着生死与共的决心,一致奋斗,才能战胜强寇。

第二，必须加紧战时动员的一切准备工作，拆城破路，清野空舍，劳军运动，群众游击战争等等，必须事先准备好，组织好。早一天准备好组织好，准备得越是周密，我们打退敌人也愈有把握。

第三，必须反对麻木不仁和惊惶失措两种错误现象。

第四，在发动民众的工作中，必须努力扫除现在还相当普遍存在的强迫命令之残余。要想达到这一目的，唯有努力加紧宣传鼓动工作，以及用干部和先进份子的模范作用，来提高民众的自动性和积极性。

第五，必须努力清除汉奸，特别要注意肃清专门挑拨离间破坏团结的托洛斯基份子。

绝对不可以因为我们得到了这次胜利，就骄傲起来，把一切紧急的动员工作放松下来。必须知道，更巨大的战争还在后面。敌寇在大举进攻以前，毫无疑义的将举行许多进攻的试探，而每一次试探，如果得到顺利的结果，就立即可以转变为大举进攻的开场。因此，我们必须时刻准备好，不仅是为着将来粉碎敌人的大举进攻，而且要对敌人的每一次试探，给以迎头的痛击，尤其要尽量求得痛快的歼灭，使敌人不敢轻于冒险。这种布置非常必要，而这就需要我们时刻不懈的准备。

我们还要再一次竭诚忠告某些个别份子，他们不但不作这样的准备，反而在我将士与敌人浴血苦战的时候，做出为亲者痛仇者快的行为（例如个别份子利用获鹿黄沙会捣乱后方），这种言之痛心的事实，居然发生，实为每一个中华同胞所意想不到的。对于这些个别份子，我们要大声疾呼的告诉他们，切记着唇亡齿寒的教训，切记着自己还是炎黄子孙。我们希望以后再没有这种不忍言而又不得不言的事实，发生于青天白日之下，发生于敌后的抗战根据地中。

（原载一九三九年二月五日《新华日报》华北版第一版社论）

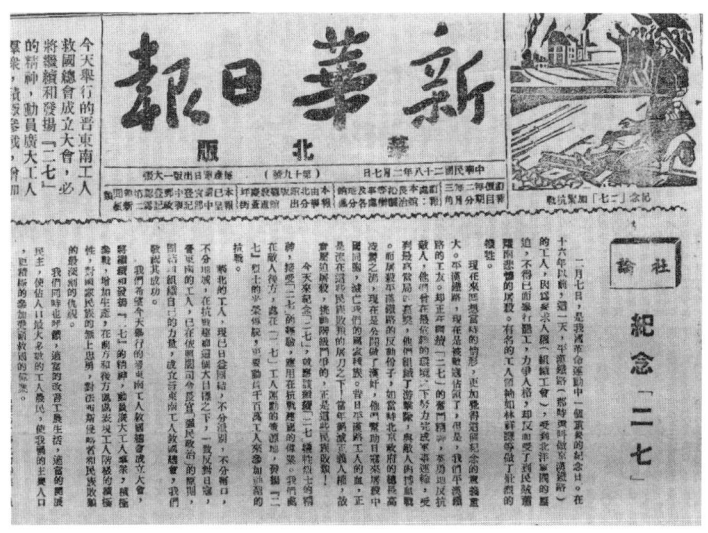

纪念"二七"

　　二月七日，是我国革命运动中一个重要的纪念日，在十六年以前，这一天，平汉铁路（那时还叫做京汉铁路）的工人，因为要求人权（组织工会），受到北洋军阀的压迫，不得已而举行罢工，力争人格，却反而受了到民贼萧耀南悲惨的屠杀。有名的工人领袖如林祥谦等做了壮烈的牺牲。

　　现在来回想当时的情形，更加觉得这个纪念的意义重大。平汉铁路，现在是被敌寇占领了，但是，我们平汉铁路的工友却正在继续"二七"的奋斗精神，英勇地反抗敌人。他们曾在最危难的环境之下努力完成军事运输，受到最高当局的嘉奖，他们组织了游击队，与敌人肉搏血战，而屠杀平汉铁路的反动份子，如当时北京政府的总长高凌霨之流,现在是公开做了汉奸,他们帮助日寇来屠杀中国同胞,灭亡我们的国家种族。昔日平汉路工人的血,正是流在这些民族败类的屠刀之下!当年绝灭正义人权,故意压迫屠杀,挑动阶级斗争的,正是这些民族败类!

今天来纪念"二七",就应该继续"二七"牺牲烈士的精神,接受"二七"的经验,应用在抗战建国的伟业。我们处在敌人后方,处在"二七"工人运动的策源地,发扬"二七"烈士的光荣传统,更要动员千百万工人来参加神圣的抗战。

华北的工人,现已日益团结,不分派别,不分帮口,不分地域,在抗战建国这个大目标之下,一致反对日寇。晋东南的工人,已在依照阎司令长官"强民政治"的原则,团结和组织自己的力量,成立晋东南工人救国总会,我们敬祝其成功。

我们希望今天举行的晋东南工人救国总会成立大会,将继续和发扬"二七"的精神,动员广大工人群众,积极参战,增加生产,在前方和后方处处表现工人阶级的积极性,对国家民族的无上忠勇,对法西斯侵略者和民族败类的最深刻的仇视。

我们同时也呼吁,适当的改善工农生活,适当的开展民主,使占人口最大多数的工人农民,使我国的主要人口,更积极的参加爱国救国的伟业。

当此寇深祸亟,敌人正企图"扫荡"华北的时候,只有坚持团结,实现民主,才能发扬民力,战胜敌寇。为民主而奋斗的"二七"运动之光荣传统,不仅是工人阶级所应当继承,而且也是我全体爱国同胞所应当继承的。

(原载一九三九年二月七日《新华日报》华北版第一版社论)

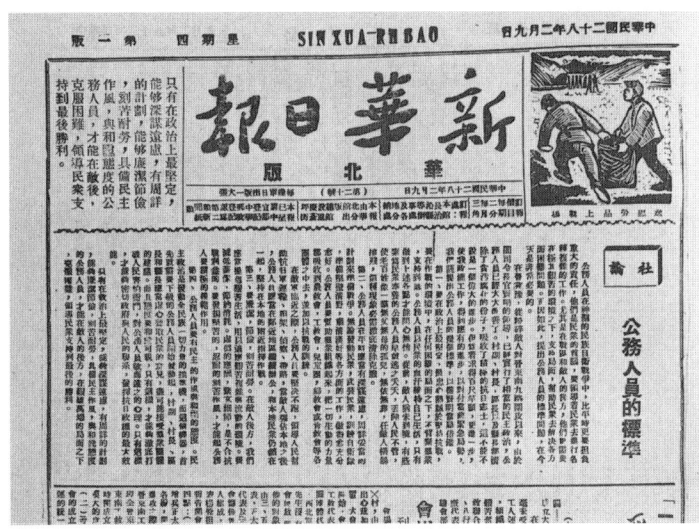

公务人员的标准

公务人员在神圣的民族自卫战争中,比平时更要担负重大的责任,他们是民众的首脑,要领导着民众去进行各种复杂的工作。尤其是在战区和敌人的后方,他们□需要在极其艰苦的环境之下,支持局面,帮助民众去解决各方面困难问题。正因如此,提出公务人员的标准问题,在今天是非常必要的。

在晋冀豫,从粉碎敌人对晋东南九路围攻以来,由于阎司令长官贤明的领导,已经实行了相当的民主政治,公务人员已经大大改善了。村副、村长、区长以及县长都清除了贪污腐化的份子,吸收了积极的抗日志士,这不能不说是一个伟大的进步。但为着求得百尺竿头,更进一步,使我政权工作，得到应有的进步，以对付当前紧急局势，我们谨提出公务人员的几个标准，以备贤明当局借鉴。

第一，要在政治上最坚定，最忠心热诚于坚持抗战，要在作战的环境中，在任何困难的局面之下，不背弃群众，支持到底。公务人员以民众的血汗维持自己生活，只有做到上述各点才能问心无愧。从前，敌人犹未到境，有些素为民众奉养的公务人员早就逃之夭夭，丢开人民不管，使老百姓像一群无父无母的孤儿，无依无靠，任敌人横暴摧残，这种现象必需澈底清除克服。

第二，公务人员在平时应当有深谋远虑、周详妥当的计划来准备战争。无论发动民众、武装民众、训练自卫队、准备坚壁清野、肃清汉奸等各方面的工作，做得愈充分愈好。公务人员要帮助群众组织起来，把一切生动的力量都吸收到农救会、工救会、儿童团、妇救会或青救会等各团体之中去，并加以抗战的训练。

在敌军临近之际，公务人员要坚决不跑，领导人民帮助抗日军运输、担架、侦察、带路，当敌人强占本地之后，公务人员应当在临近地区继续办公，和本地民众仍然在一起，坚持在本地的附近指挥作战。

第三，要廉洁、节俭、刻苦耐劳。在敌人后方，我们应当提倡艰苦生活，用以适应艰苦复杂与流动的环境。要减低薪俸，节约消耗。虚伪的应酬，繁文细节，是不合抗战利益的。要发扬坚苦的、忍耐的刻苦作风，才能起公务人要积极的模范作用。

第四，公务人员要有民主的作风与和霭的态度。民主政治是发动全民族一切力量的推进机，而这个机器，首先就需要下级的公务人员开始发动起。村副、村长、区长和县长应当虚心听取民众的意见，尽可能接受群众团体的建议，而且态度要和霭可亲。只有这样，才能够澈底打破人民害怕衙门、对公务人员敬而远之的心理。只有这样，才能够密切政府与人民的联系，发挥抗日政权的最大效能。

只有在政治上最坚定，能够深谋远虑，有周详的计划，能够廉洁节俭，刻苦耐劳，具备民主作风与和霭态度的公务人员，才能在敌人的后方，在艰难万端的局面之下，克服困难，领导民众支持到最后的胜利。

（原载一九三九年二月九日《新华日报》华北版第一版社论）

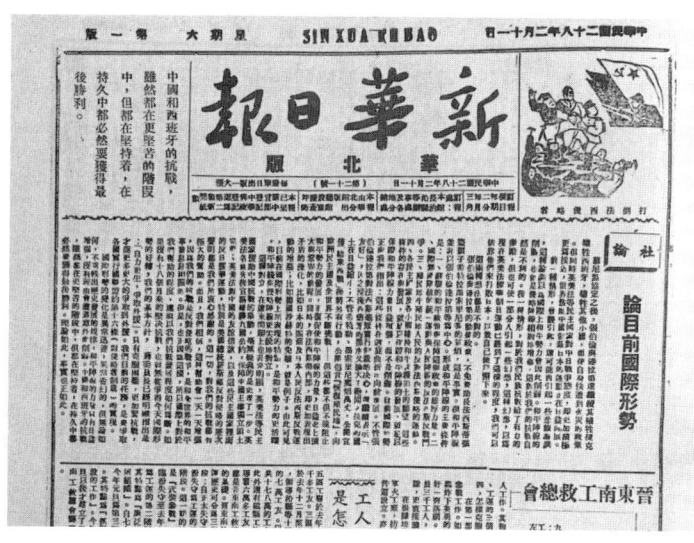

论目前国际形势

　　慕尼黑协定之后，张伯伦与达拉第还继续其牺牲捷克牺牲西班牙，牺牲其他小国，而使自身快遭到火灾的政策。但同时英美法等民主国家对中日战争态度，却更加积极更为接近，世界援助中国制裁日本的运动正在日益开展。

　　前一种情形，曾经引起，还可能再引起一些悲观论调，这种论调以为国际上和平势力会因此削弱。和平阵线的削弱，也就是侵略阵线相对地增强，这对于我们的抗战自然是不利的。后一种情形，对于我们民族抗战给了有力的激励，但也可使一部分人引起一些幻想。这种幻想，以为现在英美法援华制日运动已经到了这样的程度，我们可以依靠他们来打败日本，以致自己便松懈下来。

这两种想法都是不对的。

张伯伦与达拉第的动摇政策，不免要助长法西斯蒂强盗头子希特拉墨索里尼等的气焰，这是事实。但和平阵线并非以张伯伦达拉第等为中心。形成和平阵线的主要条件是：一、苏联的和平政策与保障这个政策的雄厚力量。二、国际无产阶级的统一运动与人民阵线的反法西斯反战斗争。三、殖民地半殖民地人民的反对法西斯侵略的运动。四、各民主国家及各小国维持和平保护领土的愿望。这些条件的存在与发展，就足以保证和平阵线的发展，就足以保证和平阵线力量日益增强，而不是削弱。目前国际形势正向我们指出：这些条件在回旋曲折地向前进展。不管张伯伦达拉第对法西斯毫无实行制裁的决心，还继续表示"友好"，因之浸淹西班牙的黑水又扩大了范围，捷克的国土在日益缩小；不管希特勒、墨索里尼魔焰万丈，公开宣布"结束西战"后将另有行动，公开倡言"恢复殖民地"，向欧洲民主国及全世界不断挑战——但这些都不但不能阻止和平势力的发展，正复促使和平阵线的力量，日益走上扩大与巩固的前程。同时，在法西斯蒂内部，却更加表现出矛盾的深化，比如日本的阁潮及日本人民反法西斯反战运动的增涨；比如德国沙赫特的免职，就是例子。由此可见，目前在国际形势上所表现的特点，是和平势力的更活跃，和平阵线与侵略阵线更尖锐的对立。

这种对立，在远东问题上也非常明显，英美法等民主国家援助中国抗战的举动，毫无疑义的更进了一步。英美法各国先后宣称维护《九国公约》，保障中国主权独立领土完整；英美法对中国的友谊借款，以及这些民主国家里面的反日援华运动，特别是美国总统罗斯福反对侵略的历次声明都是我们所衷心感谢的。这一切，对我们的抗战都有极大的帮助。而且，我们相信，这种帮助会一天一天增强，因为我们的抗战是反对侵略的战争，是和全世界的和平事业息息相关的。但是，也正因为这样，所以国际上对于我们帮助的程度，还须以我们抗战发展程度如何为断。如果没有十八个月来的坚决抗战，也就无从争得今天国际形势的好转。我们的基本方针，蒋委员长已经明确指出是："自力更生，争取外援。"只有克服困难，更加紧抗战，才能更多更大的争取到外援。我们目前的任务，是要争取各国实行国联盟约第十六条（对侵略者制裁）的实现。

国际形势的变化是异常迅速，异常矞幻的，但无论如何，不能轶出历史发展的规律，和平阵线的力量只有日益增强，没有理由会遭遇意外而削弱。中国和西班牙的抗战，虽然都在更坚苦的阶段中，但都在坚持着，在持久中都必然要获得最后胜利。理论如此，事实也正如此。

（原载一九三九年二月十一日《新华日报》华北版第一版社论）

严格进行统制贸易

应当直爽的说,统制贸易的工作,虽然已经开始进行了,但是离开应有的程度,还差得很远。

统制贸易的第一个着眼点,应当绝对做到不供给敌人以任何军用原料。断绝敌人的军用原料,其意义之重大,在这里用不着说了。全世界爱好和平的人士,正在奔走呼号,为此而努力,如果我们自己反不努力,那是无理可说的。敌人为了准备长期战争,其法西斯内阁已决定要办到在华北就地取材的方针,最近正在华北沦陷区内,强迫植棉。在重工业方面,正在竭力进行其所谓"开发"工作,并且据说已有某些成绩。但军用原料要从农村中来,而农村是在我们的手中,只要我们澈底禁止棉、铁、麻、硫磺、粮食等的输出，就足以完全打破敌人就地取材来屠杀我们的阴谋。

因此我们提议，凡属棉、铁、麻、硫磺、粮食等军用原料，必须澈底实行禁止输出。未制品应当这□，已制品（如铁钉等）也应毫无例外。至于为了维持生产者的生活，还应当另行设法。一方面限制产量，另一方面则用开设工厂，奖励制造供给我军之用的军用品，如布匹、炸弹、地雷、刀矛等，以及收买屯积（如粮食）等办法，来解决问题。

统制贸易的第二个着眼点，应当完全断绝奢侈品的输入。这一方面，我们也做得太差。试到长治的市场上去看，有那一种奢侈品找不到么？必须知道，现在日寇因国际对我援助日益有力，对外贸易大为低落，正以华北市场为其"金山银海"。所有被占区域的中国工厂，也被日寇强行规定，所得利益由日寇取其一半以上。在此危急存亡之际，奢侈品之流入，等于自杀。因此我们提议，凡属外来的奢侈品，不论任何牌号，应当一律严禁，或加重其税律至百分之几百。

统制贸易的第三个着眼点，应当打破敌人的封锁政策。一切必需品，特别是军用品、文化用具，要尽量开门，使其流入。这方面我们也做得不够。必须知道，敌人的封锁政策是要制我们的死命，敌人已经三命五申，禁止铁器、粮食、布匹、纸张、机器等输入我抗日根据地，我们就要打破敌人这种封锁。在这方面，任何迟疑只会于敌有利，于我有害。因此，对于布匹、铁器、粮食、机器、纸张、食盐、文化用具等，我们要减低税额，甚至完全不收税，甚至给以奖励，才是正当的办法。

除此以外，必须努力缉私，完全把贸易统制起来。

这些办法，现在都是当务之急，我们敬申愚见，希望贤明当局的采纳和执行。

（原载一九三九年二月十五日《新华日报》华北版第一版社论）

日寇占领海南岛和华北的新形势

西班牙叛军在德意法西强盗的直接援助之下，于本月九日占米诺加岛后，日本法西强盗于翌日（十日）即大举向中国海南岛进攻，在海南岛西北登陆，并向内部挺进，遭遇我军民坚强抵抗。法西侵略者的打劫烽火，在远东与西方互相呼应。

日寇占领海南岛，非但是断绝我国今日在南方的重要海口北海的交通，而且是企图切断香港与新加坡，以及新加坡与澳洲的联络，并使菲律宾亦受其控制，对于法属安南，更是重大的威胁。这证明了日寇进攻中国的计划遭受了重大的挫折，乃悍然不顾一切，冒险出此，以图建立向安南进展之"根据地"，遮断由安南至中国的国际通路，并给世界和平以最大威胁。这有力的说明，全世界的民主国家，只有援助中国，才能遏制法西强盗破坏世界安全的恐怖。对于法西强盗的纵容，不仅是对世界和平的罪恶，也是造就民主国家自己的危险。

占领海南岛，以断绝我国北海对外交通，是日寇将更残酷地进行其进攻西北之阴谋的表现。现在全国抗战虽已开始转入相持阶段，敌犹未放弃向内地深入的企图。综观战局大势，敌正集中主力，企图进攻西北。华北是西北的门户，而华北的交通线都在我们抗日游击战争的控制之下，日寇为了保障进攻西北计划顺利进行，必定要首先"扫荡"华北，巩固他的后方，过去与现在日寇正在进行这个计划，以后日寇必定要更加残酷更加毒辣地进行。除掉他疯狂的军事进攻和野蛮的烧杀政策之外，必定要配合更卑鄙更阴险的政治欺骗。因此，华北已逐渐开始转入更加困难更加艰苦的环境。

克服困难坚持华北抗战，就是争取全国抗战形势的好转。我们的困难是为了中华民族的解放的，所以我们应当尽一切努力，来把它克服。我们应当怎样做呢：

第一，团结华北的一万万军民，密切军政民的联系，发挥抗日政权和抗日民众组织的最大效能，铸成钢铁一般的持久抗战的基础，配合正规军和游击队，来迎接和打击敌人的进攻。

第二，发挥坚持华北抗战十九个月的宝贵的经验，尤其是最近收复辽县的民众动员和空舍清野工作之胜利成功的教训，捍卫我们胜利的坚决信心，和敌人斗争到底。

在全世界反法西运动已入短兵相接的时期，处在中日战争决战场的华北一万万军民，正是站在世界反法西运动的最前线，我们应当英勇地守定自己的岗位，尽一切努力来完成我们负担着的光荣伟大的使命。

（原载一九三九年二月十九日《新华日报》华北版第一版社论）

保卫大西北

最近月余来寇军在华北各条线上的增加，平汉、平绥、正太、津浦等线兵运的频繁，对冀中冀南晋西的疯狂进犯……等看来，敌寇是正在忙着布置进犯西安兰州，进犯大西北，以遮断我西北国际通路，割裂我西北西南之联系的新的军事行动。

攻略西安兰州，进攻我大西北，这本是敌寇的预定计划。在广州武汉失守之后，敌寇之所以未能迅速遂行其企图者，一方面是因为敌军在进攻大武汉的过程中，在各个战线上均遭遇了我军英勇抵抗，蒙受了巨大的损失，尤其是敌后的广大游击战争，更消耗和牵制了敌寇不小的兵力，至使数十万寇军，不能不局促与徘徊于点线之上，其兵力不足，兵力分散之弱点，更形暴露；另一方面则因敌国内外各种危机的日益加深，经济困乏，财源枯竭，人民生活愈趋恶化，反战情绪之增涨，国际地位日趋孤立，这一切使得近卫内阁不能不倒台，而以平沼为首的新内阁不能不更加疯狂的法西斯化。

日寇在海南岛的登陆，便是平沼内阁更加疯狂的一个明证。有田已公开声明，强占海南岛是加强对华南的封锁，很明显的北海南宁亦将被置于敌寇的侵略目标之下。

进攻西北，已经不是遥远的问题，敌寇是正在积极的布署着！我们希望各方面抓紧这一瞬间，动作起来，准备迎击敌人！处于敌后的各抗日军队、游击队、抗日政府、抗日团体，是无日不在与敌搏斗中。晋察冀边区的军民、晋西南的军民，他们在英明的政府及军政领袖领导之下，曾经取得了粉碎敌人进犯的胜利，晋东南的人民也在与抗日各军密切配合之下，赶走了进犯辽县的敌人。冀中冀南的军队与人民，数月来在连续的与敌血战与苦斗之中，而且已经取得了不少胜利，他们这种奋勇牺牲与艰苦奋斗的精神，是值得全华北全中国人民与军队学习的。而他们这种坚持的苦战，正与晋察冀、晋西南、晋东南等区的苦战一样，是全国抗战的一部份，是保卫大西北的有效步骤。

坚持华北抗战，不仅是简单的为着保卫华北，而且是为着保卫大西北，为着配合全国的抗战！为着拖住敌人，吸引敌人，停止敌人的进攻，生息与锻炼自己的力量，争取反攻阶段的到来。

敌图进攻西北、华北的情况亦将更加紧张，在几个县城内，我们虽已取得了一次胜利，但我们并未完全赶走敌人，敌人"扫荡"的企图，也不会就此轻易放弃，更残酷、更凶恶的战争，将不断的到来，我们必须有铁一般的胜利信心，钢一样的精诚团结，准备持久的战争，要在连续不断的粉碎敌人多次围攻的胜利中，来有力的配合保卫大西北。在敌寇的火力下，新生起足够的力量，□□反攻，争取最后胜利。

（原载一九三九年二月二十一日《新华日报》华北版第一版社论）

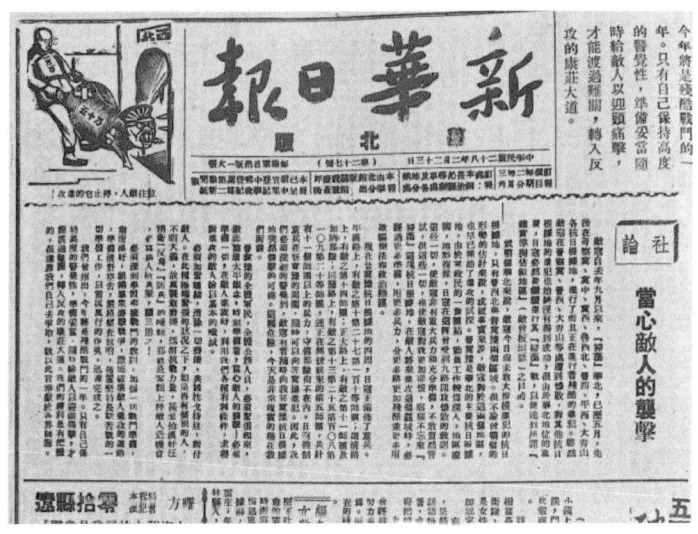

当心敌人的袭击

敌寇自去年九月以来,"扫荡"华北,已历五月,先后在晋察冀、冀中、冀西、鲁西北、晋西、平西、大青山各抗日根据地,进行了而且正在进行着残酷的进犯。虽然敌寇在晋察冀、晋西、大青山等处遭到惨败,对其他抗日根据地的进犯也始终没有得到成功,但由于华北地位的重要,日寇必然要继续进行其"扫荡"战,以便达到所谓"确实掌握占领地区"(敌酋板垣语)之目的。

就整个华北来说,敌寇今日尚未敢大规模进犯的抗日根据地,只有晋西北与晋冀豫两个区域。但不论就整个的形势的估计来说,或就事实来说,敌寇对于这两个地区,也早已开始了进攻的试探。晋冀豫是华北的主要抗日根据地，由于军政民的一致团结，动员工作较为深入，地区辽阔，地形复杂，日寇在这里曾受到九路围攻惨败的教训。这些一切，使敌寇非有重大兵力和充分准备，不敢贸然尝试，但这些一切，也使敌寇对我更加毒恨，寤寐不忘来"扫荡"这块抗日根据地，在敌人将来进攻这个区域时，必经过更多准备，用更多兵力，分更多路，更加残酷并更多用欺骗办法和政治阴谋。

现在晋冀豫抗日根据地的四周，日寇正满布了重兵。平汉路上，有敌之第十第二十七第一百十等师团；道清路上，有敌之第十四师团；正太路上，有敌之第十一师团及加纳部队；同蒲路上，有敌之第十三第二十五第百〇八第一〇九第二十等师团，连正在开拔前来的第五师团，共计有十一个师团以上的兵力，守备部队尚不在内。日寇控制重兵在晋冀豫的周围，随时可以向晋冀豫进犯。因此，我们必须深刻的警觉到，敌寇有着随时向我晋冀豫抗日根据地突然袭击的可能。这种危险，今天是非常现实的摆在我们面前。

晋冀豫的全体军民，全体公务人员，必须紧张起来，澈底肃清太平观念，时刻准备着，当心敌人的袭击！必须准备一切，在敌人进攻时，利用我们各种有利条件，求得对进攻的敌人给以基本的歼灭。

必须加紧团结，消除一切磨擦，共同枕戈待旦，对付敌人。在此种极端紧张的状况之下，如果再有个别的人，不明大义，故意制造磨擦，抵消抗战力量，甚至拾汉奸汪精卫"反蒋""反共"的唾余，那就是客观上替敌人造机会，必为国人所共弃，愿三思之！

必须深刻学习和辽战斗的教训，加强一切战斗准备，肃清汉奸，组织群众游击战争，澈底破坏敌人进攻的道路，准备清野空舍，严格盘查放哨，布置坚持长期苦战的一切准备工作，以雷厉风行的作风，迅速完成之。

我们曾指出，今年将是残酷战斗的一年。只有自己保持高度的警觉性，准备妥当，随时给敌人以迎头痛击，才能渡过难关，转入反攻的康庄大道。我们的胜利是有把握的，但还靠我们自己去争取，敬以此言奉献于各界同胞。

（原载一九三九年二月二十三日《新华日报》华北版第一版社论）

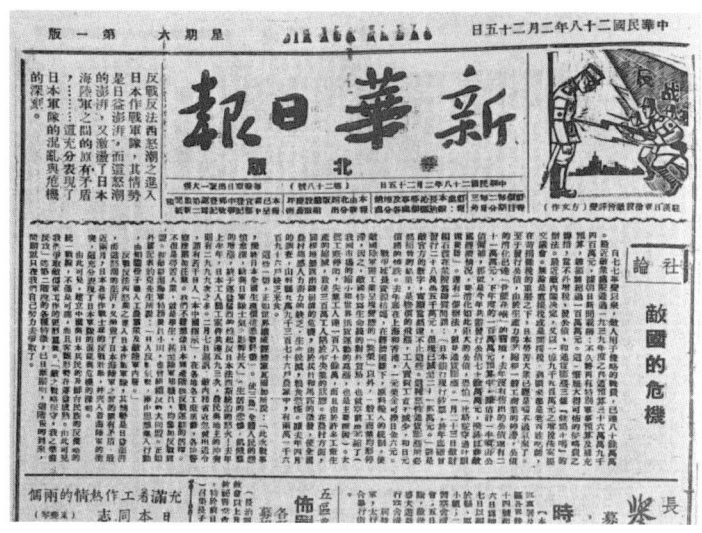

敌国的危机

自七七事变以来,敌人用于侵略的战费,已达八十余万万。最近敌众议院通过一九三九年度之普通预算三十六万万九千四百万元,据《朝日新闻》载称:不久将再有特别军事预算及补充预算,总额将超过一百万万元。这一笔庞大得可怖的侵略费之筹措,当不外增税、发公债和通货膨胀三个"饮鸩止渴"的办法。最近敌内阁决定,又以一亿九千五百万元之增税法案提交议会。无论是直接税或是间接税,到头来都是老百姓吃亏,在苛捐杂税的重压之下,日本劳苦大众已经是喘不过气来了。至于发行公债,由于生产力的萎缩和一般工商业的停滞,公债的消化已达"骨鲠在喉"的窘境。去年没有售出的公债还有二十一万万元，下年度的一百万万元预算中，据估计一半须由公债弥补，那就是今年共需发行公债七十余万万元，揆诸目前敌国经济情况，要消化如此巨大的公债，恐怕"比骆驼穿过针眼还要难"。还有一个办法，就是通货膨胀。一月二十三日敌财相石渡在众院答覆质问谓："日本银行现行钞票，于年底虽曾发行二十八万万五千万元，但现已减至二十一万万元。"这是敌官方的数字，实际当然还不止这些。这种恶性通货膨胀所必然招致的结果，是物价的飞涨，工人实质工资的减少，和日元价格的惨跌。去年底在上海和香港，一元美金可换日金六元。

战争延长，资源枯竭，在经济困难下，原料输入的统制，使敌国除军需工业呈现变态的"繁荣"以外，一般工商业均形停滞。因之，敌国恃为生命线的对外贸易，也就空前地萎缩了（我国市场的缩小和世界抵货运动的高涨，也是主要原因）。大批工厂停闭，失业工人达一百八十余万，而且由于许多工厂生产的缩减，致使三百万工人陷于半失业的状态。在农村方面，同样地暴露出总崩溃的危机，由于兵员和马匹的征发，使全国农村痛感人力畜力的缺乏，生产锐减，粮食恐慌。据去年四月的调查，山形县九万九千三百七十六户农家中，有两万一千六百九十六户缺乏米食。

这些一切，正如世界权威经济家瓦尔加所说："此次战争，几将日本全国生产价值悉数耗尽。"使三岛"全体人民的怨愤愈深，给与日军队士气之影响甚大"。生活的悲惨，饥饿群的增涨，终于逐益猛烈的烧起反日本法西斯统治的怒火！去年上半年，日本工人罢工案件共达五九三次，农民与地主的冲突则有二九九九次之多。二月七日沪讯，敌内务省近忽发出通令，谓有若干日本人"本中国指示"，在各地各工厂活动，各地警察应严加注意。我们不难想象日本无产阶级反战运动的活跃。不但是劳苦大众，就是学生，甚至陆军部职员，均参加反战同盟。即敌驻沪海军特务要员小川，也曾组织反战大同盟。正如外国记者约克先生所说："日人反战气势，渐由思想进入行动，由知识份子进入工农群众及敌陆军内层。"

反战反法西怒潮之进入日本作战军队，其情势是日益澎湃，而这怒潮的澎湃，又激□了日本海陆军之间的原有矛盾。最近两月，日本在华作战士兵的反战壮举，并夹入着海陆军的冲突，这充分表现了日本军队的混乱与危机的深刻。

由此可见，建立中国与日本兵民的及□□民族的反侵略的统一战线，不仅是可能，而且客观形势在逐益成熟。由此可见我们争取敌伪军工作的更形重要。"敌之战略保守，我之准备反攻"的第二阶段的各种特征，已日渐显明，这阶段的到来，问题就只在我们自己努力去争取了。

（原载一九三九年二月二十五日《新华日报》华北版第一版社论）

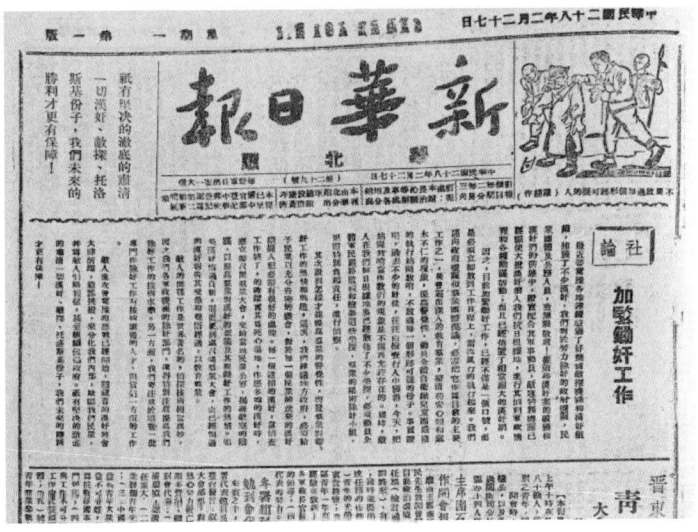

加紧除奸工作

最近晋冀豫各地连续破获了好几个敌探机关和汉奸组织，捕获了不少汉奸，我们对于努力除奸的政府机关，民众团体及公务人员，致无限敬意！从这些汉奸案的破获和汉奸们的供述中，证实配合其军事动员，敌寇特务机关已经驱使大批汉奸潜入我们抗日根据地，进行其侦刺军政情报和各种阴谋活动，而且已经布置了相当庞大的汉奸网。

因之，目前加紧锄奸工作，已经不仅是一个口号，而是必须立即放到工作日程上，雷厉风行的执行起来。我们谨向政府机关和群众团体提议，必需把它作为目前的主要工作之一，要普遍而深入的教育群众，扫清苟安心理和麻木不仁的现象，提高警觉性。动员全体自卫队儿童团严格的执行站岗放哨，不放过每一个形迹可疑的份子。事实证明，过去不少的奸徒，往往由检查行人中获得，今天，把站岗放哨当作敷衍的现象是不能再允许存在的。同时，敌人在我们抗日根据地里已经散布了不少坐探，必须动员全体军民严格监视和检举这些坐探，群众的秘密除奸小组，更需特别负起责任，进行侦察。

其次说到怎样才能提高群众的警觉性，启发群众对锄奸工作的热情和兴趣，这里，我们建议地方政府，必须给予民众以充分告密的机会，对于每一个民众捕送来的汉奸嫌疑人犯必需有很好的处理。每一个逮捕的汉奸，当侦查工作终了，的确证实其为死心塌地，作恶多端的汉奸时，应立即召开群众大会，交给当地民众公审，揭破敌寇的阴谋，以提高群众对汉奸的认识及其对锄奸工作的热情。如果汉奸悔过自新，则更要到处召开群众大会，由已经悔过的汉奸报告其受愚和觉悟经过，以教育群众。

敌人的间谍工作是世界著名的，侦探技术相当高妙，因之我们各军政机关的除奸部门，还得特别注意提高我们除奸工作的技术水准。另一方面，我们要注意于培养一批专门作除奸工作有技术素养的人才，担当这一方面的工作。

敌人进攻晋冀豫的恶战已经开始，隐藏着的汉奸将会大肆活跃，造谣挑拨，来分化我们内部，欺骗我们民众，并为敌人引路报信，甚至组织傀儡政府。只有坚决的澈底的肃清一切汉奸、敌探、托洛斯基份子，我们未来的胜利才更有保障！

（原载一九三九年二月二十七日《新华日报》华北版第一版社论）

剧战开始了

和辽战斗以来，各方面的事实，说明敌人大举进犯晋冀豫边，已不是将来的可能的事，而是已经在进行着的事情，不是威胁，已是现实！

看罢！在北面，敌人已占和顺，正在修筑堡垒马路，屯积军火粮食，准备继续进犯；在西面，洪洞之敌正向安泽进犯，曲沃之敌占冀城，并向沁水进犯，临汾之敌近占浮山，东犯四十里地，灵石之敌近占静昇；南面敌正向横岭关集结，有进犯垣曲模样；在东面，敌正集结安阳。再放开我们的眼界，我们就看到，晋冀豫四围的铁路线上，敌已驻有重兵，而"扫荡"河北平原之敌，虽然没有得到什么"成绩"，却因其屠杀工作已告一段落，有向山西抽调之势。这一幅图画，说明了一个事实：敌寇对晋冀豫的大举进犯，已经开始了！

必须明确的估计到，晋冀豫抗日根据地，由于它的优良条件，乃是华北最重要的抗日根据地。对于敌人，晋冀豫是他所最痛恨的眼中钉，对于我们，晋冀豫是足以实现对敌人进行痛快歼灭的地带。当敌人大举进犯已经开始的今天，我们全晋冀豫军民的口号是：歼灭敌人，把进犯的敌人消灭在这里！

为了实现这一口号，需要进行最广大和深入的动员工作。我们有五十几个报纸，有无数的民革室救亡室，有广大的文化教育工作者队伍，有二百多个剧团，有几千所学校，有无数画家音乐家，这一枝伟大的力量，积极的动员起来吧！

要召集各村，各团体，各连队，各工厂的大会，深刻的解释目前形势，打起警钟，唤起八百万军民，一致自动的积极的参加争取战争胜利的工作，贡献一切于战争！只有发动了每一个人的积极性自动性，去掉惊慌失措和麻木不仁的现象，去掉强迫命令的现象，根据晋察冀及和辽的经验教训，详尽具体的布置一切工作，我们才能真正实现歼灭敌人的响亮口号！否则就谈不到争取胜利和歼灭敌人。

此次战争，是残酷的，是长期的，斗争的方法也将是多种多样的。我们的贤明当局，在布置自己工作的时候，要估计到这些特点，放宽眼界看得远些，看得周详些，布置得灵动些。紧张而要耐心，雷厉风行而非顾此失彼。抓紧中心的一环——一切为着战胜敌人，歼灭敌人！要大家坚定胜利的信心，积极努力的打仗和工作，不要互相等待观望，坐失时机，这是战胜敌人的要诀。

此次战争，是保卫晋冀豫，保卫华北最重要的抗日根据地的战争，对于坚持华北抗战有极重要的意义。此次战争也是拖住敌人，保卫西北的战争，我们打得好，敌人无法实现其占领西北的阴谋。因此，我们打得好，就可以争取相持阶段的迅速而确定的到来。此次战争的意义如此巨大,晋冀豫八百万军民同胞,一致努力吧!

(原载一九三九年三月一日《新华日报》华北版第一版社论)

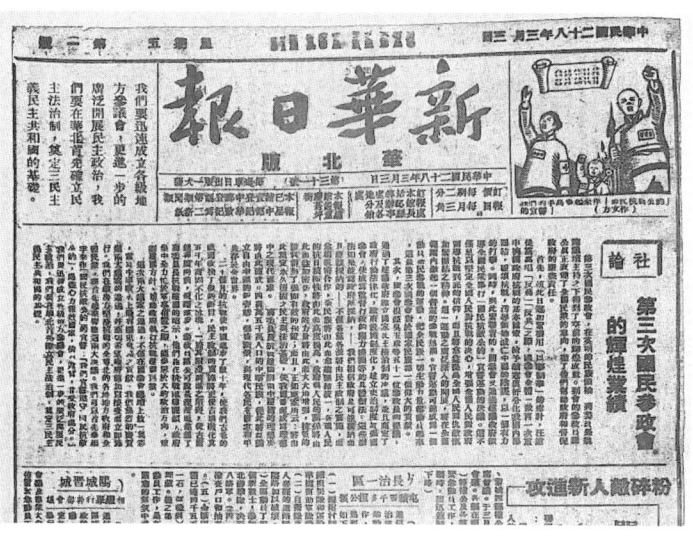

第三次国民参政会的辉煌业绩

第三次国民参政会,在□□□□□□□——□□□□亲临议坛主持之下得到了空前的辉煌成就。到会的参政员诸公真正表达了全国民众的意向,尽了他们帮助政府和督促政府的应尽责任。

首先,值此日寇加紧袭用"以华制华"的毒计,汪逆徒党高唱"反蒋""反共"之际,国参会全体一致再一次重申拥护政府抗战的基本国策,给予敌寇汉奸分化我国内部团结,破坏抗战,污辱领袖,灭亡中国的阴谋,以一个有力的打击。同时,与此紧联着的,国参会又通过建议政府领导全国民众举行《国民抗敌公约》宣誓运动的决议。这不仅足以坚定全国人民对抗战的决心,增强全国人民对政府领导抗战到底的信仰,而且将愈益提高全国人民同仇敌忾加紧团结之精神。这一运动之广泛深入的开展,将在全国范围内激起一个普遍的参战热潮。宣誓运动可能成为一个动员全民参战的运动,把全民族一切生动力量都动员起来,这是第三次国参会对于国家民族第一个伟大的贡献。

其次,国参会根据吴玉章等五十一位参政员的提议,通过了建议政府确立国家民主法治制的决议,并且商定了政府行动法律化,政府设施制度化,建立吏治制度加强国参会,使成为监督行政的权力机关等的具体办法。这些办法如果能为政府所采纳,——我们相信政府是可能采纳而且应该采纳的——不仅各党各派将由民主政制之实施,而愈趋亲密合作,全民族将由此而愈趋团结统一,全国人民的抗日积极性将由此而高度提高,政府与人民的关系将由此而益加密切,政府的力量将由此而大大地增强,抗战的胜利得到了强固有效的保证;而且,正如议案所云:将由此奠定永久稳固之民主与法治基础,使我国进而成为理想中之现代国家。蒋委员长抗战建国纲领中建国的理想亦将由此达成。四万万五千万人口的中华民族,从此将以独立自由幸福的新姿态,强盛繁荣,与现代各民主国家和平共存于全世界。

二十个月的抗战使中国进步了数十年,使我们古老的祖国改换了他的面目,民主政制的实施将更使古国融化其五千年凝固不化之冰块,一扫其阻滞前进之阻碍,使古国能奔腾向前,飞跃进步。参政员诸公可说是深深地铭诵了蒋委员长抗战建国的昭示,他们能在抗战困难关头,政府集中全力忙于军事布置之际,能集思于大的政治方向,策划建国方针,补助政府执行抗战建国巨业。

这次两大议案之通过,不仅在国参会议坛上放一异彩,实为中国政□上的最有历史意义之贡献,我们热烈的庆贺这两大议案的通过,并亟切希望政府能加以接受而立即施行,我们在敌后方坚持抗战的全华北的各地地方政府和全体民众,应首先起来响应这两大决议。我们可以首先举起手来作《国民抗敌公约》的宣誓:"我们宣誓遵守《国民抗敌公约》,竭尽心力报效国家，倘有违背，甘受政府处分。"我们要迅速成立各级地方参议会，更进一步的广泛开展民主政治，我们要在华北首先确立民主法治制，奠定三民主义民主共和国的基础。

（原载一九三九年三月三日《新华日报》华北版第一版社论）

动员大家来宣誓

第三届国民参政会第五次会议，通过了一个《国民抗敌公约》，和实行这个公约的誓词。国民参政会是代表人民公意的机关，这个公约与誓词，也就是全国人民意志与愿望的表现，《国民抗敌公约》是四万万五千万人的决心，实行公约的誓词是四万万五千万人的意志。我们相信，在全国各地举行这一宣誓运动的时候，一定能够滋长更巨大的抗战力量。

在我们华北，广大的人民已经亲身经历了日寇的烧杀淫掠，早就立誓要和敌人永远战斗下去，一直到消灭敌人的时候为止。这种决心已经发生了极大的力量，使我们在华北广大的土地上，仍然飘扬着青天白日满地红的国旗，使我们华北抗战仍然坚持着而且还要继续坚持下去,《国民抗敌公约》及其誓词,恰恰是代表着每个华北同胞自己的决心。

我们大家要来宣誓,我们要向缔造民国的孙中山先生宣誓,我们要向为了争取中国民族解放而牺牲的一切先烈宣誓,我们要向抗战中壮烈殉国的一切将士宣誓,我们要向被日寇屠杀的无数死难同胞宣誓,我们一定要继续他们的志愿,把日寇赶出中国去,誓不屈服,誓不妥协,誓不悲观,誓死要达到民族解放的目的,——而在敌人企图"扫荡"华北,向我晋东南根据地大举进攻的今天,我们晋东南的全体军民,要誓死保卫晋东南抗日根据地,粉碎敌人进攻,坚持华北抗战。在这个紧要关头举行《国民抗敌公约》的宣誓是极其适合的。

现在敌人正在华北各地实行所谓"怀柔政策",这是伴着军事进攻而进行的政治阴谋之一,它的目的是要使中国人民都变成驯服的羔羊,以便于日寇进行更凶残的烧杀淫掠。我们的宣誓运动将表示我们全体同胞的决心,粉碎这种阴谋,我们宁愿光荣地战死,不愿做亡国的奴隶而偷生,我们中华民族最光辉的传统,就是至死不屈的民族气节与坚苦卓绝的民族精神,二十个月的抗战已经完全证明了这一点。蒋委员长在痛斥近卫声明书的演说中指出:"我们中国立国五千年来,一向以信义为立国的基础……我们中国的立国精神,就是不侮孤寡,不畏强暴。"无论日本帝国主义采取了任何阴谋来企图麻痹我们,我们给他的回答是坚决的反抗,我们的誓词与宣誓运动就是一个有力的反抗的表现。我们的宣誓运动必将更加坚定全国人民的抗战决心,更加巩固民族的团结,更加发扬民族的传统精神,更加鼓舞各个战线上的斗争,而打破日本帝国主义一切"怀柔"的阴谋诡计。

大家来宣誓,来向全世界表明,今天全中国人民用共同的行动与共同的誓词,表示:"绝对拥护国民政府,服从蒋委员长的领导,尽力竭力报效国家。"

(原载一九三九年三月五日《新华日报》华北版第一版社论)

纪念"三八" 庆祝晋东南妇救总会成立

三月八日，是国际妇女革命运动纪念日。这个纪念日子的重要的意义，正如它的倡导人蔡德金女士所说过的一样，第一，在于指出广大妇女争取解放的道路，说明妇女解放是社会解放的一部份，妇女必须参加社会解放运动，与广大的被压迫人民共同奋斗；第二，在于团结广大妇女起来争取自己的权利，使革命的妇女运动获得国际的团结，形成新的战斗力量与战斗阵容。从一九一〇年倡导这个运动以来，二十多年的历史过程完全证明了这两点。

在我们中国自然也不是例外的，中国的妇女运动，可以肯定地说，只在民国十四年举行过"三八"纪念节以后，才真正成为群众的运动。中国妇女运动的发展，也证明了

"三八"节启示的正确。当中国妇女运动局限在立法、教育等等次要问题的时候，运动不能迅速开展，但在妇女运动与民族解放运动合流以后，就有千百万妇女群众来参加。抗战以来，各地妇女运动的发展，正是这个原故。抗战以来，我国妇女获得国际妇女的同情，也正是这个原故。

在今年的三月八日，来检阅我们中国妇女运动的情形，可以看见，一方面，中国妇女在日寇侵略之下，受到空前未有的奇耻大辱、苦难与牺牲；另一方面，中国妇女也和男同胞一样的怒吼了起来，参加神圣的民族战争，在火线上、战地里，与男同胞肩并肩地作战。我们的民族抗战锻炼出了成千累万的女英雄，现在不只是有一个花木兰或秦良玉，而是有无数的花木兰与秦良玉，在为民族争光。——在我们华北，敌人的远近后方，女同胞参战歼敌的事迹也层见叠出，她们的英勇奋斗精神并不逊于男子。

华北妇女必须继续与发扬这种英勇奋斗的精神，不但要在战线上表现自己的力量，而且要在一切抗战动员工作中表现自己的力量，加倍努力去做救护、慰劳、募捐、锄奸、保育等等工作，更要紧的是把自己的力量组织起来。（我们不能否认，我国大多数妇女没有被组织起来，妇女运动中的组织工作，赶不上广大妇女觉悟性与积极性的高涨。）组织就是力量，必须用组织工作，把华北广大妇女中蕴蓄的战斗力量掘发出来，运用这个力量去粉碎日寇"扫荡"华北的计划。这是今年纪念"三八"的一件重大的工作，不但女同胞要特别努力去做，男同胞也要负责去做。

晋东南妇救总会在"三八"节日成立，正是很光荣地执行了这个工作，做了华北妇女的模范。我们热烈地庆祝晋东南妇救总会的成功，并且希望妇救总会更加紧自己的工作，继续为组织妇女团结妇女参加抗战而奋斗。现在敌寇已向晋东南大举进攻，烧杀淫掠的浩劫威胁到每一个人民。放在妇救总会面前的重要任务，就是动员广大妇女起来，配合我们整个的工作去粉碎敌人的进攻。我们坚信，如果我们能够做到每个妇女都积极参加抗战工作，我们就一定可以粉碎敌人的进攻，一定可以把日本帝国主义赶出中国去，一定可以得到民族解放——使广大妇女一同得到解放的全民族的解放。

（原载一九三九年三月七日《新华日报》华北版第一版社论）

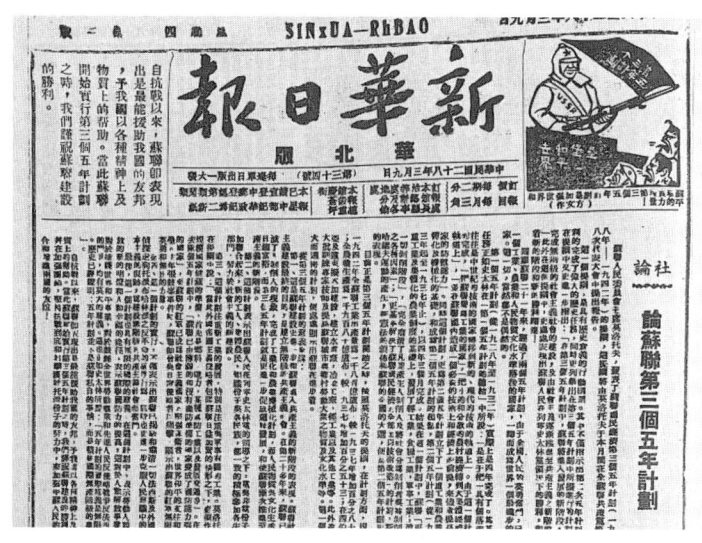

论苏联第三个五年计划

苏联人民委员会主席莫洛托夫,发表了苏联国民经济第三个五年计划(一九三八年——一九四二年)的提纲,这提纲将由莫洛托夫于本月间在全苏联共产党第十八次代表大会中提出报告。

这一个提纲,是具有历史意义的行动纲领。其中不仅指示出第二次五年计划胜利的完成了伟大的历史任务,同时更列举出在第三个五年计划中所拟进行的计划。在提纲中又更进一步指出:"在第三个五年计划中,苏联将进入发展的新阶段,即完成无阶级的社会主义社会的建设,及由社会主义逐渐推进至共产主义之新阶段。"此外在这个提纲中,更处处表现出苏联人民在列宁史太林党领导下的胜利，和向着新的阶段和新的胜利跃进！

回顾苏联二十一年来，经过了两个五年计划，由于全国人民的英勇奋斗，已使一个工业、农业和人民物质文化水准落后的国家，一跃而成为世界一个最进步的国家。这一切，当然都不是偶然的。

第一个五年计划（从一九二八年至一九三二年）实际上是四年完成了。其基本任务正如史太林在"第一个五年计划的总结"中所说："是在于把一具有个落的，往往是中世纪的技术的国家转移到新的、现代的技术的轨道上。"由于这一个计划的完成，"把苏联变为工业的国家""把小的和分散的农村经济转到大集体经济的轨道上""并在苏联国内造成一个必要的技术上和经济上的前提，来尽量提高国家的防御能力"。同时这个计划，更为第二个五年计划立下了一个重工业和农业集体化及机械化的基础，和成为第二个五年计划的起点。第二个五年计划（从一九三三年起至一九三七年止），以四年三个月完成。结果在这一个计划中，苏联"更在重工业及集体化的农业制度的基础上，发展了轻工业，食粮工业，军事工业；消灭一切剥削阶段""完全肃清了凡能产生人剥削人及将社会分为剥削者与被剥削者之各种因素""更基本解决了苏联国民经济的全部加以技术改造"的计划，斯达哈诺夫运动的产生，新宪法的颁布和苏联的全国的大选，便是第二个五年计划更好的表现。

目前正是第三个五年计划开始之时，按照莫洛托夫的提纲，在计划方面，规定一九四二年全苏联工业出产量为一千八百亿卢布，较一九三七年增加百分之八十八；全农业生产为一千九百八十亿卢布，较一九三七年增加百分之五十三；在西伯利亚及远东拟大加建设，建立水电厂，冶金工厂，轻工业以及其他工业等。此外并拟大批训练专家技师及提高苏联城市与乡村劳动大众之物质及文化水准等。这一个重大而周密的计划，便处处显示出苏联在进步着。

从第三个五年计划的意义来讲：

第一，这是苏联建设更进一步和苏联进入共产主义的新阶段的表现。苏联社会主义建设最终的目的，是建立无阶级的共产主义社会。在这二十多年来，苏联已消灭了人剥削人的现象，完成了工业化和农业机械化计划，而人民物质与文化生活亦日趋富裕，而第三个五年计划就是更进一步促成这种发展，和使苏联渐次推进至共产主义的新阶段。

第二，这个计划表示出苏联人民在列宁史太林党的领导之下，党与非党份子更加联合起来，新的工人、集体农民、知识份子与各民族，都一致的积极参加各生产部门，努力于社会主义的新建设。

第三，这个计划注重新工业的发展，特别是注重与军事有关的工业。莫洛托夫在提纲中说："当此外国帝国主义侵略者包围苏联日益加紧的情形之下，必须作大规模国家储藏的准备。首先是燃料、电力、某种国防工业以及发展交通等。"在过去两个五年计划中，"苏联已由薄弱的和没有国防准备的国家变成了国防能力强大的国家"，而苏联的红军已成为社会主义国家的坚强保卫者，世界和平的支柱和堡垒。去年张鼓峰事件时，苏联即曾与日寇侵略者以痛击，显示出苏联的红军无限的英勇和无比的力量。

第四，这一个计划的实行，不仅表示出苏联已揭破和肃清一切法西斯及外国的侦探走狗托派布哈林派之反革命的破坏行为，同时也更进一步克服人民意识中的资本主义的痕迹，为建设无阶级的共产主义社会而奋斗。

最后，这一个计划也具有无限的国际的意义，在这个计划中，表示劳动人类解放的新的明灯和人类幸福的途径，表示苏联国防力的提高，这对于人类解放事业，对于维护世界和平事业，对于鼓舞全世界劳动群众和先进人民反侵略战争反法西斯的斗争，均有莫大的意义。这也正如史太林所说："五年计划的国际意义是无限的。历史已经证明：五年计划并不是苏联私自的事情，而是整个国际无产阶级的事情。"

自抗战以来，苏联即表现出是最能援助我国的友邦，予我国以各种精神上及物质上的帮助。当此苏联开始实行第三个五年计划之时，我们谨祝苏联建设的胜利，并在加强团结，坚持抗战到底和打击汉奸托派份子的努力中，来加强中苏人民的联合和增进两国的友谊！

（原载一九三九年三月九日《新华日报》华北版第一版社论）

纪念孙中山先生　庆祝晋东南农救总会成立

民国十四年三月十二日，我们中国民族革命的导师、中华民国的国父——孙中山先生逝世于北平，孙先生的逝世是我们民族重大的损失，逝世的噩耗引起了全国以至全世界的震悼，十几年来我们民族遭受了许多患难，使中国人民无时不想到孙先生，在今日我们纪念先生逝世十四周年，尤其感到痛切的悼念！

中山先生给我们民族留下许多宝贵的遗产，而最重要的是他亲手缔造的中华民国，中山先生期望我们中华民国能够独立自由幸福地生存于世界上。但是，我们还未能很好地完成先生的遗志，在我们的国土上，今天正遭受着日寇的蹂躏。每个同胞在今天都应有百折不回的决心，为着完成先生的遗志，为实现我们独立自由幸福的三民主义新中国而奋斗到底。中山先生给我们民族留下的另一宝贵的遗产，是精深博大的三民主义和三大政策。孙先生的三民主义，今天已经成为我们全民族共同的旗帜、共同的信念、共同的目标。孙先生的学说，不仅提供了抗日民族统一战线的理论的基础，而且给予抗日民族战争以许多辉煌的指示。每个忠诚的中华儿女都在先生遗教的宝藏中吸取教训，作为一切抗战工作的方针。诚恳的学习三民主义，忠实的执行三民主义，反对对孙先生学说的污蔑曲解和阳奉阴违，反对汉奸托洛斯基份子和汪逆党徒，应该是今年纪念"三·一二"的第一个任务。

孙先生遗留给我们民族的第三个宝贵遗产，是中国国民党。中国国民党是中国第一个大政党，它现在在其□□□□□□领导之下，坚决抗战已将二年，写下了历史上最辉煌的一页。国民党成为日寇汉奸所痛恨的政党，同时却也成为全国民众所热烈爱护拥戴的政党。日本强盗现在正企图利用汉奸汪精卫，来"改组国民党"，来毁灭国民党的光荣传统，毁灭其革命性。正因为如此，我们全民族，爱护孙中山的宝贵遗产，爱护国民党，更要努力帮助国民党成为全民族的大联盟，帮助国民党的发展。国民党的前途将与中华民族的前途同样的光辉灿烂。这不仅是国民党党员的责任，也是我们全民族的责任。

现在敌寇已开始了对晋冀豫的"扫荡"。晋冀豫是坚持华北抗战最重要的根据地。只有克服一切困难，百折不回的坚持晋冀豫的抗战，把进犯的敌人歼灭在这里，我们才能更好的坚持华北抗战，保卫大西北，打破敌寇以中国的人力物力财力灭亡中国的毒计。今年纪念孙中山先生，我华北军民更要团结一致，下定决心，为国家民族的生存，准备洒我们的热血，抛我们的头颅，歼灭敌人，抓住敌人，使抗战迅速的确定的转入相持阶段，以便将来转入反攻，驱逐日寇出中国。

晋东南农救总会的成立，正当着中山先生逝世纪念日，这证明了广大的华北的民众，正忠实努力的执行中山先生的遗教。这一次会议将推动全华北农民，坚固团结起来，配合整个战争，打破敌人"扫荡"华北的计划与停止敌人进攻。我们相信，晋东南广大农民，过去已经表现了不少的抗战功绩，将来一定可以达到上述的目的，我们谨向晋东南全国农民同胞，致最热烈的抗战敬礼！

（原载一九三九年三月十一日《新华日报》华北版第一版社论）

严格检查动员工作

日寇大举进攻晋冀豫的战争已经开始了。这一战争是我们早就估计到的,是无可避免的。远在两个月以前,我们晋冀豫各界便布置了各种紧急动员工作,准备迎接这一战争和求得这一战争的胜利。因之,在战争真正发生了的今天,我们丝毫用不着惊慌,用不着忙乱,但也决不能再麻木不仁,安坐不动。我们必需乘此敌人尚未深入的时机,对于过去所布置的工作,紧急的实行一次严格的检查。

我们要检查过去所布置的工作是否已经完成,究竟执行到怎样程度,这些工作是否真正深入到每一角落。例如:各正规军游击队是否已经完成了战前准备,是否已经有了深入的政治动员。各级地方政府的□政机构是否已适合于支持长期的战争,他的战时工作准备得如何,破路拆城空舍清野工作是否已澈底完成,并且是否执行得很正确;自卫队的指挥机关是否健全,自卫队的运输、担架、交通、情报等各种组织是否健全;各群众团体应做的工作是否已做到,全体会员是否已有了严密的完善的组织……这些我们战前必需完成的动员工作,今天必需实行详尽无遗的检查。

为严格检查这些工作,我们向各县军政民当局提议,专门联合组织巡视团,分组下乡巡视。这些巡视组的任务,不仅在于消极的检查,而且还在于积极的帮助。检查到缺点的地方,应告诉克服这些缺点之方法,帮助克复缺点,并帮助布置新的工作。对于优点则应加以发扬,把各地的工作经验和成绩传播交流,以求得各方面的进步。此外在巡视结果,还可以把一二工作特别优良的区、村定为模范区、村,发动其他地方动员工作的负责人□前往参观,以提高大家的工作热情和学习更多的工作方法。

和辽战斗的经验教训我们,我们晋冀豫区对于迎接敌人新进攻,一般地已经布置了而且部份的已经完成了准备工作。但是在军政民各部门工作的联系上,在群众的组织性方面还显示了很大的弱点。我们要真正做到正规军、游击队、自卫队相互间,政府、民众和军队间在战时各部门工作能有很好的灵活的有机的配合,要做到群众不仅能自动起来参战,而且能够□组织□恰当地运用他们的力量,十足选择这些力量所应发挥的作用,使得接受和辽战斗的经验教训,迅速地及时地纠正这些其他地方可能同时存在着的弱点。这是这次检查动员工作中所应特别注意的。

只有全晋冀豫人力物力总动员,才足以击退敌人的进攻,才足以胜利的保卫晋冀豫。在今天我们检查动员工作,等于检查胜利把握的百分数,为的是要增加这百分数,大家起来检查动员工作吧!

(原载一九三九年三月十三日《新华日报》华北版第一版社论)

破坏拆城要澈底

从这次和辽战争教训中,知道我们过去的破路拆城工作,做得极不澈底。

根究其原因:

第一,从政治上说,是由于我们对破路拆城,在反对敌人进攻,或使深入之敌无所凭借,便于我军争取时间,便于我军消灭敌人的战略意义,还没有人人都估计得足够,宣传得足够。

第二,从军事观点说,过去的拆城破路工作,没有取得军事作战计划的配合与推动;没有在周密的计划下去进行。

第三,在拆城破路的办法方面,没有好好讲求,到处都是一般的破坏，但不是澈底的破坏。过去路面掘浅坑，路中堆积少量石土和木材，或拆城只拆毁其一部，残留其一部的办法，现已证明其不能发生高度的作用。

为了加强目前的破路拆城工作，必须针对着上面的教训，采取如下有效的办法：

第一，提高广大人民对于破路拆城的战略意义之认识。在反对敌人"扫荡"华北，拆城破路之阻止敌人进攻晋冀豫抗日根据地，或者使深入之敌，陷入重围而无所凭借，便于我军打击敌人，是重要办法之一。为要达到这一任务，首先必须加强这一工作的宣传鼓动。

第二，在领导与推动这一工作上，必须取得军政当局的领导。特别应注意于有军事战略意义的破坏，取得与军事作战计划的密切配合，有组织，有计划的去开展这一工作。

第三，凡是可资敌人防御固守的城垣、碉堡与工事，凡是敌人必经的铁道、公路、桥梁、河川与重要小径，必须给以全部城基、路基、桥基等以澈底破坏，或者变为田地，种上食粮，或者变为崎岖险阻之途，使得敌人无法修复，绝难利用。

第四，我们的拆城破路工作，不是消极的，孤立的，只限于敌人进攻的抗日根据地。而应将它深入到敌人后方去，后方的一切抗日军民合作，利用一切可能，将敌人后方的一切交通联络与城垣碉堡，给以不断的袭击和破坏，使得敌人的进退驻守，都遭受到无限的威胁、打击、阻碍与损伤。只有这样，才能更有利于我们抗战，才更能远阻敌人来进攻我们抗日根据地。

现在敌人进攻晋东南已经开始。加紧破坏一切敌人进攻的道路与城垣，这是阻止敌人进攻晋东南，保卫晋东南抗日根据地的重要工作之一。大家起来破路，大家起来拆城。

（原载一九三九年三月十五日《新华日报》华北版第一版社论）

纪念"三一八" 庆祝晋东南青救总会成立

"三一八"是巴黎公社纪念日，又是北京惨案的纪念日，同时又是晋东南青救总会成立的日子，我们今天纪念这个伟大的纪念日，不禁感到无限的兴奋！

巴黎公社的成立，是在一八七一年，当时德国兵临巴黎，法国工人与广大的劳苦群众为保卫祖国，建立起抗敌的政权，和侵略者与"法奸"进行英勇坚决的斗争。这个政权的建立，在人类历史上是空前的，它被认为国际革命运动中最光荣的模范，辉煌地照耀着影响着以后的革命斗争，兴奋着和鼓舞着广大的民众。今天，我中华民族正结成民族统一战线，对日本帝国主义和汉奸卖国贼王克敏汪精卫以及托洛斯基份子等民族蟊贼坚决奋战。巴黎公社的革命民众的子孙，今天正结成了法国的人民战线，站在反法西斗争的前线上，给我国抗战极大的声援，巴黎公社伟大的历史事业的承继者，社会主义国家苏联，更给予我国无限精神上和物质上的帮助，而为中国抗战最忠诚的友人。

北京惨案是在民国十五年，当时北京的青年学生为了反对日寇炮轰大沽，豢养军阀，威逼我国，举行请愿的游行示威，而受到安福系北洋军阀的惨杀。北京惨案中青年学生的英勇牺牲精神，已经成为中国青年运动和反日斗争中的英勇的模范，成为我伟大不朽的民族典型，影响着和鼓舞着大革命时代以及"九一八"事变后的反日斗争中"一二·九""一二一六"的学生运动中的青年。现在的汉奸卖国贼，正是"三一八"惨案当年的封建余孽。而我全中华民族，却继承着"三一八"北平英勇学生的革命传统。

在巴黎公社和北京惨案中，青年曾发挥了他们光辉的模范作用，我们今天纪念"三一八"，中国青年应当学习巴黎的人民，武装起来参加保卫祖国的斗争，反对一切汉奸政府，坚决拥护蒋委员长和国民政府，加强与和平阵线各国，特别是中苏中法的兄弟之谊；应当承继和发扬北京死难青年烈士的精神，奋不顾身地与日寇汉奸作无情的斗争。

因而晋东南青救总会在"三一八"这个日子正式成立，决非一件偶然的事，晋东南的青年在抗战年余以来，曾经以最大的热忱，积极参加和组织了广大的民众运动，进行了盘查汉奸，侦察送信，救护运输，宣传教育各项工作，大量的青年，更以献身的精神，投入抗日军与游击队，与日寇进行坚苦的搏战，创造了无数惊天地泣鬼神史诗般的不朽伟绩。这一切，都已经表示出晋东南的青年已承继了巴黎公社和北京惨案的青年的英勇精神，而且现在正在发扬着。正因如此，所以无论敌人怎样残酷进攻，怎样进行毒辣阴险的政治阴谋，企图破坏我内部团结与民众运动，但是我们仍然能够团结起来，组织起来，凝成钢铁的一体，成为保卫晋东南，坚持华北抗战的不可摧毁的堡垒。当晋东南青救总会成立之日，我们谨望本区青年，发扬巴黎公社和北京惨案中的青年的英勇精神，继续奋斗，并以至诚敬祝晋东南青救总会成立的胜利和抗战伟业的胜利！

（原载一九三九年三月十七日《新华日报》华北版第一版社论）

战时人民武装问题

民族自卫战是全民争生存的战争,没有全民、一致动员与武装,澈底胜利是困难的,人民武装问题正是解决战时动员及武装千百万群众参加抗战的问题。为贯澈武装人民,尤其在战时:

第一,广泛的动员与宣传是必要的;只有在深入了"抗战则生,屈辱则死"的动员与宣传中,才能激起一切青年、男女、老弱、冥顽、直至"匹夫""愚妇"一致愤起,以快枪、土炮、鸟铳、锄头、镰刀、斧头……一切可用的武器与工具,与日寇搏斗,也只有这样才能胜利。

第二,要有广泛然而是严密的组织,要有灵活然而是战斗的形式,要有充实而且是健全的指挥机构。

第三，人民的武装组织，如游击队、自卫队、游击小组以及他种种武装及半武装的组织，必须广泛的发动参战，依时间空间情况的不同，配合主力作战，或执行他种参战工作，如守卫、侦察、侦探、传递、运输……等，直至达到成为支持主力军作战的耳目、眼线、副手与策应，才会发扬其作用，也才能逐渐锻炼它成为人民武装的洪水，包围敌人，孤立敌人，拦阻敌人，使敌人完全灭顶。

第四，为坚持长期持久抗战，主力部队的训练教育补充自为重要，人民武装部队的训练教育也为重要；且只有通过人民武装的训练教育，才能经常保证主力兵团源源不断的补充，因此在人民武装中，应有经常的军事教育，政治训练，为适应此等需要，便应有专管的军政训练教育机关。这军政训练机关，一方面提高人民武装中的军事常识与技术，另方面加强其政治动员，争取及推动人民武装不断流入主力部队中，补充主力，成为主力的组成部份。如果为地方的小游击队或□区干队，更可扩大它，使它配合主力部队协助之下，逐渐坚强，锻炼成为基干游击队。

最后，人民武装不管其为游击小组自卫队或是小游击队与地方干队，它是人民的，它直接的较之一般游击队里更多的依靠群众与政权机关，它更多的带着地方性或竟与群众家屋和区村政权是不可分离，自卫队常是如此的。因此，人民武装组织的作用，除了参战及配合主力外，它还是保卫群众，训练群众，团集群众，沟通群众与政权的联锁和核心。不仅如此，它有更积极的责任，还是支持群众团体，支持地方政权的一个最切近的支柱之一；所以群众、群众团体及各地县区村政权机关应以帮助教会训练，扩大并组织各地人民武装组织积极参战及配合主力，一方面增强抗战力量，且也以此支持自己，发展自己！

谁能更好的武装人民，谁便可更好的去战胜日寇；那个地方更好的武装了人民，那个地方将可更好的击退敌人的进攻！

（原载一九三九年三月十九日《新华日报》华北版第一版社论）

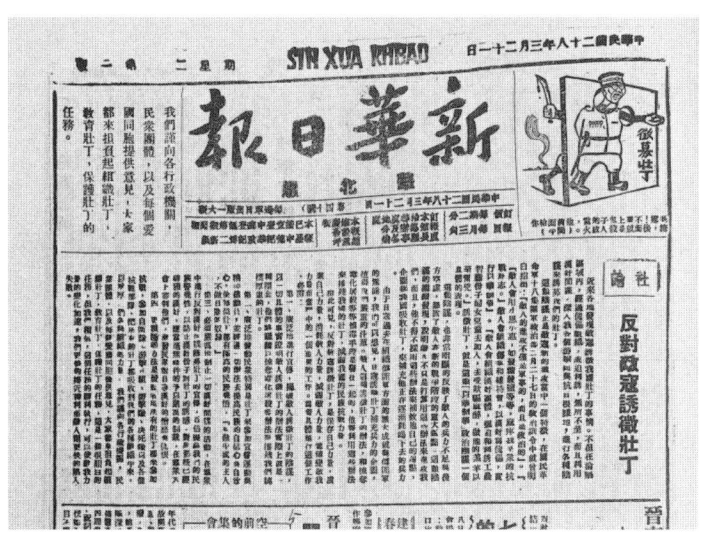

反对敌寇诱征壮丁

近来各地发现敌寇诱征我国壮丁的事情。不但在沦陷区域内，经过傀儡组织，威迫利诱，无所不至，而且利用汉奸间谍，深入我各个游击队与抗日根据地，进行各种阴谋来诱募我们的壮丁。

这类阴谋正是敌寇新的进攻当中一个特征。在国民革命军十八集团军政治部二月二十七日的政治训令中就曾明白指出，"敌人的进攻不仅是军事的，而且是政治的"，"敌人会用小恩小惠，如发糖发盐等等，麻痹我群众的抗战意志"，"敌人会组织伪军和维持会，以汉奸为傀儡，实行以华制华"，"敌人会组织汉奸团体，强迫和利诱工农智识份子妇女儿童去加入，去受欺骗麻醉，做他的羔羊以至帮凶"。诱征壮丁，就是这类"以华制华"政治阴谋一个具体的表现。

这类阴谋，也非常明显的反映了敌人的兵力不足与后方空虚，暴露了敌人在新的战争阶段的重大弱点。这类阴谋的继续发现，说明敌人不只是打算用这些办法来进攻我们，而且，他不得不采用这些办法来补救他自己的弱点，企图从我国吸收壮丁，来补充他正在逐渐耗竭下去的兵力。

由于日寇过去在组织伪匪军方面的无大成就与伪匪军的无能，我们可以想见，日寇诱征壮丁补充兵力的企图，值得我们严重的注意。敌人这种诱征壮丁的办法，和掠夺毒化屠杀等等惨毒手段是联在一起的，他将利用这些办法来摧残我国的壮丁，减弱我国的民族抗战力量。

由此可见，反对敌寇诱征壮丁，是保存自己力量，积聚自己力量，消耗敌人力量，减弱敌人力量，为转变敌我力量而奋斗中的一个重要的工作。为能具体进行这个工作，必需：

第一，广泛地进行宣传，揭破敌人诱征壮丁的阴谋，以一切具体的事实证明敌人诱征壮丁的办法实际上就是一种圈套，他们将继续以掠夺毒化屠杀等办法来摧残我们纯朴厚道的壮丁。

第二，广泛地发动民众特别是壮丁来参加宣誓运动与精神总动员，并经过一切办法去提高民族的自信心与自尊心，使每个壮丁都有极高的民族觉悟，"要做中国的主人，不做日寇的奴隶"。

第三，必须严厉地制止一切汉奸间谍的活动，在群众中进行反对汉奸间谍诱募壮丁的宣传，百倍提高我们的民族警觉性，以防止汉奸份子对壮丁的诱惑。对于那些已经破获的汉奸，应当毫无条件的予以严厉的制裁，在群众大会上审判他们，激发民众对日寇汉奸的憎恶与仇恨。

第四，更积极的方法是发动省地所有的壮丁都来参加抗战，参加自卫队、游击小组、游击队、决死队以及各个抗战部队，把所有的壮丁都吸收到我们的各种组织中来，以增厚我们各种组织的力量。我们谨向各行政机关、民众团体，以及每个爱国同胞提供意见，大家都来担负起组织壮丁、教育壮丁、保护壮丁的任务，这是一个很艰巨的任务，但我们相信，这个任务的胜利执行，可以使敌我力量的变化加速，我们更快的接近胜利而敌人则更快的陷入失败。

（原载一九三九年三月二十一日《新华日报》华北版第一版社论）

肃清伪币

粉碎敌寇新的进攻,是一个比较长期的、残酷而且复杂的战争。在这一战争中,从敌我双方看来,经济战争处在极重要的地位。在敌人方面,由于经济困难的日甚,由于兵力不足以占领我广大疆域,因此更加要在经济上来破坏我们,企图增强自己。在我们方面,现在所应加紧努力的是积蓄自己的一切力量与削弱敌人的一切力量。

在华北各个抗日根据地,由于我们全体军民的努力,我们的物力正在逐渐增强起来,这是使敌人害怕的事情,所以敌人更加紧其经济上的进攻,最近在各地所施行的伪币"政策",正是敌人经济进攻中卑劣手段之一。敌人推行伪币"政策",大约采取下列方式:一、发行伪联合准备银行的伪币;二、禁止我法币在沦陷区域中使用;三、伪造我法币省币。敌人企图经过这些方式,来吸收我现金,盗取我外汇,紊乱我币制,降低我法币省币信用,使我们现金外流,币值低落,金融紊乱,物价腾贵,以达到他在经济上削弱我们的目的。而事实证明,我们在这方面也还不够警惕,以致受了一些不应有的损失。

因此,在我们前面正放着一个极端严重的任务,我们必须肃清伪币。我们要求政府、群众团体及所有经济工作人员,切实注意这个问题。同时大家应当明白,为肃清伪币的斗争,是我们每个人在日常生活中时时刻刻遭遇到的经济斗争,我们应该动员全体人民——

第一,进行广泛的肃清伪币的运动,把这个运动作为粉碎敌人新进攻的动员工作之一。普遍地向民众宣传,说明我国币制的巩固,说明国际上对于我国巩固法币的援助,说明敌寇破坏法币,正和烧杀淫掠一样,为的是要使我国人民过非人生活,做亡国奴。用一切方法来提高民众对法币的拥护与信用。

第二,在民众中进行辨别伪币、抵制伪币的教育,使民众懂得怎样去和敌人伪币"政策"斗争。

第三,我们谨向政府与各群众团体建议:要经过政府的法令、各个民众团体的动员,严厉禁止在我国政府统制下使用伪币、携带伪币,发现这种情形必须给以法律上的制裁。

第四,百倍提高对于伪币的警觉性,谨防汉奸间谍潜入抗日根据地作破坏法币的活动。

第五,最重要的一点,是有计划地集中我们的资金,大家把一切现金都献给政府,或者存入我们自己的银行,以免现金外流。同时加紧我们的生产建设,使我们各个抗日根据地基本上做到自给自足,能够在敌人封锁与经济进攻的情形之下积蓄自己的经济力量,以配合军事、政治、文化的力量去战胜日寇。

(原载一九三九年三月二十三日《新华日报》华北版第一版社论)

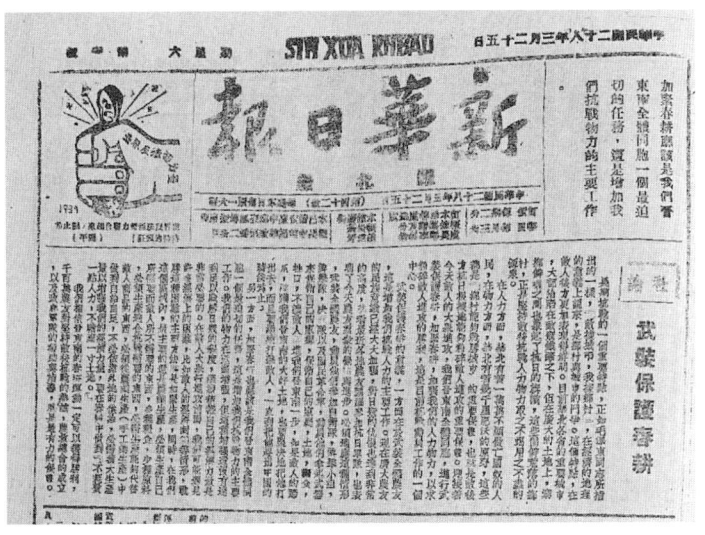

武装保护春耕

　　长期抗战的一个重要特点，正如毛泽东同志所指出的一样，"敌据城市，我据乡村"，在经济的地理的意义上说来，是乡村与城市的斗争。这个特点，在敌人后方更加表现得鲜明。目前华北各省的重要城市，大部沦陷在敌寇铁蹄之下，但在广大的土地上，穷乡僻壤之间也举起了抗日的旗帜。这些偏僻荒落的乡村，正是坚持敌后抗战人力物力取之不竭用之不尽的源泉。

　　在人力方面，华北有着一万万不愿做亡国奴的人民，在物力方面，华北有着几千里肥沃的原野，这些都是"乡村能够战胜城市"的重要保证，也就是敌后方抗日根据地能够粉碎敌人进攻的重要保证。迎接着今天敌人的大举进攻，我们晋东南全体同胞，进行武装保护春耕，加紧春耕，加强我们的人力物力，以求粉碎敌人进攻的胜利，这是目前抗战动员工作的一个中心。

武装保护春耕的意义，一方面在于武装全体农友，这是增加我们抗战人力的主要工作。现在广大农友的民族意识已经大大加强，对日寇的仇恨也达到非常的高度，就看最近各地农友踊跃参加抗日军队，也表明了今天农友群众的觉悟与进步。必须适应这种情形，武装全体农友，动员他们参加自卫队，游击小组，游击队，决死队以及国民革命军，动员他们拿起武器来保卫自己的家乡，保卫自己的家庭，土地，粮食，牲口，不让敌人能进我们晋东南一步，如果敌人的蹄爪，蹂躏我们晋东南的大好土地，也要坚决地把他打出去，而且要继续打击敌人，一直到把他赶出中国的时候为止。

另一方面，加紧春耕也应该是我们晋东南全体同胞一个最迫切的任务，这是增加我们抗战物力的主要工作。我们的物力在逐渐增强，但这种增强还没有达到足以战胜日寇的程度，继续积蓄自己的经济力量是非常必要的。在敌人大举行进攻前面，我们可能遇见许多经济上的困难，比如敌人的经济封锁等情形，战胜这种困难的主要方法就是加紧生产。同时，在我们这个区域内，最主要的还是农业生产，必须生产自己所需要而敌人所不需要的东西，多种粮食，少种原料，必须生产适合抗战需要的东西，必需生产能够代替敌人商品的东西，必须从农业生产（手工业生产）中做到自给自足，不必依靠外地的供给，必需扩大生产量以增强我们的经济力量，要在春耕中做到"不耗费一点人力，不旷弃一寸土地"。

我们相信晋东南的春耕运动一定可以获得胜利，千百万农友对坚持敌后抗战的热诚，农救总会的成立，以及政府军队的帮助与指导，就是最有力的保证。

（原载一九三九年三月二十五日《新华日报》华北版第一版社论）

论欧洲新的大事变

——"现实外交"与法西斯侵略计划

以"慕尼黑"协定为其"最高成绩"的"现实外交",替德意法西斯强盗,扫清了向全欧东西南北横行无忌的侵略道路。于是希特勒紧接着英法政府承认西班牙叛军伪政府,就大胆作新的进军,兼并了捷克,占领了立陶宛的米美尔,向罗马尼亚提出"最后通牒";并草拟二次"计划",拟分割丹麦的施突□□,向巴力斯坦作法西斯的破坏,以西叛军的名义,向大英帝国索取直布罗陀军港,替"盟友"意大利法西斯,向法兰西要求菲洲的直布底与都尼斯。但这不过是德法西斯强盗"计划"的一部份,它还企图夺取匈牙利领土内多脑河流域的航行权,并向多瑙河流域两部去扩展势力,还想贯通北海到黑海的攸长"建筑",联络德国与罗马尼亚、匈牙利、南斯拉夫、保加利亚的陆路交通。这样的,德法西斯强盗,便在抢夺奥大利,奴役捷克的基础上,团结巴尔干半岛,多瑙河流域诸国,变为它那"第三帝国"的农业的附属品,血洗东南中欧,来增加其准备新的大战所必需的军事资源。

然而,纵使这狂妄的法西斯强盗的幻想结构,得以实现,但德国想以此来达到自己关于粮食和原料的"要求",显然这是不可能的。就算全部原料都被掠夺,也只能满足德法西斯强盗需要的百分之二十,东南欧各国不可能供给与军事战略有重要关系的原料——棉花,罗马尼亚的煤油也仅仅能满足法西斯武装力量和工业燃料一部份的需求。因之,欧洲东南,还不过是德法西斯强盗的桥梁,它企图经过这桥梁来掠夺近东,向土耳其、依兰、希腊、阿富汗、阿拉伯诸国抢劫煤油棉花,来打击大英帝国的主要交通线,以便在英国面前,提出重新分割世界的问题。并从此来执行法西斯强盗们议事日程上所提出的——"一九四一年春进攻法国、比利时、荷兰、瑞士,同年秋天,发动反苏联战争"。

但是,狡诡百出的法西斯强盗,它深刻估计到向东方侵略的危险,它恰好利用了英法"掌权者"把法西斯火焰引向苏联的企图,按照它缩小的强盗路线——向中欧与东南欧和近东进行掠夺。于是层出不穷的事变,每一个威胁到英法及其他民主国家。这一月来德意法西斯新的暴行,震惊欧洲,撼动世界。大战危机日益紧急,想来现在张伯伦首相与达拉第总理,也深悔前非。但亡羊补牢,并不算太晚,只要全世界反法西斯国家,爱和平的人民紧紧联合,坚强组织起来,还足够有可能把法西斯强盗打击下去。

(原载一九三九年三月二十七日《新华日报》华北版第一版社论)

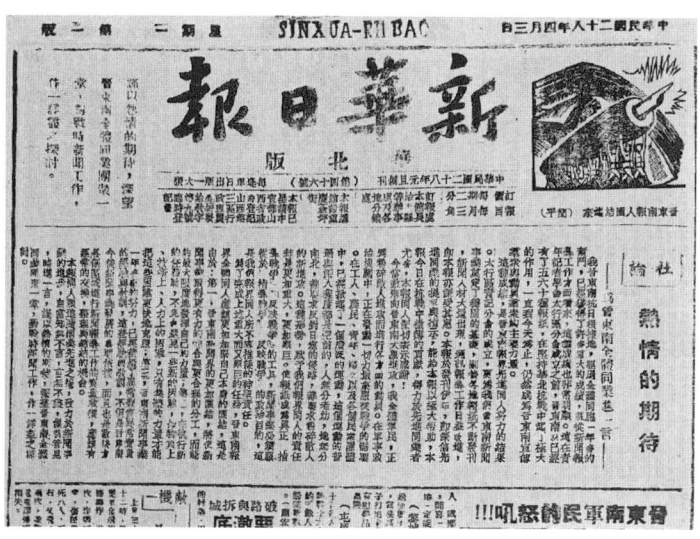

热情的期待

——为晋东南全体同业进一言

我晋东南抗日根据地，经过全体同胞一年多的奋斗，已经获得了许多重大的成绩，就从新闻报道工作方面看来，这种成绩也非常明显。远在青年记者学会太行区分会成立之前，晋东南就已经有了五六十种报纸，在坚持华北抗战中起了极大的作用，一直到今天为止，仍然成为晋东南宣传群众与动员群众的主要力量。

这种成绩，是晋东南报界先进同人努力的结果。太行区青记分会的成立，更为我们晋东南新闻事业奠定了稳固的基础，嗣后各地报纸不断发刊，新闻人材大量出现，通讯报道工作日益改进，即本报亦深受其惠。本报于发刊伊始，即深信先进同业的提携与指示，能给本报以极大帮助，本报今日在抗战中微薄的贡献，得力于先进同业者尤多，本报同人深切表示感谢！

今当敌寇向晋东南大举进攻，我全体军民，正为粉碎敌人进攻而进行各方面的动员。在军事政治机关中，正在发动一切力量来服从战争的需要。在工人、农民、青年、妇女以及各个民众团体中，已经掀起了一个广泛的运动，这个运动的普遍与深入程度都是空前的，人无分老幼，地无分南北，都要求反对日寇的侵略，都要求粉碎敌人的新进攻。这种形式，赋予我们报界同人的责任却是更加重大，更加艰巨。使报纸成为真正"指导战争""反映战争"的工具，新闻事业必须服从于"指导战争""反映战争"的政治目的，这是我们报界同人所不容推诿的神圣责任。

为了完成上述重大而又艰巨的任务，晋东南报界全体同人应该更加加紧自己本身的团结，这是由于：第一，晋东南新闻界的更加团结，将使新闻事业取得更有力的配合与更合理的分工，而能够最大限度地发挥自己的力量；第二，在执行新的任务时，不免会遇见一些新的困难，如物质上、技术上、人力上的困难，只有集体的力量才能把这些困难更快地克服；第三，晋东南新闻事业一年多来的努力，已经积累了异常丰富异常宝贵的经验与教训，这些经验与教训，不但是晋东南今后新闻事业发展的重要依据，而且也是敌后方各个区域进行新闻报道工作的宝贵收获，应该有经常的交换、整理与总结的机会。

本报同人愿追随同业先进之后，致力于新闻事业的进步，自当知无不言，言无不尽，仅就管见，略进一言，谨以热情的期待，深望晋东南全体同业团聚一堂，对战时新闻工作，作一详尽之探讨。

（原载一九三九年四月三日《新华日报》华北版第一版社论）

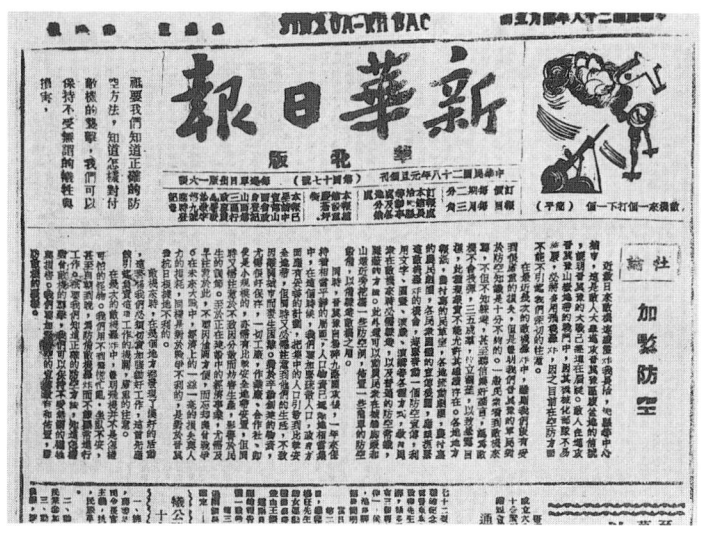

加紧防空

近数日来敌机连续轰炸我长治、沁县等中心城市，这是敌人大举进攻晋冀豫区腹盆地的信号，说明晋冀豫的大战已经迫在眉睫。敌人在进攻晋冀豫山岳地带的战斗中，因其机械化部队不易施展，必将多用飞机轰炸，因之目前在空防方面不能不引起我们深切的注意。

在最近几次的敌机轰炸中，虽则我们没有受到很严重的损失，但是证明我们晋冀豫的军民对于防空知识是十分不够的。一般民众看到敌机来袭，不但不知躲避，甚至听信汉奸谣言，认为敌机不会投弹，三五成群，伫立观望，以致暴露目标，此种现象实不能允许其继续存在。各地地方报纸、农村里的民革室、各地流动剧团、农村里的农民剧团、各民众团体的宣传机关，应该抓紧这敌机轰炸的机会，赶紧发动一个防空宣传，利用文字、图画、演戏、演讲等各种方式，教育群众在敌机来时必需躲避，以及普遍的防空常识、隐蔽的方法。此外还可以动员民众在城墙脚跟和山墩近旁挖掘一些防空洞，布置一些简单的防空设备，以备躲避敌机之用。

同时，晋冀豫自粉碎"九路围攻"后，一年来保持着相当平静的局面，人口物资已逐渐地相当集中。在这个时候，我们要加紧疏散人口，政府方面应有妥善的计划，把集中的人口引散到比较安全地带，但同时又必需注意到他们的生活，不致因离开城市而发生困难。对于辛勤创建的物资，尤需很好保存，一切工厂、作业厂、合作社，即便是小规模的，亦需有比较安全地带安置，但闲时又需注意于不致因分散而妨害生产，影响于民生的调节。至于正在建设中的经济事业，尤需及早注意于此，不要因偷图方便，而忘却应付战争。在未来大战中，经济上的一丝一毫的损失与人力的损耗，同样是对于战争不利的，是对于晋冀豫抗日根据地不利的。

敌机来时，在几个地方都发现了汉奸的活动，这警惕我们必须切实加强锄奸工作，这首先应该引起负责这项工作的机关，严重的注意。

在几次的敌机轰炸中，证明飞机并不是怎样可怕的怪物。我们用不到惊慌忙乱，坐卧不安，甚至自朝到晚，为防备敌机轰炸而不能正常进行工作。只要我们知道正确的防空方法，知道怎样对付敌机的袭击，我们可以保持不受无谓的牺牲与损害。我们要加紧防空的宣传教育和布置，严防敌机的侵扰。

（原载一九三九年四月五日《新华日报》华北版第一版社论）

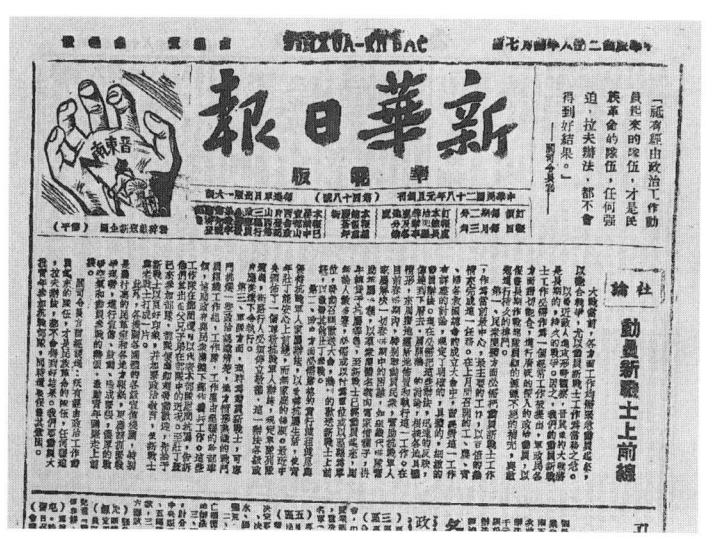

动员新战士上前线

大战当前，各方面工作均需紧急动员起来，以配合战争，尤以动员新战士工作为当务之急。

以最近敌人进攻形式观察，晋冀豫的大战将是长期的、持久的战争。因之，我们的动员新战士工作必需作为一个经常工作被提出，军政民各方面密切配合，进行广泛的深入的政治动员，以保证长期作战部队员额的源源不绝的补充，与敌寇进行持久的搏斗。

第一，民众团体方面必需把动员新战士工作，作为当前最中心、最主要的工作，以百倍的激情来完成这一任务。在上月间召开的工、农、青、妇各救国总会的成立大会中，曾经对这一工作有详尽的讨论，规定了明确的、具体的、细致的动员办法。现在必需把这些办法，迅速的反映，传达到下层去，展开热□的讨论，根据各地具体情形，来周密地灵活地布置和执行这一工作。在目前春耕期内，特别要动员民众，帮助抗战军人家属解决一切春耕期中的困难，如组织代耕队帮助抗属耕种，以群众团体名义向富家借种子，耕牛转贷予抗属等等，至新战士已经动员起来，则无论人数多寡，必需或以村为单位或以区县为单位，发动召开欢送大会，热烈的欢送新战士上前线，以激励其他壮丁参战。

第二，政府方面必需严格的实行减租减息与优待抗战军人家属办法，以改善抗属生活，使青年壮丁能安心上前线，而无家庭的后顾。最近中央颁布了一个尊敬抗战军人办法，规定军队列队□过，街路行人必须停立敬礼，这一办法各级政府应从速下令执行。

第三，军队方面，现时为动员新战士，可专门挑选一些政治认识清楚、地方情形熟识的战斗员组织工作组、工作队、工作团，由坚强的干部率领，协助政府与民众团体下乡做□兵工作。这些工作队在乡间还可以代表本部队慰问抗属，告诉他们其出征父兄子弟在部队中的近况。至壮丁既已来参加部队，部队便应即刻发动欢迎，先给予新战士以良好印象，并加紧政治教育，使新战士与老战士打成一片。

此外，各机关各团体的各级宣传机关，特别是农村里的民革室和各地方报纸，更应该抓紧战争现势，进行宣传、鼓动，造成紧张、浓厚的战争空气和动员参战的热浪，激励青年踊跃走上前线。

阎司令长官曾经说过：只有经由政治工作动员起来的队伍，才是民族革命的队伍，任何强迫、拉夫办法，都不会得到好结果。我们要动员大批青年参加抗战部队，同时还要保证其巩固。

（原载一九三九年四月七日《新华日报》华北版第一版社论）

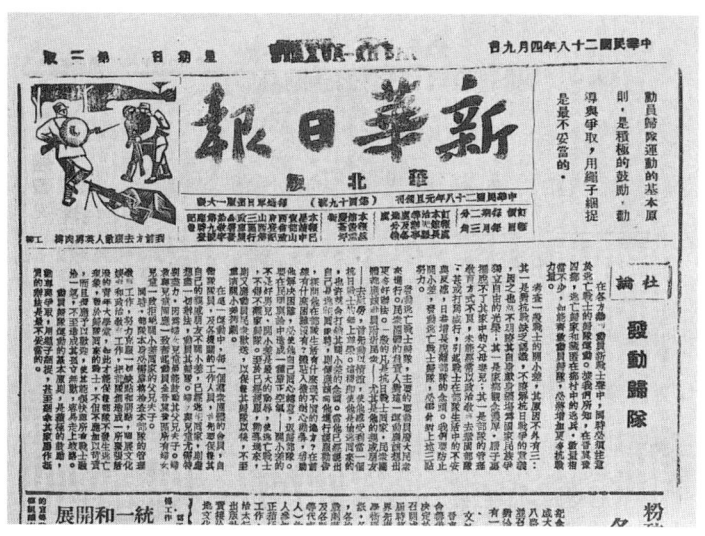

发动归队

在各方热烈动员新战士声中，同时必须注意于逃亡战士的归队运动。据我们所知，在晋冀豫四乡，逃亡归家和藏匿在乡村中的逃兵，数量相当不少，如能齐数动员归队，必将增加更多抗战力量。

考查一般战士的开小差，其原因不外有三：其一是对抗战缺乏认识，不了解抗日战争的意义，因之也就不明了其自身献身疆场为国家民族争独立自由的光荣；其一是家乡观念浓厚，脑子里摆脱不了其家中的父母妻儿；其一是部队的管理教育方式不良，未能经常以政治教育去巩固部队，甚或打骂盛行，引起战士在部队生活中的不安与反感，日益增长脱离部队的念头。我们要防止开小差，发动逃亡战士归队，必需针对上述三点努力。

发动逃亡战士归队，主要的要动员广大民众来进行。民众团体的负责人对这一运动应该想出更多好办法。一般的凡是抗日战士回家，民众团体都应该动员附近民众——尤其是他的亲戚朋友——去慰劳，首先动以情谊，使他感受到当一个抗日战士的无上尊荣。这样即使他是偷逃回来的，也许就会打销其开小差的念头。当他已经说出自己是逃跑回家时，则便应该向他进行说服劝告，探问他在部队生活有什么过不惯的地方，在前线有什么困难没有。体贴入微的耐心劝导，帮助他解决困难，必使他自己回心转意，返归部队。要在民间舆论中造成一种严正空气——开小差的不是好男儿，开小差是最大的耻辱，使逃亡战士，不得不离家归队。至于已经说服、劝导过来，则又应动员民众欢送，以保证其归队以后，不至重演开小差旧剧。

在这一运动中，每一个群众团体的会员、自卫队队员及各机关的工作人员，首先要保证其自己的亲戚朋友不开小差，已经逃跑回家，则应想尽一切办法，动员其归队。妇女与儿童尤需特别尽力，因为妇女儿童最能鼓励其父兄夫子。妇救与儿童团应一致奋起动员全晋冀豫区所有妇女儿童一致拒绝开小差回家的父兄夫子。

同时，部队本身必需严格检查本部队的管理教育工作，努力克服一切缺点和弱点，开展文化娱乐和政治教育工作，把部队创造成一所紧张活泼的青年大学堂，如此才能保证部队不发生逃亡现象。对于归队回来的战士，不但不应加以苛责，而且还应予以欢迎，使其能很快与所有战士融洽一气，不至造成其孤立无欢，容易走上歧路。

动员归队运动的基本原则，是积极的鼓励、劝导与争取，用绳子捆捉，甚至捆拿其家属作抵质的办法是最不妥当的。

（原载一九三九年四月九日《新华日报》华北版第一版社论）

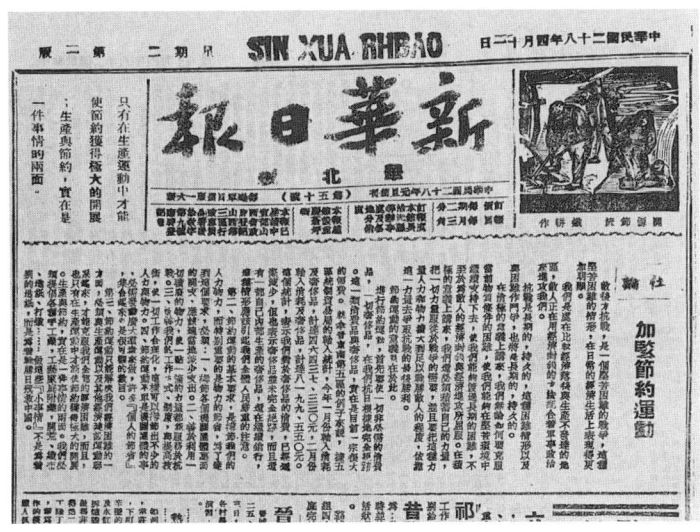

加紧节约运动

敌后方抗战,是一个坚苦困难的战争,这种坚苦困难的情形,在日常的经济生活上表现得更加明显。

我们是处在比较经济落后与生产不发达的地区,敌人正在用经济封锁的方法配合着军事政治来进攻我们。

抗战是长期的、持久的,这种困难情形以及与困难作斗争,也将是长期的、持久的。

在消极的意义上讲来,我们无论如何要克服当前物质条件的困难,使我们能够在坚苦环境中继续支持下去,使我们能够渡过长期的困难,不至于为敌人的经济封锁与经济进攻所屈服。在积极的意义上讲来,我们还必须积蓄自己的力量,把一切力量服从于战争的需要,并且要把这种力量人力和物力扩大到足以战胜敌人的程度，依靠这一力量去争取抗战的最后胜利。

节约运动的意义就在于此。

进行节约运动，首先要使一切非必需的消费品，一切奢侈品，在我们抗日根据地完全绝迹。这一类消费品与奢侈品，实在是目前一宗很大的浪费。就拿晋东南第五区的例子来说，据五区统制贸易局的输入统计，今年一月份输入消耗及奢侈品，计达四六四三七点三三〇元，二月份输入消耗及奢侈品，计达八一九九点五五〇元。这个统计，表示我们对于奢侈品的消费，已经逐渐减少，但也表示奢侈品并未完全绝迹，而且还有一部自己内部生产的奢侈品，还在继续销行，这种情形应该引起我们全体人民严重的注意。

第二，节约运动的基本要求，是撙节我们的人力物力，而特别重要的是物力的节省。为了达到这个要求，必须：一、撙节各个机关团体里面的开支，应该适当地减少支出。二、善于利用一切旷废的物力，使一点一滴的力量都能服务于抗战。三、改善我们的工作方式、制度，与提高技术，使一切工作合理化，这样可以撙节出不少的人力与物力。四、节约运动不单是机关团体的事，必需发动广大群众来做，许多"个人的节省"，集合起来就是很可观的数目。

第三，节约运动只能解决我们经济困难的一方面，必须与生产运动以及其他经济建设运动联系起来，才能克服我们全部的经济困难，而且，也只有在生产运动中才能使节约获得极大的开展。生产与节约，实在是一件事情的两面。我们必须提倡各种手工业、工艺家庭附业，开荒、织布、造纸、打铁……做这些"小事情"不是为着别的造纸，而是为着战胜日寇救中国。

（原载一九三九年四月十一日《新华日报》华北版第一版社论）

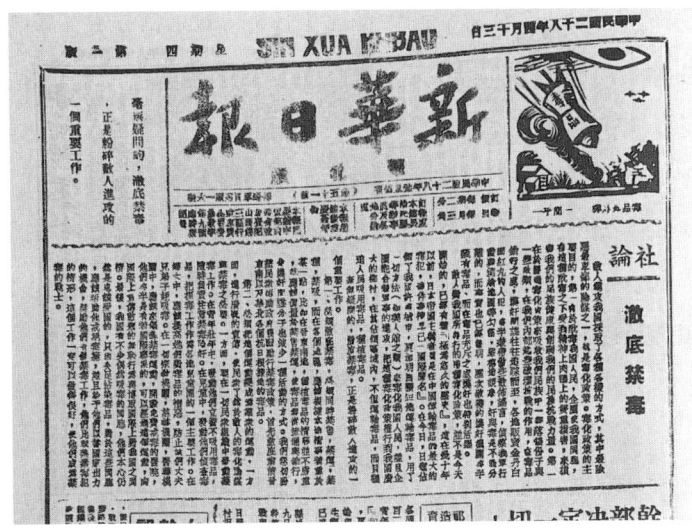

澈底禁毒

敌人进攻我国采取了各种各样的方式，其中最险恶最卑鄙的阴谋之一，就是毒化政策。毒化政策的主要目的，第一将于酖毒我国人民，企图使我国同胞，在这种酖毒之下受到精神上肉体上的双重损害，来损害我们的民族健康与削弱我们的民族抗战力量。第一在于经过毒化政策来吸收我们民族中一些落后份子与一些败类，在我们内部起些破坏抗战的作用。在毒品销行之处，汉奸间谍往往追踪而至，各地贩卖金丹白面红丸的人犯，多半兼带做些散布谣言，侦察我军行动与测绘地图等勾当。严格地说来，奸与毒是不能分离的，而事实也已经证明，历次破获的汉奸机关多半藏有毒品，而在毒品充斥之处汉奸也特别活跃。

敌人对我国所施行的专种毒化政策，并不是今天开始的，已经有着"极为悠久的历史"，远在几十年以前，日本帝国主义者就是在中国运输毒品的最大的毒犯，这件事情早已"国际闻名"。在今日，日寇占领了我国许多城市，更加明目张胆地运输毒品，用了一切方法（如美人馆之类）来毒化我国人民，并且企图配合着军事的进攻，把这种毒化政策推行到我国广大的乡村。在其占领区域内，不但运输毒品，而且强迫人民吸用毒品，种植毒品。

毫无疑问的，澈底禁毒，正是粉碎敌人进攻的一个重要工作。

第一，必须澈底禁毒，必须同时禁售、禁运、禁种、禁吸。而在各个地区，应该根据本地情形着重于某一点，比如在晋东南地，种植毒品的情形并不严重，就应该侧量于禁售禁运，使毒品无从流通与销行，使汉奸间谍分子也减少一种活动的方式。我们恳切盼望民众帮助政府机关厉行禁毒政策，首先澈底肃清晋东南以及华北各个抗日根据地的毒品。

第二，必须把这个运动变成为群众的运动，一方面，进行广泛的宣传，使民众了然于敌人的毒化阴谋与禁毒之必要；一方面，要在一切民众组织中发动禁毒工作。在青年壮年中，发动他们立誓不吸用毒品，随时负责注意禁毒险奸。在儿童中，发动他们侦查毒品，把抓毒工作作为各地儿童团的一个主要工作。在妇女中，应该提高她们对毒品的憎恶，防止她们丈夫兄弟子侄吸毒。在一切宗教机关、慈善机关、医药机关中，应该来倡导禁毒运动，开设免费戒毒的医院，他们多半是有着国际联系的，可以经过这个运动，向国际上宣传敌寇的无耻行为与博取国际上对我国之同情。最后，我国有不少偶然吸毒的同胞，他们本心仍然是忠诚爱国的，只因失足沾染毒品，对于这些同胞，应该帮助他戒绝毒瘾，并且给予他们以替国家出力的机会，奖励他们去做禁毒工作，他们比较熟悉毒犯的情形，这个工作一定可以做得很好，使他们成为禁毒的战士。

（原载一九三九年四月十三日《新华日报》华北版第一版社论）

庆祝粉碎九路围攻一周年

　　今天是粉碎敌人九路围攻纪念日，去年今日正我晋东南英勇军民在与敌人经过一个月的鏖战以后，于长乐村进行了决定的□战，击破敌人主力，最后击败敌人。这一粉碎围攻的胜利，保卫和巩固了我晋冀豫抗日根据地，使我晋冀豫八百万民众一年来得能安居乐业，免受日寇的屠杀奴役；使我晋冀豫区一年来得能生息成长，成为今日坚持和领导华北抗战的枢纽。这一粉碎敌人围攻的胜利，同时又配合津浦线大战，胜利地保卫大西北，拖住敌人的泥脚，使其一年来未能向大西北轻举妄动。

　　今天当我们纪念这个伟大的有历史意义的纪念，恰又遇到敌人再次向我根据地疯狂进攻，恰又遇到敌人再次图向大西北进犯，我们纪念这一光荣的日子，必需努力学习粉碎敌人九路围攻的经验教训，再次粉碎敌人的新进攻。

粉碎敌九路围攻经验告诉我们，要击破敌人围攻，胜利地保卫抗日根据地，第一必需我内部团结统一。九路围攻的当时，晋冀豫区内部是相当团结和统一的。那时全体党政军民就有一个意志，一个目标，就是打败敌人，粉碎围攻，就没有丝毫芥蒂的意见。军事指挥上是相当统一的，所有在晋东南的中央军、晋绥军、八路军都服从东路军总副司令朱彭二将军的统一调遣和指挥。作战方面有统一计划，行动方面有统一的步调。正因为这样的团结统一的，使敌人无隙可乘，而我们则能顺利地打败敌人。我们今天要迎击和粉碎敌人新进攻，第一先要发扬这种团结统一的精神。

粉碎敌人九路围攻的第二个经验告诉我们，要粉碎敌人的围攻，必需在战前有很好的动员准备工作。九路围攻的当时，无论在军队、民众以及对敌工作方面都有相当的动员准备和布置。现在我们要粉碎敌人新进攻，更需加紧各方面的动员准备工作，做得比以前更广泛，更深入。要做到军队、政府、民众都成为直接参加作战的力量，密切配合，发挥更大的效能。

粉碎敌人九路围攻的第三个经验告诉我们，粉碎敌人围攻，必需要有艺术的作战指导和运动战游击战的灵活联合运用。在这次新进攻中，由于其在华北数次围攻失败的经验教训，其进攻方式更较前为恶辣，其步骤更较前为稳重，我们必需以更新的、主动灵活的游击战运动战来和敌人进行长期的、持久的战斗。

在九路围攻的当时，我们各方面工作尚处在萌芽时代，今天我们经过一整年的建设，有比以前更多量的经过磨练的正规军、游击队、人民武装自卫队，有经过改革和充实的比较巩固的政权，有已经动员和组织起来的千万民众。我们学习粉碎九路围攻的经验，发扬粉碎九路围攻的英勇奋斗精神，一定能够再次粉碎敌人的进攻，确保我晋冀豫抗日根据地。

（原载一九三九年四月十五日《新华日报》华北版第一版社论）

论干部的学习

近来各地都在注意干部问题，这是我们抗战中一个重要的进步。这表示了我们各方面工作正在迅迅发展，需要有成千成万的干部来担负巨大的责任。而新的环境与新的工作，向我们所有的干部提出了更殷切的盼望与更严格的要求，要求每一个干部都能够深思熟虑、足智多谋、精明勇敢，领导千百万群众去进行长期的坚苦的抗战。在敌人后方的华北，许多地方开办了干部学校、干部训练班，以及各种训练干部的机关，证明我们在教□干部方面做了不少的工作。但从整个的工作要求看来，这个工作还做得不够。事实上，大部份干部现在都担任了各种各样责任，在军队、政府机关与民众团体中，他们是□一分钟也离不开工作的。

另一方面，我们现在所能办到的一些学校与训练班，还只够训练几万的干部，而我们却需要有几十万坚强的干部——这个困难无论如何要克服。

因此，除了加紧教□干部的工作以外，还需鼓励干部自动的学习，把"学习，学习，再学习""争取可能时间，武装自己头脑"的口号，在干部中普遍宣传。把学习当做每个干部应有的一个责任，一项重要工作。一切上级机关检查下级工作的时候，应当把干部学习当做检查内容之一。每个干部都要加紧自己的学习和提高别人的学习热情，使"学习"成为干部之间普遍的风气，使工作、生活、学习密切的联系起来。在各个领导机关里面，应该帮助干部学习，告诉他们学习方法，这主要的是——

第一，在实际工作中学习，每件工作布置之前、进行之中、结束之后，都要清楚地把"办法""道理"和经验教训告诉干部。每个干部在进行这些工作时，也应该多多思索，周密考虑。

第二，提倡读书，书是古今中外智慧的集成，应该善于介绍与选择好的书籍供给干部学习。必须打破那种看不起书本子狭隘观点，那是对学习有极大妨碍的。

第三，向群众学习，向一切人学习，甚至敌人的优点，我们也应该学习它。"三人行，必有我师"，做到老，学到老，这是我们干部终身的格言。必须打破那种看不起群众自高自大的思想，这种思想足以阻碍干部的进步与发展。

第四，适当地给予干部以独立负责工作的机会，这是锻炼干部、教□干部、推动干部积极学习的最好方法，自然不是说放任干部去"单独"工作，而是要更加紧对于干部的学习与工作上的指导。

（原载一九三九年四月十七日《新华日报》华北版第一版社论）

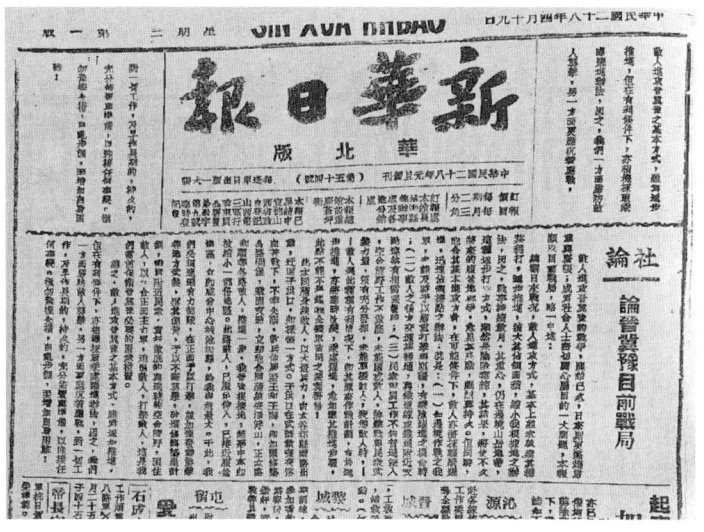

论晋冀豫目前战局

敌人进攻晋冀豫的战争，开始已久，日来则更渐趋严重与紧张；成为社会人士密切关心属目的一大问题，本报愿就目前战局，略一申述：

总观日来战况，敌人进攻方式，基本上并未放弃其稳扎稳打，逐步推进，扩大其占领面积，缩小我根据地之办法，因之，战事持续数月，其重心，仍在边境山岳地带，这种逐步打□方式，显然是阴险毒辣，其结果，将使不久将来的腹盆地战争，愈见其残酷、剧烈与持久。但同时，配合其基本进攻方针，在可能条件下，敌人亦将采轻骑跃过，迅速占领据点之办法，就是：（一）如边境作战之我军，未能及时予以严重打击与阻碍，有乘隙跃进之机会时；（二）

敌人之后方交通线畅通，与铁道线或铁道附近交点连络有相当保证时；（三）民众动员工作不够普遍深入，空舍清野工作不澈底，未能困惑敌人，游击战与民众武装力量，没有充分发挥，未能袭扰敌人，疲惫敌人时。——敌人遇此种种有利情况下，即其原来作战计划，在于逐步推进，亦将随时改变，乘虚跃进，愈加速其推进步骤，此点不能不引起我全体军政民之深刻警惕！

此次同蒲北线敌人，以大量兵力，由太谷祁县两路出发，迂回子洪口，即采□一方式。子洪口在武师数昼夜浴血苦战下，不幸失陷，敌兵伸展至王和王陶，即加紧修筑公路碉堡，巩固交点，立即配合同蒲线安泽浮山，正太路和顺等各路敌人，推进一步，我晋豫根据地，无形中亦即被缩小一部分地区。此路敌人，已魔足伸入，已接近腹盆地区，立即威胁中心城池□县，给我害危最大。于此，我们必须速□有力部队，在正面予以打击，并加速发动游击等地方武装，压其侧背，予以不断袭击，破坏修路筑垒计划，动员附近民众，实行澈底的与适时的空舍清野，困住敌人，以□合正面主力军，迫□敌人，打击敌人，这是我们当前保卫晋冀豫必要的紧急措置。

总之，敌人进攻晋冀豫之基本方式，虽为逐加推进，但在有利条件下，亦相继采取乘虚而进办法。因之，我们一方面严防敌人袭击，另一方面更应沉着应战，对一切工作，及早作长期的，持久的，充分布置与准备，以迎接任何事变。慎勿惊惶勿措，自乱步调，至增加自寻困难！

（原载一九三九年四月十九日《新华日报》华北版第一版社论）

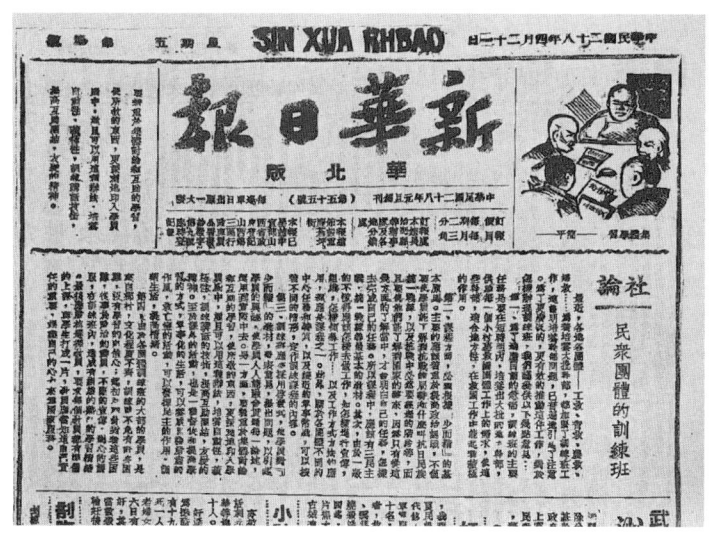

民众团体的训练班

最近，各地各团体——工救、青救、农救、妇救……为着培养大批干部，都加紧了训练班工作，这证明培养干部问题，已普遍地引起了注意。为了更广泛的、更有效的推动这件工作，对于怎样办理训练班，我们谨提供以下几点意见：

第一，为了适应目前的急需，训练班的主要任务是要在短时间内，培养出大批的地下干部，供给每一个小村里救国团体工作上的需求，使这些干部，适合地方性，在救国工作中能起着积极的作用。

第二，课程方面，必须根据"少而精"的基本原则。主要的应该着重于提高政治认识，不仅要使学员能了解到抗战的局势和什么叫抗日民族统一战线，以及抗战中必然要经过的阶段等，而且要使他们能了解到国家的将来，因为只有从这几方面的了解当中，才会明白自己的任务，怎样去完成自己的任务。所以课程中，应该有三民主义、统一战线等最基本的教材。其次，由于一般的不懂得应该怎样去做工作，如怎样进行宣传，组织，怎样领导工作……以及工作方式方法的应用，都应是课程之一。此外，关于各团体不同的中心任务和特质，以及浅近的军事常识，可以按着不同的情形，定作训练课程的内容。

第三，训练班应多采用启发式，使学员对"少而精"的教材，发表意见，提出问题，以引起学员的兴趣，使学员人人能融会贯通每一论述，运用到实际中去。另一方面，要着重于集体讨论和互助的学习，使所教的东西，更深刻地印入学员脑中，并且可以用这种办法，培养自动性、积极性，训练讲话的技术，提高互助、团结、友爱的精神。至于课外的活动，也是一种督促和提高学习的方式，军事化的生活，可以养成紧张严肃的作风，救亡室的活动，可以发挥民主的作用，调剂生活，提高情绪。

第四，由于各团体训练班的大部的学员，是来自乡村，文化程度不齐，训练时不免有许多困难，没有学习的自信心；起初就要针对着这些困难，从事于政治的动员，不断的宣传，耐心的说服，在训练班内，造成有组织的热烈的学习情绪。最后应严格选择教员，要求每个教员都有准备的上课，与学生打成一片，教员应当知道自己责任的重要，竭尽自己的心力来为国家服务。

（原载一九三九年四月二十一日《新华日报》华北版第一版社论）

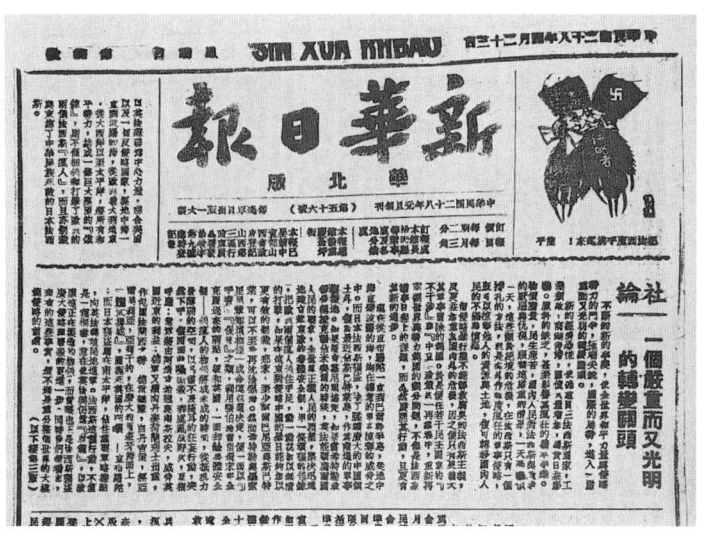

一个严重而又光明的转变关头

不断的新的事变,使全世界和平力量与侵略势力的斗争,极端尖锐,国际的局势,进入一严重而又光明的转变关头。

新的经济恐慌,使德意日三法西斯国家,工业颓败,商业停滞,国债大量增加,通货日益膨胀。原料的缺乏,甚至影响其疯狂的□军事业。物价腾贵,民生悲苦,国内人民对法西斯与战争的厌恶与仇视,跟着这严重的情形,一天高□似一天,这些□于绝境的危机,在法西斯只有一个挣扎的方法,就是向外作高度疯狂的军事侵略,既可以掠夺他人的资源与土地,复可转移国内人民的不满与愤怒。

但侵略暴行并不能解救腐臭的法西斯主义,反更益加重其国内外的危机，因之便只有更扩大其军事冒险的范围。于是便在若干民主国家的"不干涉"与"中立"政策的一再纵容中，重新再宰割世界与势力范围的划分问题，不像是法西斯议事日程上的课题，而公然展开其行动，且更有其新的进步。

现在从直布罗陀一直到巴尔干半岛，从地中海直□波罗的海，均在德意的军事掠夺的威胁之中。而日本法西斯强盗，除了蹂躏广大的中国领土外，复于最近占斯巴特莱岛，作为南进的军事根据地。如果没有慕尼黑协定，如果当希特勒□□分割捷克□占米美尔的时候，英法能顺应两国人民的要求，全世界正义人民的愿望，坚决迅速地建立起东欧的集体安全制，用一条顽强的锁链，把欧洲两个疯人锁住手足，动一动就加以无情的打击。如果在远东对侵略中国的暴日能够加以更有效的制裁，那末，至少阿尔巴尼亚与斯巴特莱，可以不至于再沈沦黑海。然而希特勒与墨索里尼辈知道枷锁一成命运就遭决定，便一面以"手书""保证"之类，利用张伯伦首相还未完全克服过来的弱点，缓和英国，一面却趁集体安全制——锁疯人的枷锁将成未成的时间，从抵抗力最薄弱的空间，以迅雷不及掩耳的狂妄行动，突然下手，复回面□噪嘶杀，到处乱放野火，互相呼应：意军将由阿进攻希腊与南斯拉夫，威胁英国近东的利益；德军又续向丹麦荷兰瑞士出□，作包围法兰西之势。德意部队，自丹吉尔，经亚尔美利亚、亚利干的，在广大的西班牙海面上，"耀武扬威"，图扼死英国的咽喉——直布罗陀；而日本强盗则在南太平洋，占住重要军略据点，向英法美殖民地进军。法西斯这种行动，不仅是一种恫吓，意在使英法美仍然"就范"，以破坏这正在制造的枷锁，而实际也正是法西斯强盗广大侵略与屠杀的更进一步。同时我们还看出，现有的这些事实，还不过是重分整个世界的大模范侵略的前哨。

如果说英国的传统外交政策，"是不让任何一个强国在欧洲大陆上占统治权，让互相反对的列强，保持'均势'和合作，自己却居于仲裁者的地位，把欧洲大陆统治的锁钥拿在自己的手里"，那么现在，就连张伯伦首相也不会不相信这均势业已打破，而同时又明明知道和平国家的结合，其力量远超过侵略者之上。然而为什么直至今日，集体安全制，还未迅速完成？法西斯巨盗，层见叠出的疯狂行为，尚未受到应有的制裁与打击？这里的确是叫人纳闷的问题。但是犹移之因，却正如史太林在联共第十八届代表大会所报告的："……或者可以用恐惧革命来解释，因为如果非侵略者卷入战争，这战争便要遍及世界，而革命即会爆发……政治家当然得悉，第一次帝国主义世界大战，造成最大国家之一的革命胜利，他们深恐第二次战争，亦将造成另一国或若干国家革命的胜利。"而同时却正因英法政府还保留着幻想的残余，"希望不阻止日本进至中国作战，或者更好是卷入对苏联作战之漩涡中"（史太林）。"……不阻止德意在欧洲狂妄行为，或陷入对苏联作战的漩涡。纵容各交战者陷入战争泥淖，并暗中鼓励着循此途径，纵容他们相弱相困。当他们充分削弱了的时候，便以自己的精力出现于舞台。当然，这一出现，乃是为着'和平利益'，及向困弱的交战国提出他的条件，这事情非常便当，并能达到其目的，取得市场"（史太林）。精细明确的分析，将"不干涉"和"中立"立场的具体内容，暴露得异常透明。在西班牙问题上，英法乘人之危，获取一些便宜，便是具体证明；而在对捷克、立陶宛、罗马尼亚、阿尔巴尼亚的侵略中，在继续威胁近东巴尔干各国，向丹麦、荷兰、瑞士的进军中，德意便是准对着英法的这些心理，而提出所谓"保证"。

然而慕尼黑以后的铁的事实，毕竟叫张伯伦首相也有些感到玩弄这把戏的危险，而以后还继续要展开的一大堆铁的事实，更会使他感到"自己亦将食严重失败的恶果"。因之，幻想终当有全部消灭的一天，而眼前正是一个严重而又光明的转变关头。扫清幻想，严防法西斯强盗软硬兼施的种种阴谋破坏，以英法苏联为中心力量，联合美国以及一切反侵略国家，经地中海一直到波罗的海，从欧洲扩大到远东，从大西洋以至太平洋，将所有和平势力，结成一条巨大坚固的"铁链"，则不仅捆锁和打击了欧洲的两个法西斯"疯人"，而且亦制裁与束缚了中华民族死敌的日本法西斯。但假如"现实外交"家对德意还不提高其警惕，保留幻想，让法西斯互相呼应的作更大规模的"进军"，这将更要助长法西斯的暴行。（虽然这里德意之间并非没有矛盾，但"大难"当前，它们是只有"相依为命"的。）这里决定的关键，首先还须要英法广大人民，各个反侵略的党派，紧紧团结，加紧督促帮助政府，促使英、法、苏、土，正在进行将入决定阶段的反侵略的互助协定与集体安全制，迅速实施，使全世界无产阶级，开展更广泛的反法西斯运动，并在这运动的更益开展中，组织起反法西斯的统一战线。——而这个已有着光明的前途。

（原载一九三九年四月二十三日《新华日报》华北版第一版社论）

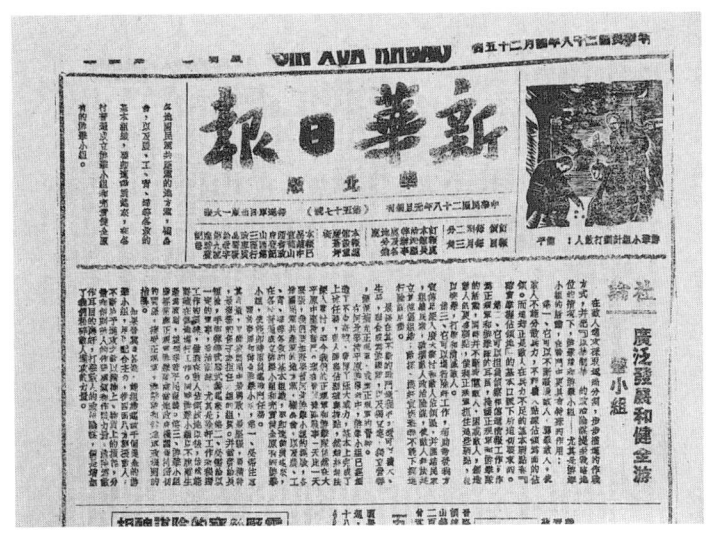

广泛发展和健全游击小组

在敌人进攻采取逐渐分割、步步推进的作战方式,并把"以华制华"的政治阴谋提至战略地位的情况下,游击队和游击小组——尤其是游击小组的活动,在战斗中更具有特殊的作用:

第一,它可以不断骚扰敌人,袭击敌人,使敌人不能分散兵力,不能扩大点线占领为面的占领。而这却正是敌人在兵力不足的基本弱点和"确实掌握占领地"的基本口号下所迫切要求的。

第二,它可以担负侦察和传递情报工作,作为正规军和游击队的耳目,掩护正规军和游击队的活动,同时并不断疲惫敌人、困惑敌人,创造敌人的更多弱点,便利正规军抓住这些弱点，施以突击、打击和消灭敌人。

第三，它可以进行除奸工作，帮助散发我方宣传员深入广大农村和敌人占领区，并团结民众，组织民众，破坏敌人政治阴谋，使敌人无法建立其傀儡组织；敌探、汉奸、宣抚班等不能下乡进行阴谋活动。

最后在其不断的战斗过程中，还可以扩大、生长，联合成为游击队，以及独立连、独立营等，源源补充正规军，成为正规军的骨干。

在河北坚持平原游击战中，游击小组已经创造了不少奇迹，发挥了极大威力，基本上完成了上述任务。敌人虽尽占县城与据点，然始终无法深入农村，至今我们的正规军和游击队依然在大平原中坚持奋斗。现在晋冀豫区战事一天比一天紧张，我们要加紧学习河北游击小组的经验，各地国民党共产党的地方党、牺公会，以及农、工、青、妇等各救的基本组织，要即速动员起来，在各村普遍成立游击小组和充实健全原有的游击小组，使能即时担负起战斗任务。

关于发展和健全游击小组，第一，必需注意其质量，要选拔农民中最勇敢、最坚强、最精干、最机警的份子来担任小组的组员，并当发给长短枪、手榴弹等武器武装起来；第二，必需给以一定的军事、政治训练，尤其是除奸工作和秘密工作的训练，做到在敌人占领该地以后，依然能隐藏在当地进行工作。同时游击小组以不脱离生产为原则，并须穿着平民服装。第三，游击小组应经常与正规军、游击队或当地政府机关保持密切的关系，接受正规军、游击队和当地军政机关的指导。

如果晋冀豫各处，能组织起数千个健全的游击小组，用以配合主力，从四面八方袭扰敌人，不断给予进攻之敌以精神上、物资上的损耗，分散和削弱敌人的作战勇气和作战力量，消除为敌作耳目的汉奸，打击敌人的政治阴谋，便是增加了我们粉碎敌人进攻的力量。

（原载一九三九年四月二十五日《新华日报》华北版第一版社论）

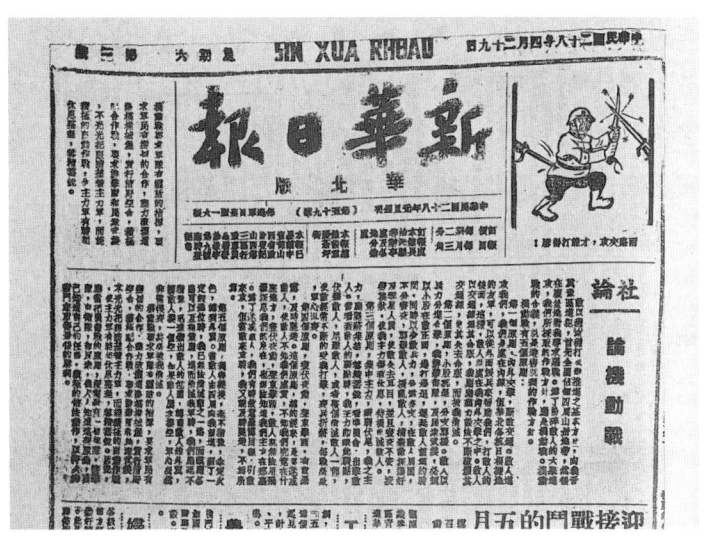

论机动战

敌以稳扎稳打逐步推进之基本方针，向我晋冀豫区进犯，首先企图占领四周山岳地带，然后在腹盆地对我寻求恶战。为了粉碎敌人的大举进攻，我们所采取的作战方针，应是机动战。机动战的含义，就是避害就利的作战方针。

机动战有五个原则：

第一个原则，内外夹击，断敌交通。敌人进攻我们，我们是处在内线，但华北各抗日根据地的友军，可以从外面派兵来帮助我们，打敌人的后面，这样，敌人就处在我内外夹击之中。敌人以交通线为其命脉，我则应尽力设法不断破坏其交通线，使其失去命脉，而被我消灭。

第二个原则，小股抗退，分支袭扰。敌人以兵力分进合击，我游击部队，及民众武装，必须以小股在敌正面，边打边退，迟延敌人前进的时间。同时以少数兵力，分为多支，在敌人周围，不分昼夜，袭击敌人，扰乱敌人，捕杀敌探汉奸及零星人员，使敌失去耳目，并且昼夜不安，疲劳万状，使我主力得到休息，待机消灭敌人。

第三个原则，集中主力，乘弱伏尾。我之主力，应隐蔽集结，养精蓄锐，看准机会，出击敌人。当看到敌人的弱点时，我主力即乘此弱点，伏击敌人，尾击敌人，或者整个消灭敌人一部，使敌经常不断的受我打击，丧兵折将，每战必败，军心沮丧。

第四个原则，昼伏夜动，声东击西，有意暴露，及时隐避。这个原则，总的说来，是要迷惑敌人，使敌人不知我们虚实，不知我们究竟在什么地方，昼伏夜动，声东击西，敌人就无法用飞机探息我们的所在，也无法知道我们主力在那里。为了迷惑敌人，我们有时故意暴露目标，引敌来攻，但当敌来攻时，我又能及时隐避，不为所算。

第五个原则，利害变换，毫不犹豫，拿定火色，转到外翼。当敌人由四周向我前进，到了一定的地位时，我已无法消灭敌之一路，而敌则各路可以互相策应，进而消灭我军时，我们应毫不犹豫，迅速钻出敌人的包围，转到敌人的外翼，让敌人扑一个空。如果敌人屡次扑空，军心必然非常懊丧，终必被我消灭。

机动战要求军队有灵活的指挥，要求军民有密切的合作，尽力破坏道路、桥梁、城堡，实行清野空舍，积极配合作战，要求游击队和民众武装，不光光把眼睛望着主力军，而能积极的自动作战，使主力军有时间休息整理，养精蓄锐。因此，应当把机动战的原则，深刻教育一切部队、游击队、自卫队和民众，使人人知道这些原则，自己知道自己的任务，积极的依法动作，以持久的奋斗来取得最后的胜利。

（原载一九三九年四月二十九日《新华日报》华北版第一版社论）

纪念"五一"

"五一"——国际劳动工人纪念节，是全世界工人劳动者大团结，以自己的力量谋自身的解放，谋解脱国际资本主义剥削奴役的枷锁底日子。全世界工人阶级在今天，将在共产国际各国共产党领导之下，在各地检阅自己的队伍，检阅自己反战反法西斯的团结力量，向国际法西斯强盗作英勇的斗争。

正如季米特洛夫同志所说：工人阶级是近代社会进步的阶级，是与反动势力、法西斯蒂水火不相融的敌人，是反对一切压迫人民、奴役人民，以及一切侵略战争的最坚决最澈底的战士，是世界和平底最坚决最澈底的保卫者、拥护者，是全世界人民反抗法西斯强盗战线的发起者、组织者和领导者。数十年来国际工人阶级，始终站在斗争的最前线。在法西斯血腥统治的国家里，工人阶级不为酷刑屠戮所吓退，与法西斯统治者作着最坚苦的战斗；在资产阶级民主国家里，工人们拒绝任何欺骗诱惑，坚决反抗正在抬头的反动势力，反对本国统治者向法西斯恶魔妥协投降；在无产阶级祖国——苏联，工人劳动者热烈参加社会主义建设，巩固和强大这和平堡垒。最先，并且最坚决反对慕尼黑协定的是工人阶级，给西班牙和中国抗战以最切实、有效、热烈援助的也是各国工人阶级。

而在半殖民地的中国，工人阶级是民族的骨干，国家独立和自由的最坚固的堡垒。中国工人阶级自走上政治舞台开始，在中国共产党领导之下，没有一天不在为反对帝国主义列强的侵略奴役，为争取民族的独立和自由而奋斗。历史上每次巨大的反帝反侵略革命运动，没有一次没有无产阶级的参加与推动，而且在每次斗争中只有无产阶级斗争得最坚决与坚持。

中国工人阶级清楚的认识，中国工人的阶级解放，必需从民族解放中去求得；要求得阶级解放要先求得民族解放。抗战开始以来，无论在前线的战场上，在后方的参战工作上，生产战线上，工人在反对异族的侵略□中实现了最高的热忱与无比的英勇。他们甚至甘愿忍受不应该得到的苛酷的待遇，忍受比平时更加倍繁重的工作，为坚持抗日民族统一战线，保卫祖国而战！在全世界反战反法西斯运动中，中国工人阶级联合全中国人民担负最重要的组成部门，站在战斗的最前哨，打击最顽强的法西斯——日本强盗。

在敌后方华北，每块抗日根据地的创立，都混和有工人阶级的汗和血。凡是熟识晋冀豫抗日根据地的历史的，都会知道正太线和同蒲路的工人在这里化了最大的牺牲代价，工人阶级首先在这里举起创造根据地的鲜明旗帜，而且直到今天还在以最大的努力来支持这块地区。

今天，当我们来纪念这伟大的战斗的"五一"节的时候，正好遇到敌人向我们根据地疯狂进攻，全区的工人要保卫我们这块辛勤□劳创立起来的根据地，必须更亲密的团结起来，手拉手地参加我抗战部队去，参加到各部门与抗战有关的工作中去。特别应提高生产热忱，加强生产，扩大生产，保卫晋冀豫，坚持华北抗战是□□□□坚持全国抗战，战胜敌人的有效办法，亦即配合国际工人阶级保卫世界和平，粉碎法西斯侵略战线的最有效办法。

（原载一九三九年五月一日《新华日报》华北版第一版社论）

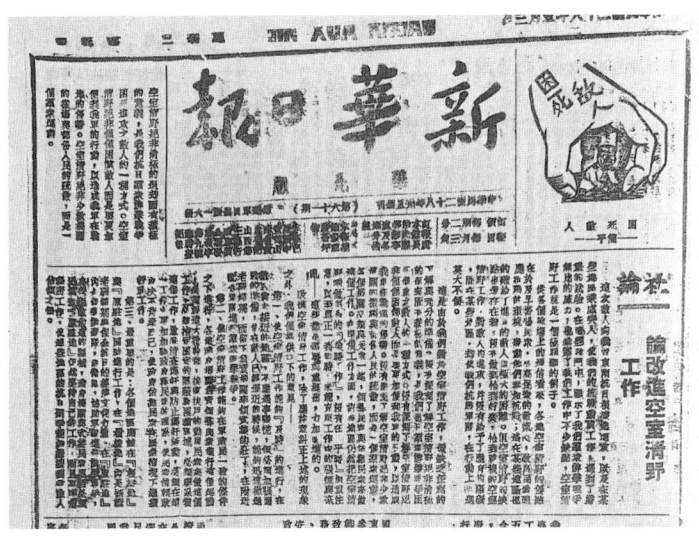

论改进空室清野工作

这次敌人向我晋东南抗日根据地进攻，以及在某些地区乘虚突入，使我们的抗战动员工作，遇到了严重的考验。在这些战斗中，显示了我们群众游击战争无比的威力，也暴露了我们工作中不少缺点，空室清野工作就是一个极明显的例子。

从各个战场上的通信看来，各地空室清野的优点在于及早警惕民众，提高民众的敌忾心，教育民众适应抗战的环境，带动他们参加抗战，这在某些地区也的确给了进攻的敌人以极大的困难。但空室清野的缺点也还存在着，没有做到恰到好处、恰到时机的空室清野工作，对敌人的进攻，并没有给予了应有的阻碍；而在某些地区，却使我们抗战军队，在行动上遭遇莫大不便。

　　这是由于我们对于空室清野工作，还缺乏深刻的了解与充分的准备。没有深刻了解空室清野绝非消极的退却，而有积极的意义，是我们抗日群众游击战争困死进攻之敌人的一种方式；没有深刻了解空室清野绝非仅仅困扰敌人，而是要更加便利我军的□动，以造成我军在战场的优势；没有深刻了解空室清野绝非少数机关的搬场与部份人民的疏散，而是一个群众运动。每个机关必须与民众一起，领导民众与依靠民众来做这个工作。在准备工作方面，许多地区仍然把空室清野看做□□的"战时工作"，没有在"平时"加重注意，以至真正一到战时，未能克服工作中的张慌与紊乱——这些都是需要郑重提出、力加改进的。

　　改进空室清野工作，除了应注意纠正上述的现象之外，我们仅提供以下的意见——

　　第一，使空室清野工作能够"及时"的进行，在敌人尚未接近的地区，不应遇事张慌，但必须加强备战的准备，使在敌人已经逼近的时候，能够迅速撤退老弱妇孺，而留下负责机关率领武装的壮丁，在附近配合军队进行群众游击战争。

　　第二，像空室清野工作能够在军政民一致的条件之下进行，各地政府机关负责领导民众进行□□运动，必须派遣大批干部，挨家挨户的动员民众来做这个工作，必须指定固定的隐蔽与囤积区域，必须联系着这个工作，澈底清查汉奸与防止汉奸活动，必须在这一工作中更加加强政府与民众的联系，使民众信赖政府决不背弃自己，使政府依靠民众在紧急情况下继续行政工作。

　　第三，最重要的是：各个边区应该在"根据地"与"原驻地"同时进行工作，在"根据地"内是抚□老弱妇孺与保全抗日的经济文化力量，在"原驻地"内是领导游击队、自卫队，协助军队进行游击战争，来帮距敌尚远的县城，政府机关与武装民众团体必须迅速在"原驻地"依然坚持自己的工作,而且要准备秘密工作,使这些□□的抗日战争能够继续到敌人占领之后。

(原载一九三九年五月三日《新华日报》华北版第一版社论)

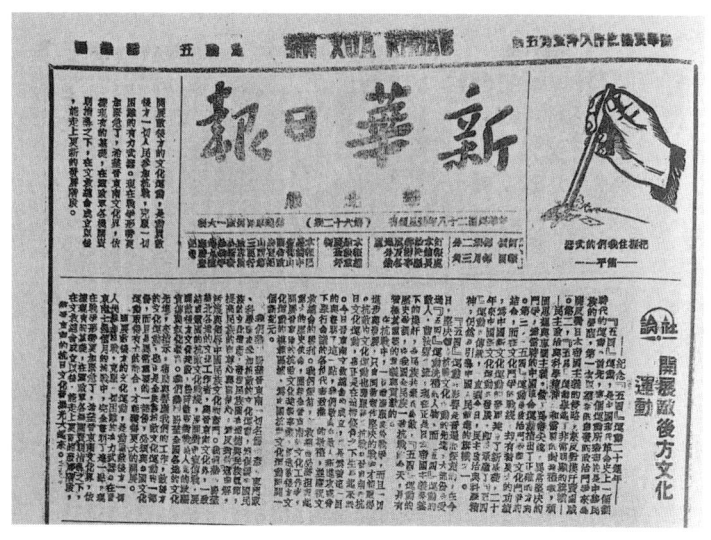

开展敌后方文化运动

——纪念"五四"运动二十周年

"五四"运动,是中国现代革命史上一个划时代的运动。首先,这个运动所表现的是中华民族的觉醒,第一次以群众的自发的政治斗争来□开反对日本帝国主义的侵略,来反对汉奸卖国贼。第二,"五四"运动举起了非常明显的旗帜——民主政治与科学精神,和当时的封建礼教、顽固思想与专制主义,做了异常尖锐、异常坚决的斗争,为当时的中国革命运动指出了正确的方向。第三,"五四"运动是政治斗争与文化斗争的结合,而在文化斗争的战线,却有着更大的功绩,为中国新文化运动的发展建立了新基础，二十年来中国新文化运动的发展，即□承继了"五四"运动的传统，一直到今日，民主政治与科学精神，仍然是引导中国人民前进的旗帜之一。

"五四"运动的影响是普遍而深刻的，在今日，坚决领导抗战文化运动的先进，大部份是受过"五四"运动洗礼的人物，而"五四"运动的敌人，曹汝霖之流，现在正是日本帝国主义豢养下的汉奸。全民族共弃□□敌，"五四"运动的历史教训，□我国全民族一致抗战的今天，是有着极其重要的意义与贡献的。

在抗战中，一切都应服务于战争，而且一切进步与发展，只有同敌寇作坚决的战争才能取得。抗敌的文化运动也应服务于抗战。晋东南的抗日文化运动，也正是在这样条件之下生长起来的。今日晋东南文救总会的成立，就是为着这一目的与证明了这一点。我们敬向□敌人新进攻威胁下举行会议的各位代表致热烈的敬礼，并庆祝文救总会的胜利。我们深信，文救总会必将担负起重大的历史使命，团结全晋东南的文化工作者，开展晋东南的抗敌文化建设事业，创造敌后方文化运动的模范区域，为中国抗战文化运动开辟一个新纪元。

我们热切盼望晋东南一切名儒俊彦、专门家、科学家来参加抗敌的文化运动，为保护中国民族的文化遗产，发扬民族固有道德与民族气节，提高民族的自尊心与自信心，为反对敌寇曲解，污蔑与侮辱中国民族文化而奋斗。我们热切盼望华北各地的文化工作者，与晋东南文化界，一致结成巩固的抗敌文化战线，展开对敌宣传战，展开敌后方文化建设，粉碎敌寇对战区人民的欺骗宣传与奴化教育。我们热烈盼望全国各地的文化先进，来指示、帮助与响应我们的工作。敌后方的文化运动，也正是全民族抗敌文化运动的一部份，而且是异常重要的一部份，必须与全国文化运动取得有力的配合，才能获得更大的开展。

开展敌后方的文化运动，是动员敌后方一切人民参加抗战，克服一切困难的有力武器。在晋东南十几个月的抗战中，完全表明了这一点。现在战争形势更加紧急了，希望晋东南文化界，依据现有的基础，在党政军各机关贤明指导之下，在文教总会成立以后，能走上更□的发展阶段，将晋东南的抗日文化发扬光大起来。

（原载一九三九年五月五日《新华日报》华北版第一版社论）

纪念"五七" 肃清民族叛逆

五月七日与五月九日，是几十年来我们年年举行的国耻纪念日，举行这个纪念的重要意义，在于反对当时背叛民族的国贼袁世凯，反对日本帝国主义的侵略。

这个纪念，随着抗战的发展而更加加重了革命的意义，在我们民族一致坚持抗战到底的今天，从这个纪念中（以及一切工作中）动员广大民众严厉打击汉奸卖国贼，正是今天的迫切任务之一。

为完成这项任务，我们必须首先打击最大的汉奸卖国贼汪精卫，汪精卫的叛国勾当，其罪恶实远过于袁世凯。袁贼叛国于外侮尚未显著之时，而汪贼则叛国于民族濒于艰危之日，并且不惜为敌人策划，唆使敌人从华北、华中、华南三面包围四川；并图组织"反共同盟"，成立军队，企图作东方的弗朗哥，这较袁世凯为了"僭窃帝位"而出卖国土，尤为卑劣无耻。

汪逆这种无所不用其极的无耻手段，其目的，乃在实现敌人所狂吠的"东亚新秩序"，企图以"防止赤祸"的名义，控制中国的军事；以拥护东洋文明的名义，消灭中国的民族文化；以撤除经济壁垒的名义，排斥欧美势力独霸太平洋。再以"日、满、支经济单元"或"经济集团"的工具，控制中国经济的命脉，乃至在建立全国性的汉奸政府，企图推翻蒋委员长，颠覆国民政府；乃至在"反蒋""反共"的名义之下，破坏国共合作与全国团结，造成内部的分裂。总之，乃是为日寇的灭亡中国清除道路。汪逆这卖国贼的行为，实在罪浮于袁世凯、秦桧、吴三桂以及历史上所有的国贼。

而且汪逆的举动，不仅汪逆一人而已，为其奔走之啰□颇有其人，如周佛海、褚民谊、林柏生、陈公博、陶希圣、李圣五、高宗武之流；不仅这些已经随汪出走之叛贼而已，即在抗战堡垒内，亦还有许多巧扮粉饰着的毒虫隐藏着。"姑息养奸""当断不断，反受其乱"，当抗战进入艰苦阶段，敌寇大肆所谓"防共"的灭华阴谋之际，来纪念"五七"与"五九"，必须严厉地对付汪精卫等卖国贼，敦促中央，明令通缉，决不容其逍遥法外。澈底肃清汉奸叛徒，这是抗战胜利的重要保证。

（原载一九三九年五月七日《新华日报》华北版第一版社论）

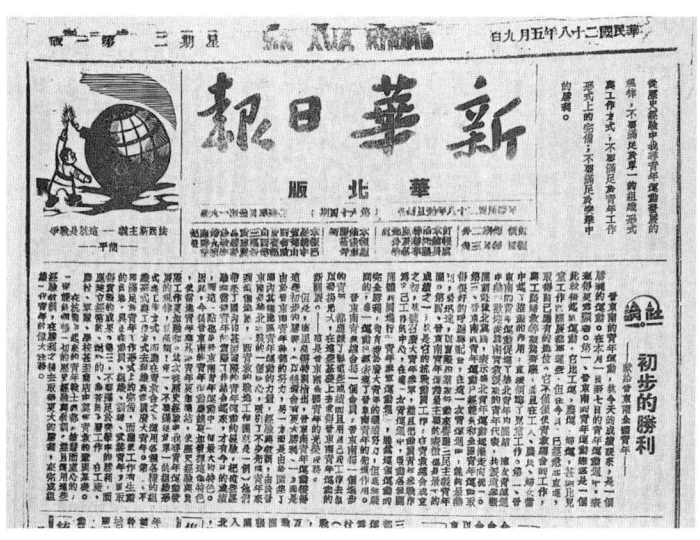

初步的胜利

——献给晋东南全体青年

晋东南的青年运动，就今天的成绩说来，是一个胜利的运动。在本月一日至七日的青年运动周中，表现得更为显著。第一，晋东南的青年运动虽然是一个比较后起的运动，它比工运、农运、妇运，甚至比儿童工作的开展都要迟些，但在今日，已经急起直追，取得自己应有的地位。它不仅仅使青救总会的工作，与工农妇救等并驾齐驱，而且在工人、农民、妇女当中起了推动的作用，直接领导了儿童工作。第二，晋东南的青年运动促进了华北青年的团结，这次青运周中热烈欢迎从冀南青救派来的青年代表，共派遣参观团前赴豫北冀西，表示华北青年运动逐渐走向统一。第三，晋东南的青年运动已经能□和全国青年运动取得很好的呼应与配合，在这一次青运周中，能够最热烈、最迅速，以实际的群众行动来响应三民主义青年团。第四，晋东南青年运动最主要的表征也是最大的成绩之一，就是它的抗战动员工作。在青救总会成立之初，就号召广大青年参军，并且把动员青年参战作为自己工作的中心。在这一次青运周中，发动各机关团体共同进行"青年参军运动周"，虽然这个运动的完全胜利，尚有待于广大青年的继续努力，但毫无疑问的，这一运动已经表现了晋东南青年的先进作用。

晋东南青救总会每一个会员，晋东南每一个进步的青年，都应该了解这些成绩而且用自己的工作去加以发扬光大，在这些基础上去求得晋东南青年运动的新开展。——这是晋东南全体青年的光荣任务。

但是，这里必需特别指出，晋东南青年运动获得这些初步的胜利（以后还会有更大胜利），一方面是由于晋东南青年干部的努力，另一方面是由于汇集了国内其他地区青年运动的力量、经验与教训。由于晋东南是华北抗战的一个中心，吸引了不少先进青年来到这个地区（西青救的战地工作团就是一例），他们带来了国内的甚至国际的青年运动的经验，把这些经验和当地青年的实际工作结合起来，才有今日的成绩，而这一点也是晋东南青年运动中一个最大的特色。因此，今后晋东南的青年运动应该更加发挥这个特色，使当地青年与外地青年更加团结，使历史经验与实际工作更加融和。其次从历史经验中找寻青年运动发展的规律，就必须！第一，不要满足于单一的组织形式与工作方式，而应在青救会之下运用各种各样的组织形式与工作方式去组织与动员广大青年。第二，不要满足于青年工作形式上的完备，而应使工作有生动的内容，真正在动员、组织、训练、武装青年方面取得实际的成果。第三，不要满足于突击中的胜利，而应建立经常的、耐心的、艰苦的下层工作，在工厂、农村、军队、学校甚至商店中奠定青救的巩固基础。

在抗战中起来的青年战士们都是敏慧而虚心的，一定能够领悟一切的历史经验与教训，并且运用这些经验教训，在胜利之后去取得更大的胜利，来完成组织一代青年的伟大任务。

（原载一九三九年五月九日《新华日报》华北版第一版社论）

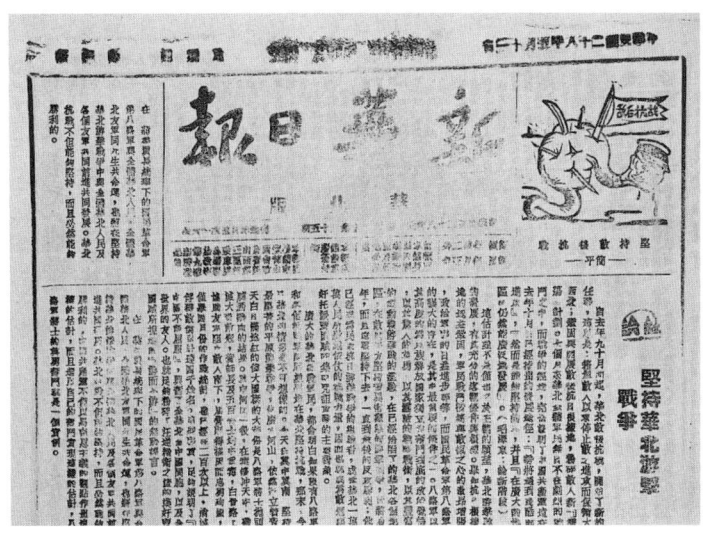

坚持华北游击战争

　　自去年九十月间起,华北敌后抗战,开始了新的任务,这就是:箝制敌人以求停止敌之进攻而保卫大西北;巩固与开展敌后抗日根据地,粉碎敌人新"扫荡"计划。六个月来华北全体军民无日不在剧烈的战斗之中,而战争的经过,完全证明了中国共产党远在去年十月就已经指出的发展途径,"势将遇到残酷的进攻","然而是能够坚持的",并且"在广大的地区□仍然能广泛地发展"。(毛泽东《论新阶段》)

　　这估计并不是仅出之于主观的愿望,华北游击战的发展,有其充分的客观条件与根据。举如抗日根据地的逐益巩固,军民战斗情绪与敌忾之心的激昂增张,政治军事的日益进步等等，而国民革命军第八路军的强大的存在，是其中最重要的条件之一。八路军以其高度的为民族解放国家独立而奋斗到底的政治觉悟，以其惊人的英勇，以其灵活的战斗战术，以其丰富的运动战游击战的经验，在已经沦陷了的华北各个地区，在敌寇后方坚持着异常艰难的游击战争，即将两年，而且还要坚持下去，一直到最后的反攻胜利；他已经成为民众抗日游击战争的组织者，成为华北一万万人民所爱戴依仗的抗战力量，因而也就成为敌寇汉奸托派卖国贼的集□咒诅重击的主要对象。

广大的华北抗战军民，都会明白如果没有八路军和各个抗战军队肩并肩□在华北坚持抗战，那末，今日华北的情形是不可想象的。今天在冀中冀南，坚持最坚苦的平原游击战争，使广大河山，依然□立着青天白日满地红的伟大国旗的大部份是八路军将士抛头胪洒热血的结果。冀中河□一役，在毒焰冲天中，歼灭大量敌寇，贺师长及五百壮士均中巨毒。白晋路上协助友军阻止敌人南下，周营副得□因而忠勇殉国。仅举四月份的作战统计，也已经在二百次以上，消灭俘获敌伪共计达四千余名。这些事实，足够说明了"中国不能屈服"，兴奋了全华北的中国同胞，以及全世界的友人。也就足够粉碎了汪逆精卫之流的汉奸卖国贼所捏造的"游而不游"的无耻谣言。

在蒋委员长统率下的国民革命军第八路军与全体华北人民，全体华北友军同死生共命运，也将会坚持华北游击□争□□□□华北人民及各个友军共同前进共同发展。华北抗战不但能够坚持，而且必然能够胜利的。中国共产党不仅以马克思主义的观点作出这样的估计，而且还以自己的奋斗实现这样的估计，八路军将士的英勇奋斗就是一个实例。

（原载一九三九年五月十一日《新华日报》华北版第一版社论）

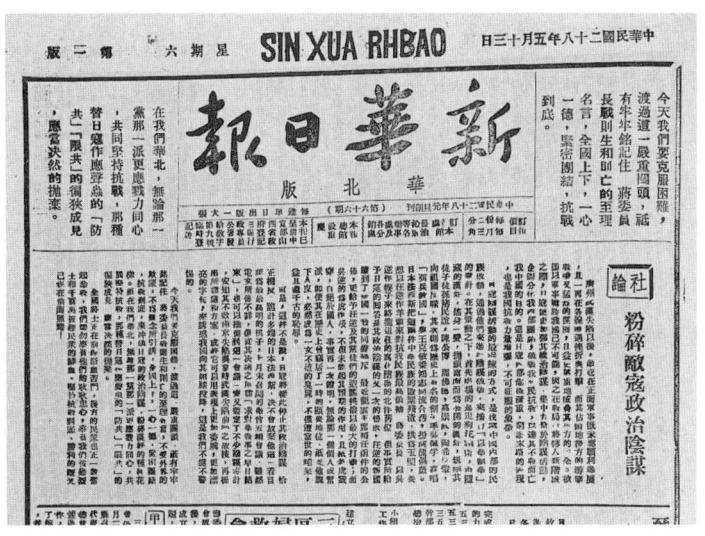

粉碎敌寇政治阴谋

广州武汉失陷以后，敌寇在正面军事既未能顺利进展，且一再在各线遭遇挫折与打击，而其占领地后方的游击战争又猛烈的开展，日益更严重地威胁其□方的安全。欲图以军事战胜我国已不可能，因之在战局□将转入新阶段之际，日寇便更加强其政治阴谋，集中力量于阴谋活动，企图分化我内部团结，破坏我全民抗战，以达其不战而亡我中国的目的。这是日寇内部危机深重，穷途末路的表现，也是我国抗战力量增强，不可征服的象征。

日寇阴谋活动的最毒辣的方式，是找寻中国内部的民族败类，通过他们来进行阴谋破坏，来推行"以华制华"的毒计。在其策动之下，首先出场的是走狗汪精卫，由隐藏的汉奸，摇身一变，抛头露面而为公开的汉奸，亲率其徒子徒孙褚民谊、陈公博、周佛海、高崇武、陶希圣辈，向祖国反噬。其次则为历史上有名的刽子手吴佩孚，高唱"弭兵救国"，与王克敏梁鸿志同流合污，扮演傀儡戏。日本法西斯把这两件中华民族的败絮残渣，拱为玉璧，要想以汪逆作羊头来对抗我民族□□□□□□□□，以吴逆作幌子来络拢退任的腐化堕落的北洋旧僚，但事实所给予日寇的回答是其政治阴谋的又一次惨败，汪逆的叛国遭到了美国一致的同声痛斥，最近龙云主席覆汪函件的公布，更给予汪逆及其党徒们的造谣挑拨以最大的打击；而吴逆的为虎作伥，不但未能起其预期的作用，且纸老虎戳穿，自绝于国人，事实再一次证明，无论那一个个人或帮派，即使其在历史上曾窃居了一时的显要地位，只要他脱下人皮，必然成为一文不值的臭尸，不仅遭当世的唾弃，益且遗千古的耻辱。

可是，这并不是说，日寇将从此停止其政治阴谋，恰正相反，诡计多端的日本法西斯，决不会放弃他这一着自认为最最高明的棋子。上月末召开的敌酉五相会议，虽然电文所传不详，但从其决议之所谓"求对华战事之早日结束"，也可以推侧到这一会议一定又制定了不少阴谋毒计，安知其不效南京失陷与当时武汉失陷前□之故技，再提出所谓议和方案，或许它可以用表现上更加委婉，更加漂亮的字句，来诱惑我国向其屈膝投降，这是我们不能不警惕的。

今天我们要克服困难，渡过这一严重关头，只有牢牢铭记住蒋委员长战则生和则亡的至理名言，不受外界的欺蒙，不为杂念所引诱，全国上下，一心一德，紧密团结，抗战到底，来冲破日寇的政治阴谋，粉碎汉奸的种种花样。而在我们华北，无论那一党那一派更应戮力同心，共同坚持抗战，那种替日寇作应声虫的"防共""限共"的偏狭成见，应当决然的抛弃。

全国将士正在前线浴血苦斗，后方的民众也正一致奋起参战，我们切勿辜负他们的耿耿忠心，辜负我们被难烈士和千百万被难民众的鲜血，坚持抗战到底，胜利的曙光已经在前面照耀！

（原载一九三九年五月十三日《新华日报》华北版第一版社论）

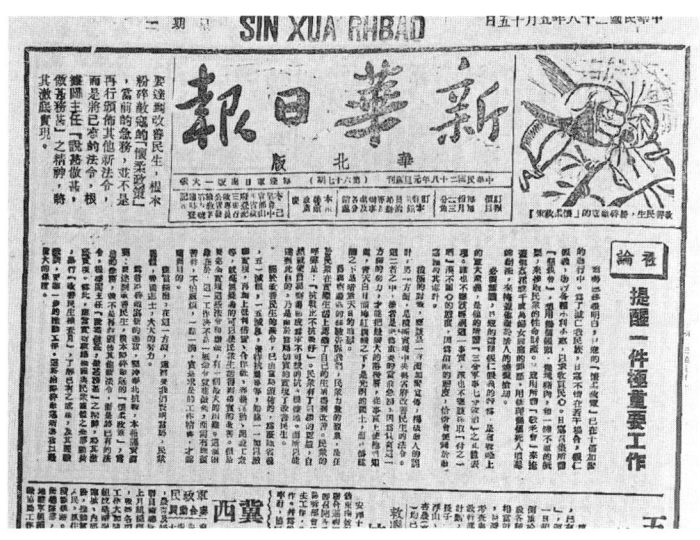

提醒一件极重要工作

　　形势已经很明白，日寇的"怀柔政策"已在十倍加紧的进行中。为了灭亡我民族，日寇不惜在若干场合，假仁假义，进行各种小利小惠，以求收买民心。日寇召集所谓"恳亲会"，想用几个馒头、几块猪肉，和一钱不值的纸票，来换取民众的性命财产。日寇用所谓"敬老会"来掩盖他奸淫□千成万妇女同胞的罪恶，用修理几个死人坟墓的办法，来掩盖他对于活人的烧毁抢劫。

　　必须认识，日寇的这种假仁假义的行为，是有战略上的重大意义，是他的所谓"三分军事七分政治"之具体表现。谁也不应该轻视这一事实，谁也不应该采取"付之一哂"漠不关心的态度，因为消极的态度，恰恰会便□于敌寇施将其毒计。

积极的对策，应该是一方面加紧宣传，揭破敌人的诡计，另一方面，是积极实现中央与省府改善民生的法令。这二者之中，后者是□为重要的当前急务。因为只有这一方面的努力，才能把最广大的落后层，从事实上使他们知道，青天白日满地红旗帜之下，是光明的国土，而日伪蹂躏之下是暗无天日的地狱。

晋冀察边区的经验告诉我们，民众力量的源泉，是在于民众在实际生活上认识了自己的生活得到改善。民众的呼声是："抗战比不抗战好。"民众有了这样的认识，自然就使晋冀察边区成为牢不可拔的抗日根据地。而所以能达到此目的，乃是由于当局切实的实现了改善民生。

关于改善民生的□令，已由当局颁布的，为废除省税、五一减租、一五减息、优待抗属等等，如能一一加以澈底实现，再加上低利借贷、合作社、春耕运动、开设工厂等，就毫无疑义的可以使民众生活得到确实的改善。但是要完全实现这些法令和办法，有一个最大的困难。这个困难在于，这一工作决不是一纸命令就能做到，而需有埋头苦干、不怕麻烦、一点一滴、实事求是的工作精神，才能达到目的。

应当指出，在这一方面，还需要我们贤明当局、民众团体、爱国志士，大大的努力。

为着粉碎敌寇新的进攻，坚持华北抗战，本报仅贡刍荛：要达到改善民生，根本粉碎敌寇的"怀柔政策"，当前的要务，并不是再□颁布其他新法令，而是将已有的法令，根据阎主任"说甚做甚，做甚务甚"之精神，将其澈底实现。为此，应当实□政权机关与民众团体之全部动员，举行"改善民生检查月"，了解已有之成绩，及其经验教训，更近一步的推动工作。这将给粉碎敌寇新进攻以最伟大的保证。

（原载一九三九年五月十五日《新华日报》华北版第一版社论）

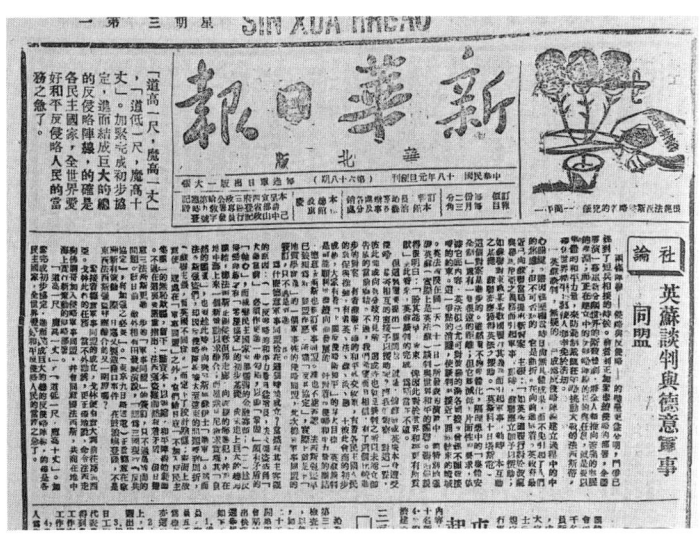

英苏谈判与德意军事同盟

　　两条阵线——侵略与反侵略——的壁垒更益分明,斗争已经到了短兵相接的时候。前者则正加紧继续侵略的部署,企图导演一幕重新分割世界的厮杀惨剧,将全人类推向苦痛的血腥的深渊;而正在建立中的反侵略阵线的目的与任务,就是要以集体的和平力量,来防范制裁疯狂□略挑动大战的法西斯蒂,确保世界和平,冀使人类幸免于浩劫。

　　英苏谈判,无疑的□□已成为反侵略阵线建立过程中的中心关键。虽因经历相当时日尚无具体成果,而不免引起了人们的焦虑,但不可否认的,它是曲折□在向前进□着。英政府最近已向苏联当局提出新方案,主张:"如英帝国履行对于波兰与罗马尼亚之义务而引起军事□动时,苏联应立即予以援助；如苏联对东欧某某数国履行其义务而引起军事行动时，本互助之基础，苏联亦应获得英法之援助。"（莫斯科十日塔斯电）这个对案是进步的。虽然还不够集体化，隔理想中的"集体安全制"还有一□很远的距离，但它却减低，片面性的要求。依据它底内容，英法似已允可对波罗的海各国接□曾经不愿意接□的约束。这一争点的消隐，使谈判更接近了圆满结束的境域。英法首揆在同一天（十一日）所发表的演说中，都特别地强调英苏（实际上是英法苏）谈判与世界和平的关联。张伯伦说得很明白："盼其能早□□束，俾因此对于世界和平更有所贡献。"因此看来，英苏谈判的完成，为期当并不远。

但这□还要提出一个问题，就是一个苏联或英法本身遭受侵略，是否相互的直接予以援助呢？据我们观察，对这一点，彼此间或尚有分歧的见解，这或许也就是谈判之所以未能立即告成的当前症结。不过，我们希望而且相信，有了这个比较进步的对案，有着苏联正确的和平外交政策，有着各民主国人民的敦促与推动，有着英、法、苏、波、罗、土彼此会商的初步成绩，大家有着"□同反侵略卫和平"的伟大目标，英苏谈判是可能顺利地继续向前发展的。针对着□侵略和平力量的团结，德意法西斯也新订军事同盟。谁也不能否认，法西斯强盗早已狼狈为奸，同盟作恶。所谓"反共协定"，实际上就是□"地质学意义"的一个军事性的侵略同盟，此次德意军事同盟的签订，只不过是□进□□步。

为什么德意军事同盟恰在这个时候成立？当然有其主客观的原因：（一）反侵略的和平力量日益增长，□□强盗□到"大敌当前"必须作更进一步勾结，以图"巩固"颇有矛盾的"轴心"，而威吓民主国家内部懦弱的金融寡头；（二）趁反侵略阵线才有"零星协定"的初步基础，尚未走上巨大的总的团结，德法西斯企图侵夺但泽走廊，向波罗的海进犯，并图在地中海上来一个新策动以求配合；而墨索里尼欲求实现其"自然的愿望"，也须趁此时机向突尼斯与苏伊士"进军"。然而法西斯强盗们，却因反侵略阵线扩大至远东的问题受到周折（苏联主张，而英国不同意），而定下了狡计阴谋：表面上故意使日寇处在"军事同盟"之外，它们给日寇"不加入反民主集团"的无耻欺骗，留下一点资本，以图缩□和平阵线的范围。不过在这里要严重指出：法西强盗虽间然有着矛盾，但日德意三法西斯更进□步的"军事同盟"的签订，只不过是时间的问题。数日前，敌外相有田发表演说，"认为三国现□'反共协定'，有加强之必要"。（东京九日路透电）正当德意在欧洲新有策动□际，日寇又制造借口事件，在鼓浪屿登陆，不是东西法西斯强盗呼应配合的又一明证吗？

紧接着德意军事同盟的成立，戈林便由意大利前往瓦伦西亚。戈林此行的任务，当不外劝诱，更正确地说，命令法西走狗佛朗哥加入侵略军事同盟，并会同意国法西斯，共商在地中海上实行新策动的侵略部署。

"道高一尺，魔高一丈"，"道低一尺，魔高十丈"。加紧完成初步协定，进而结成巨大的总的反侵略阵线，的确是各民主国家、全世界爱好和平反侵略人民的当务之急了。

（原载一九三九年五月十七日《新华日报》华北版第一版社论）

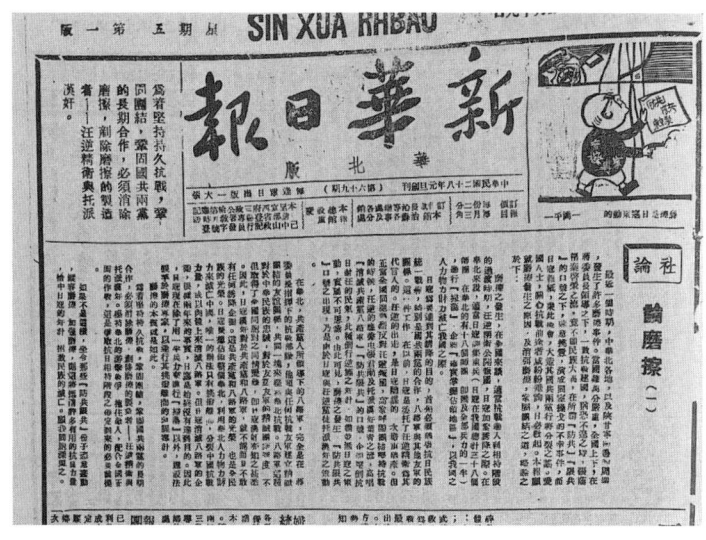

论磨擦（一）

最近一个时期，中华北各地，以及陕甘宁四边的周围，发生了许多磨擦事件。当国难万分严重，全国上下，在蒋委员长领导之下，一致抗战建国，犹恐不遑之时，张荫梧秦启荣之流，竟不顾民族大义，在所谓"防共""限共"的口号之下，肆意挑衅，演成同室操戈的不幸事件。而日寇报纸，乘此机会，大造其国共两党行将分裂之谣。爱国人士，关心抗战前途者咸纷纷垂询，日必数起。本报愿就磨擦发生之原因，及消弭磨擦，巩固团结之道，略论之于下：

磨擦之发生，在全国来谈，适当抗战进入到相持阶段的过渡时期，汪逆精卫公开叛国，日寇加紧诱降之际。在华北来说，适当日寇调集重兵（日寇在我国总计三十八个师团,在华北的有十八个师团,即几及全部兵力的一半),进行"扫荡",企图"确实掌握占领地区",以我国之人力物力财力灭亡我国之际。

日寇为要达到其诱降的目的,首先必须破坏抗日民族统一战线,特别是国共两党的合作,八路军与其他友军的关系。这一件工作,在以前,日寇是委托了汪逆精卫为其代言人的。汪逆的出走,是日寇阴谋的一次严重破产。但正当全国同胞热烈反对汪逆叛国,高巩呼固团结坚持抗战的时候,汪逆的应声虫张君劢及托派汉奸叶青之流,高唱"消灭共产党八路军""防共限共"的口号,企图压倒抗日对汪的民气,此种倒行逆施之奸计,如谓并无日寇之策动,实属不可思议。由此可见,磨擦之发生,"防共限共"口号之出现,乃是由于日寇与汪逆党徒托派汉奸之策动。

在华北,共产党人所领导下的八路军,完全是在蒋委员长指挥下的抗战部队,他愿与任何抗战友军建立精诚团结的友谊关系,共同一块来坚持华北抗战。八路军这种对于中华民族的忠诚,对于友党友军的精诚团结态度,不但取得了全国同胞对之同情爱护,即日寇汉奸亦知之甚悉。因此,日寇汉奸对于共产党和八路军,就不能而且不敢有任何诱降企图。这是共产党和八路军的光荣,也是全民族的光荣。日寇要想占领整个华北,利用华北人力物力财力来灭亡中国,唯一的办法只有挑拨离间,分裂中国抗战力量,或以肉体上来消灭八路军。但日寇消灭八路军的企图,根据两年来的事实,日寇是始终没有达到目的。因此,日寇现在除了用一半兵力来进行"扫荡"以外,还设法假手于磨擦专家,以遂行其挑拨离间的血腥毒计。

磨擦的本质就是如此。

为着坚持持久抗战,巩固团结,巩固国共两党的长期合作,必须消除磨擦,铲除磨擦的制造者——汪逆精卫与托派汉奸。坚持华北的游击战争,拖住敌人,配合全国正面的作战,这是争取抗日相持阶段之确定到来的必要前提。

如果不是这样,坐令那些"防共限共"份子恣意蠢动,纵容磨擦,加强磨擦,则这将抵消许多有用的抗日力量,恰中日寇的奸计,招致民族的灭亡。愿我同胞深思之。

(原载一九三九年五月十九日《新华日报》华北版第一版社论)

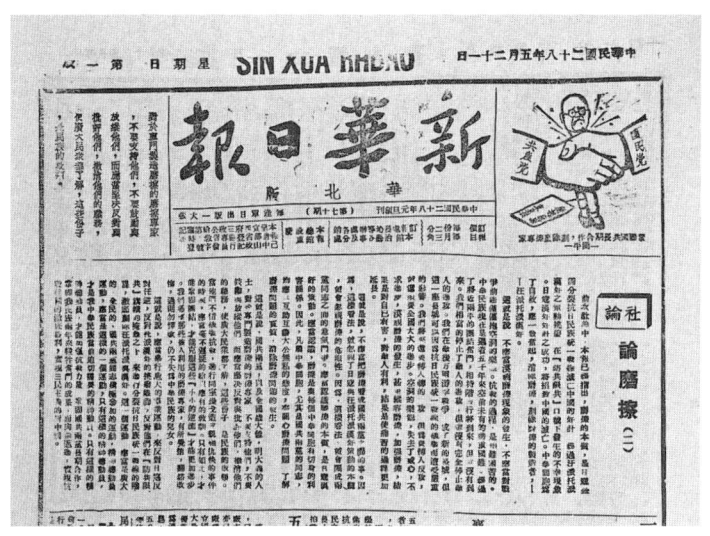

论磨擦（二）

前次社论中，本报已经指出，磨擦的本质，是日寇益图分裂抗日民族统一战线灭亡中国的奸计，经过汪派托派汉奸之策动挑拨，在"防共限共"口号下发生的不幸现象。日寇汉奸奸计之成功，将招致中国的灭亡。中华同胞为了自救，应一致奋起，消除磨擦，铲除磨擦的制造者——汪派托派汉奸。

这就是说，不应当漠视磨擦现象的发生，不应当对战争前途仅仅抱空洞的乐观。抗战的过程，是艰难困苦的。中华民族现在是遇着五千年来空前未有的严重国难。经过了将近两年的团结奋斗，相持阶段行将到来，但还没有到来。我们相当的停止了敌人的进攻，但还没有完全停止敌人的进攻。我们在敌后方用游击战争，成了新的长城，但这一座长城可以因为抗日民族统一战线的破坏而遭受严重的影响。我们将来还要转入总的反攻，但为要转入反攻，就还须要全国大大的进步。空洞的乐观，失去了戒心，不求进步，漠视磨擦的发生，甚至纵容磨擦，加强磨擦，结果是对自己有害，对敌人有利，结果是使痛苦的过程更加延长。

这就是说，不应当把磨擦看成国共两党之间的事。因为，这样看法，就忽视了日寇与汪派托派汉奸策动的本质，就会忽视磨擦的危险性。因为，这样看法，就会闹成两党同志之间的意气斗争。应当认识磨擦的本质，是日寇汉奸的策动。应当认识，磨擦是与每个中华同胞有切身的利害关系。因此，凡属中华同胞，尤其是国共两党的同志，均应以互助互让大公无私的态度，来关心磨擦问题，了解磨擦问题的实质，消除磨擦问颢的发生。

这就是说，国共两党，以及全国识大体，明大义的人士，对于专门制造磨擦的磨擦专家，不要支持他们，不要鼓励与放纵他们，而应当坚决反对与批评他们，撤消他们的职务，使广大民众都了解，这些份子，是民族的败类。当他们不惜破坏抗战，进行同室操戈造成亲痛仇快的事件的时候，应当毫不迟疑的给以应有的教训。只有如此，才能巩固团结，才能克服这些"小小的逆流"，才能更加进步。我们希望那些被人利用的磨擦专家，有所觉悟，翻然改悔。过则勿惮改，仍不失为中华民族的儿女。

这就是说，应当举行广大的群众运动，来反对日寇，反对汪逆，反对托派汉奸的挑拨离间，反对他们在"防共限共"旗帜的掩护之下，来进行分裂抗日民族统一战线的阴谋，澈底铲除汪派托派与汉奸。这一个运动，应当是广大的，全民的，国共两党同志积极参加的运动，精神总动员运动，应当是这样的一个运动。只有这样的精神总动员，才是我中华民族当前迫切需要的精神动员。只有这样的精神总动员，才能加强抗战力量，巩固国共两党长期合作，巩固我民族两年来牺牲奋斗的成果，而向前迈进，实现抗战建国的澈底胜利，实现三民主义的新中国。

（原载一九三九年五月二十一日《新华日报》华北版第一版社论）

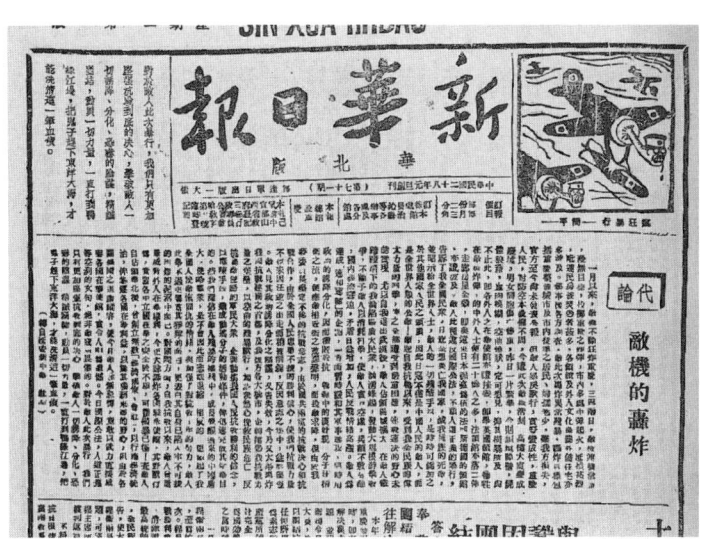

敌机的轰炸

　　一月以来，敌机不断狂炸重庆，三四两日，敌机连袭渝中，漫无目标，投掷重量之炸弹，市内多处中弹起火，延烧甚烈，毗连民房被焚毁者甚多，各领馆及外人文化机关外侨住宅亦多波及。经事后各方调查，敌此次轰炸异常残暴，轰炸目标包括重庆整个城市及市内徒手之居民、妇孺老少，虽我方损失，官方至今尚未发表公报。但敌人暴戾兽行，实野蛮成性，重庆人民，对防空本设备不周，今遭此次敌机浩劫，高楼大厦变成废墟，男女同胞伤亡惨重，昨日一片繁华，今则颓垣断壁，尸体狼藉，血肉模糊，空前惨状，定可想见，抑其横暴所及，尚不止此，即各外人之在华使馆亦遭摧毁，即举英国领馆，牺牲在敌机炸弹下的中外人士便有二十余人之多，法领馆亦落二弹，走廊房屋全毁，即与远东日本强盗为伍的法西斯德国的领馆，亦遭波及。敌人此种违反国际公法，不顾人道正义的暴行，告诉了我全国民众，日寇是想要亡我国家、灭我种族的死敌，并昭示给全世界人士，敌人的一切残酷手段，是时时可能加之于其他国家人民之头顶，因此日寇不仅是中国人民的敌人，而是全世界人类的公敌！敌寇自我抗战以来，受到我全民族的伟大力量的回击，□之全部遭受到严重困难，速战速决的野心未能实现。尤以自我退出武汉后，敌人占领区域扩大，在敌人铁蹄践踏下的我沦陷区广大民众，汹涌蜂起，发动大规模游击战争，不断予敌人以消耗打击，使敌人实□空虚，兵额不敷分配，国内经济窘迫，矛盾日益增加，人民反战情绪高涨。敌人为达成"速和速结"的企图，一方面暂时缓和其军事进攻，同时用政治的诱降分化，因而潜匿于抗日战线中的汉奸亲日分子汪精卫之流，便应敌相近卫之荒谬声明，而投敌求降。但由于我蒋委员长坚定不移的抗战意志，由于国共两党的抗战决心和抗战合作，由于全国人民忠勇不拔的胜利信心，使我们抗战力量不但未因汪逆之出走而稍被削弱，反因意志之集中，益发坚强。敌人见其政治诱降分化之阴谋，又告失效，今乃又大举轰炸我国抗战建国之首都，及我后方各大城市，企图摧毁我抗战力量之堡垒，以空前的残暴兽行，加诸我热心挽救民族危亡、反抗暴敌侵略的军民大众，企图动摇我国人民抗战胜利的信念，以毒辣手段，造成动摇分子的活动条件，俾迅速完成其□华目的。然我们深信在敌人残暴的摧残中，成长觉醒过来的中国广大被侵略群众，是不会因此而悲观退缩，相反的，更激起了我全国人民敌忾同仇的情绪，与加强了对抗战所作的努力。敌人此举不过更暴露其狰狞的面目，更表白其自身已陷入牢不可拔的困难的泥沼中而已。对国际方面，自我抗战以来，敌人曾屡屡威胁外人在华权利，今更大肆轰炸各国驻华使馆，其野兽行为，竟置各中立国在华之安全于不顾，可谓横暴已极！查敌人自占领华北后，曾创立无数"经济国策、会社"，以行施经济统治，俾驱逐各国在华利益，以□其独霸东亚的野心。但由于各关系国之退让纵容，使今日敌人肆无忌惮，竟敢以武力直接威吓各国在华使馆，实令人引为遗憾。今日国际公法、人道正义等空洞的文句，绝非敌寇所畏惧的。对于敌人此次暴行，我们只有更加坚强抗战到底的决心，击破敌人一切诱降、分化、恐吓的阴谋，精诚团结，动员一切力量，一直打到鸭绿江边，把鬼子赶下东洋大海，才能洗清这一笔血债。

（转自延安新中华社电）

（原载一九三九年五月二十三日《新华日报》华北版第一版代论）

为坚持河北抗战与巩固团结进一言

　　半年以来的河北抗战局面，是处在非常困难的情形之下。一方面，敌人以优势兵力从外线向我冀中冀南抗日根据地大举进攻，占领了我们许多县城。另一方面，在我们抗日阵营内部，不断发生磨擦现象，造成了许多自相残杀的惨痛悲剧。虽然这种困难情形，并未屈服我们忠勇抗战的河北军民，但是，华北一万万人民对这种情形却不能不表示殷切的关心。河北的困难也正是我们晋东南以及华北一切抗日根据地的不幸，由于华北各地与河北这样"唇齿相依"，全华北人民有权要求河北当局立即停止"萁豆相煎"。

　　很显然的，河北抗战的困难并不在敌人的进攻，如果河北各个抗日部队能够消除内部的磨擦，团结一致的来迎击敌人，就有力量击退敌人的进攻。目前冀中冀南各地方政府的坚持守土，与八路军浴血奋战等等事实，就是最好的例子。因此，目前坚持河北抗战最中心的问题，就是迅速消除一切内部的磨擦，只要这个问题能够获得正确的解决，其他的问题都可"迎刃而解"。

十八集团军彭副总司令从河北归来发表的谈话（见今昨两日本报），对河北抗战情势与磨擦事件，作了极明确的陈述，不仅冀中冀南军民艰苦奋斗的真相借此昭示于同胞，即磨擦事件的内幕亦借此而大白于国人。现在谁也可以明白，八路军是怎样苦心孤诣地在坚持河北抗战，并在这一奋斗中付了怎样的代价。现在，谁也可以明白，敌寇怎样地利用了挑拨离间的阴谋，来制造我河北抗战阵营内部的磨擦，并且在我们内部引起了怎样的恶果。现在，谁也可以明白，河北磨擦事件，应当由谁来负责，本于"解铃系铃"之义，又有待于谁的深刻反省。凡此一切，都已经完全判明。今后唯一的期望，是河北好磨擦的人们，翻然省悟，鉴于大敌当前，"兄弟阋墙，外御其侮"之古训，严于约束，迅速停止一切磨擦行为，以刀锋转向敌寇——日本帝国主义、汪精卫等卖国贼及一切汉奸托派。

彭副总司令所说解决河北磨擦事件之途径，不惟洞明症结，亦且蔼然仁者之言，实与蒋委员长之意旨，华北一万万人民之期望，一切抗日军队的要求，完全符合。在今天日寇集中一半兵力"扫荡"华北之际，忠诚团结始能击退强敌，有意磨擦必自召灭亡，此理以为国人共喻。我们衷心盼望河北当局诸公，以抗战大局为重，以民族大义为重，尤须憬然于强敌窥伺之危险，而共同努力以求河北磨擦事件的迅速解决，华北抗战实相赖之。

（原载一九三九年五月二十五日《新华日报》华北版第一版社论）

纪念"五卅"

在血红的五月，充满了一连串悲壮的纪念日，每一个纪念节，都记着日本帝国主义对我们所欠下的血债。而五月三十日，却是其中最悲壮，最惨痛，给我们民族解放革命运动影响最大的一天。

"血债要□来血还"，中华民族的优秀儿女，并没有忘记自己的革命责任，为了洗涤几十年来的"民族的耻辱"，我们进行了将近两年来的抗战。我们用这个事实告诉了敌人，也告诉了全世界，中华民族争取解放的斗争是不能阻止的，"五卅"运动中被难烈士所遗下的旗帜——民族解放的旗帜，从来没有卷起过，而今天则在全中国每一个角落里高举着，今天的抗战是承继着"五卅"运动的革命传统。

不仅如此，从"五卅"运动以来的民族解放革命斗争，已经发展成为今日规模最大的民族抗战，中华民族是从十几年的痛苦经历中才选择了这样的道路，使我们有足够的经验，确定这条道路是正确的、胜利的道路。在今年"五卅"，这种信心应该更加坚强，因为我们今日处在比一九二五年更有利的环境。

第一，"五卅"运动是凭借着一部份先驱者的力量（在各个大都市）进行了顽强的战斗，而在今日，抗战的情绪却在四万万五千万中国人民心中高涨着。

第二，"五卅"运动时代，我们处在比较不利的国际环境，各个帝国主义联合起来反对革命，而在今日，我们的抗战已经得到国际的广大同情。

第三，"五卅"运动时代，我国的联合战线还不坚强，容易为敌人离间与破坏。而在今日，以国共两党合作为基础的抗日民族统一战线，已经确定的是在向着巩固与扩大方面发展——因为这是全中国人民的共同要求。

第四，"五卅"运动时代与帝国主义者进行斗争，我们还缺乏强固的组织与足够的经验。而在今日，我们有了强大的国民党和共产党，我们已经千百次尝试了敌寇的阴谋诡计，从政治的、军事的、经济的、文化的各种各样战斗中，认清了敌人的伎俩与自己的力量。

在"五卅"运动时代，敌人破坏我国革命，而且诩为得计的伎俩，是离间我们民族的团结。敌人这种伎俩，虽是能警惕我全民族，应该如何加紧团结，以粉碎敌人之任何挑衅离间阴谋。然而直至今天，仍有少数不明大义、不识大体的顽固份子，还沉溺在敌寇"催眠术"里，走向敌人预设的陷阱，终日从事于内部的磨擦。这些不幸事件的发生，我们可以明白地指出，这又是上了敌人挑拨离间的当了。

但是不管敌人如何阴谋破坏，少数顽固份子如何阻碍抗战进步，然而伟大的民族抗日战争，仍是要走向胜利之路的。在今日，我们处在华北异常艰苦、异常激烈的血战中来纪念"五卅"，就说明了伟大中华民族，有着足够的勇气与信心去取得最后的胜利。"五卅"运动殉国者的革命精神，还要在全国人民的抗战中发扬光大起来！

（原载一九三九年五月二十九日《新华日报》华北版第一版社论）

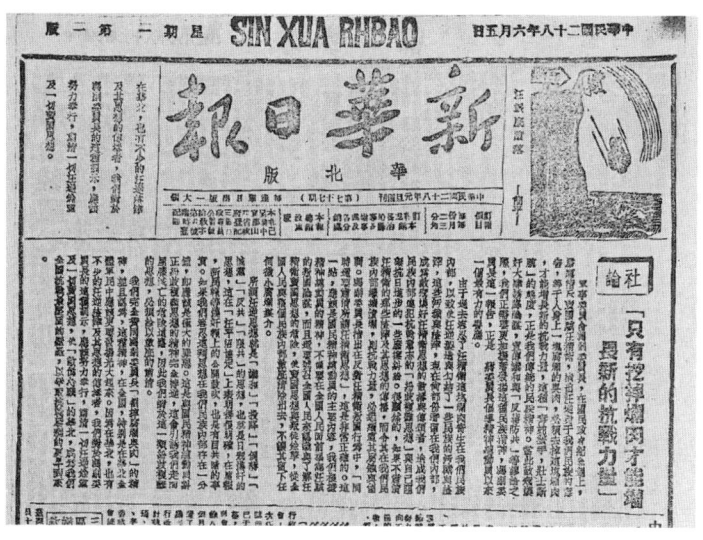

"只有挖掉烂肉才能增长新的抗战力量"

军事委员会冯副委员长，在国民政府纪念周上，严厉指斥卖国贼汪精卫，指出汪逆对于我们民族的危害，等于人身上一块腐烂的臭肉，必须去掉这块烂肉，才能增长新的抗战力量，这种"毒蛇蜇手，壮士断腕"的态度，正是我们传统的民族精神。当此敌寇汉奸大肆诱降阴谋，宣传议和与"反蒋防共"等谬论之际，我们正需要更加振奋发扬这种民族精神，冯副委员长这一报告，正是蒋委员长倡导精神总动员以来一个最有力的响应。

由于过去容忍了汪精卫这块烂肉寄生在我们民族内部，以致使汪逆制造与勾结了一些民族的污秽与渣滓，这些污秽与渣滓，现在尚部份潜留在我们内部，成为敌寇汉奸汪精卫思想的散播与传颂者，造成我们民族内部违犯抗战意志的"纷歧复杂思想"与自己阻碍抗日进步的一些磨擦纠纷。很显然的，如果不肃清汪精卫的那些渣滓及其思想的传播，而令其在我们民族内部继续溃烂，则抗战力量，必继续遭其腐蚀与削弱。冯副委员长指出在反对汪精卫叛国行为中，"同时还要肃清所谓汪精卫思想"，这是非常正确的。这一点，应该是国民精神总动员的主要内容，我们根据精神总动员的精神，不仅要在全国人民面前揭露汪贼的叛国阴谋，而且还要号召全国人民来认识与了解汪精卫卖国思想的危险，使卖国思想与叛徒余孽，从全国人民与整个民族内部澈底清除出去，不让其留下任何微小腐烂媒介。

所谓汪逆思想就是"议和""投降""倒蒋""灭党""反共""限共"的思想，也就是日寇汉奸的思想，这在《汪平沼协定》上表明得很明确，在《庸报》《新民报》等汉奸报上的公开鼓吹，也是有目共睹的事实。如果我们容忍这类思想在我们民族内部存在一分钟，即应该是极大的罪恶。这是与国民精神总动员纠正纷歧复杂思想的精神完全悖逆，这会引诱我们走向屈膝灭亡的危险道路，因此我们对于这一类纷歧复杂的思想，必须给以澈底的肃清。

我们完全赞同冯副委员长"割掉腐烂臭肉"的精神，并且认为，这种精神，在全国，特别是在华北全体军民中应该更要发扬光大起来。因为在华北，也有不少的汪逆渣滓及其思想的传播者，我们对于冯副委员长的这种训示，应该努力奉行，肃清一切汪逆余党及一切卖国思想，使"敌伪心脏"的华北，成为我们全国抗战最坚固的壁垒，以争取抗战胜利的更早到来。

（原载一九三九年六月五日《新华日报》华北版第一版社论）

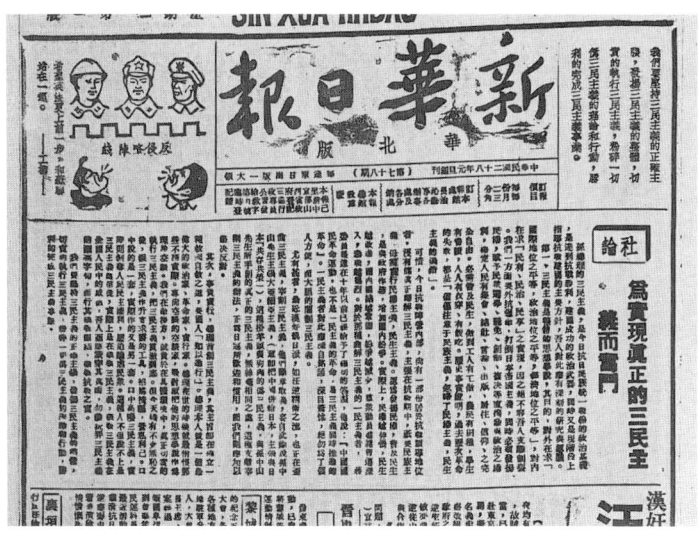

为实现真正的三民主义而奋斗

孙总理的三民主义，是今日抗日民族统一战线的政治基础，是达到抗战胜利、建国成功的政治武器，同时又是现阶段上指导抗战建国的主要方针，吾人对此应有深刻的研究与认识。

第一，三民主义是整体的思想学说，其目的，对外在求"国际地位之平等，政治地位之平等，经济地位之平等"，对内在求"民有、民治、民享"之实现，因之绝不容吾人支离割裂。我们一方面要外抗强敌，打倒日本帝国主义，同时必须发扬民权，赋予民众选举、罢免、创制、复决等直接参与政治之权利，确定人民有集会、结社、言论、出版、居住、信仰之完全自由。必需普及民生，做到工人有工做，农民有田种，学生有书读，人人有衣穿、有饭吃。历史事实证明，过去历次革命的失败，都是"仅仅注意于民族主义，忽略了民权主义、民生主义的过错"。

可惜，今日抗战阵营内部，尚有一部份居于抗战领导地位者，没有能真正理解三民主义，主张在抗战期中，只要民族主义，毋需实行民权主义、民生主义。认为发扬民权、普及民生，是与政府作难，增加国内纷争。实际上，民权越伸张，民生越改进，国内团结越巩固，纷争越减少，群众动员越能普遍深入，□战越□烈。对于那种曲解三民主义的一民主义者，蒋委员长远在十年以前已经给予了确切的答复，他说："中国国民革命运动，也不是一民主义的革命，是三民主义同时推进的革命。"一民主义者对此应深自铭诵，深自惊怵，绝勿为了个人方便，而大胆的开创三民主义。

尤有甚者，最近汉奸亲日派，如汪逆精卫之流，也正在歪曲三民主义，宰割三民主义，他们断章取义，妄自武断说孙中山先生主张大亚细亚主义（意即把中国并给日本，主张与日本"共存共荣"），这种挂羊头卖狗肉的伪三民主义，与孙中山先生所手创的真正的三民主义，无丝毫相同之处，这种支离宰割三民主义的办法，正为日寇所欢迎和惯用，而我们则应加以坚决反对。

其次，事贵实行，总理首创三民主义，其主旨即在确立一种救国自救之道，要国人"知以进行"。总理本人就是一个最伟大的政治家、革命家、实行家。总理在世的时候就最憎恨那些不务实际、专尚空谈的空谈家，最讨厌把他的思想学说作为理论空谈。我们在敌后方，就贵于在具体环境中，真正切实的执行三民主义，把三民主义贯澈到底。但今天确有不少无耻之徒，假三民主义作升官求爵的工具，招摇撞骗，营私利己。口中说的是一套，实际作的又是另一套。口中高嚷三民主义，实际则剥夺人民民主权利，压迫躏虐民众。这种人不但说不上是三民主义的信徒，实际上是在破坏三民主义，破坏三民主义在全国人民中的威信，吾人亟应戳穿其真面，勿□

玩弄三民主义的漂亮字句，而行其破坏团结，破坏抗战之实。

我们要坚持三民主义的正确主张，发扬三民主义的□体，切实的执行三民主义，粉碎一切伪三民主义的理论和行动，胜利的完成三民主义事业。

（原载一九三九年六月七日《新华日报》华北版第一版社论）

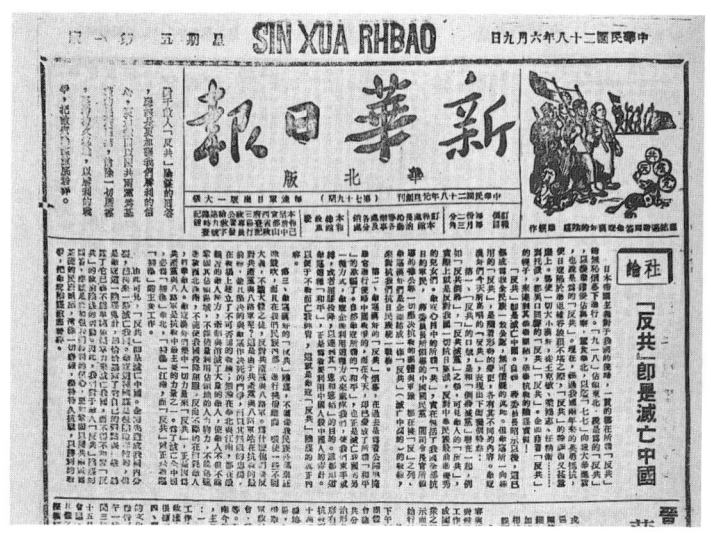

"反共"即是灭亡中国

日本帝国主义对于我国的侵略，一贯的都在所谓"反共"的无耻烟幕下进行。"九一八"占领东北，说是为的"反共"，以后继续侵占冀察，"蚕食"华北，以迄"七七"向我大举进攻，也就是为的"反共"。现在，经过我国两年来的英勇抵抗，使日寇陷于进退维谷狼狈不堪之际，"反共"的论调复又甚嚣尘上。驱使一切大小汉奸，从王克敏、梁鸿志、汪精卫……到托派，都异口同声的"反共""反共"。企图借着"反共"的幌子，来达到其破坏团结，破坏抗战的阴谋实质！

"反共"即是灭亡中国，自经□蒋委员长昭示以后，这已经成为我全民族一致公认无可怀疑的真相，但敌寇所

一向采用的"反共"是随着形势的变更,各有其不同的内容,敌寇汉奸们今天所高唱的"反共"表现出下面几个特点:

第一,"反共"的口号是和"倒蒋灭党"联在一起。例如"反共倒蒋""反共灭党"之类,可见敌人的"反共",实际上就是反对我国一切抗日党派,反对中华民族最前进优秀的儿女们。敌寇心目中的所谓"共",实在包括了我国全部抗日的军民,蒋委员长所领导的中国国民党,阎司令长官所领导的牺公等一切坚决抗战的团体与军队,都在被"反"之列。敌寇汉奸们是企图结成一条"反共"(灭亡中国的)的战线,来对抗我们抗日民族统一战线。

第二,敌寇汉奸的"反共"烟幕,在过去是为着公开地掩护它进行侵略中国战争的,而在今天,却已变成了所谓"和平"的欺骗了。自然敌寇所谓的"和平",也正是灭亡我国的另一种方式,敌寇企图利用这种方式来麻痹我们,使我们束手就缚,或者屈膝投降,以达到其"速和速结"的目的。谁都知道敌寇这种"和平",正是为着要利用中国人杀中国人的毒计,以便于不战而亡我神胄,这就是敌寇"反共"阴谋的真正内容。

第三,敌寇汉奸的"反共"阴谋,不仅从我民族外部来狂肆鼓吹,而且在我们民族内部,进行挑拨离间,唆使一些不明大义,不识大体之徒,反对共产党与八路军。为什么他们要反对共产党与八路军呢?这是由于共产党与八路军站在抗战的最前线,并且坚决的与敌寇作决死的斗争,而以其无限的忠勇,在战场上建立了不可否认的战绩。无论在华北与江南,都在最艰苦的敌人后方,牵制与消灭了大量的敌人,使敌人不但不能巩固其占领区域,不能尽量利用占领地的人力物力,不能迅速进攻西北西南,不能使我国投降屈服,反而不断的在消耗敌人,打击敌人。敌寇汉奸们集中一切力量来"反共",正是因为共产党与八路军是抗战中最主要的力量之一。为了灭亡全中国,必为"扫荡"华北,"扫荡"江南,而"反共"就正是敌寇"扫荡"的主要工作。

由此可见，"反共"即是灭亡中国。企图先造成我国内分裂，然后来一举灭亡我国。敌寇这种阴谋是很阴险毒辣的，但是敌寇这一阴谋鬼计，却恰恰暴露了它自己的弱点与困难，暴露了它已经不能单纯依赖军力来灭亡我国，而不得不加紧"反共"的政治阴谋的活动。因此，我们对于敌人"反共"阴谋的回答，应该是更加强我们胜利的信心，更加巩固以国共两党为基础的民族团结，消除一切磨擦，坚持持久抗战，以胜利的战争，把敌寇阴谋澈底粉碎。

（原载一九三九年六月九日《新华日报》华北版第一版社论）

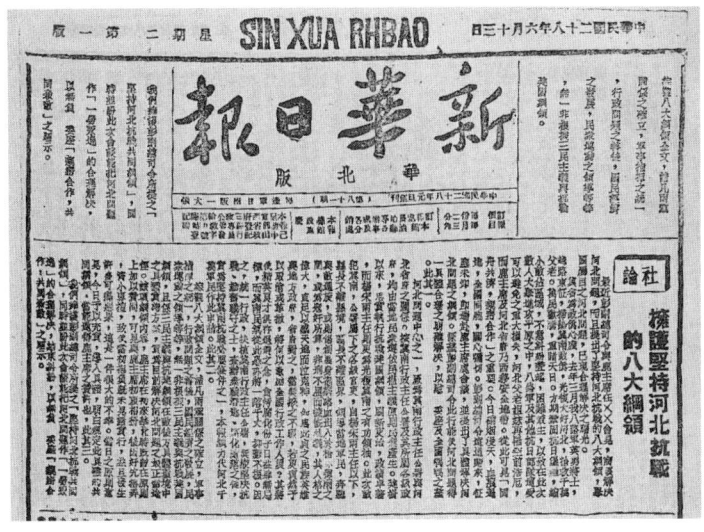

拥护坚持河北抗战的八大纲领

最近彭副总司令与鹿主席在××会见，商谈解决河北问题，而且提出了坚持河北抗战的八大纲领，举国属目之河北问题，已现合理解决之曙光。

冀省为敌伪心脏，去年三月我八路军英勇将士，越路东征，扫荡冀南敌伪，光复大好河北，抢救千万父老。万民欢腾，重睹天日。方期巩固抗日堡垒，缩小敌占区域，不意纠纷叠起，困难丛生，以致在此次敌人大举进攻平原之中，八路军及其他抗日部队遭受可以避免之重大损失，河北父老姐妹再罹空前浩厄，而鹿主席及河北省府乃西移安全地带。从此可见"同舟共济，亲密合作"之重要。今日硝烟漫天，血痕遍地，全国同胞，关心弥切。彭副总司令远道归来，征尘未卸，即遄赴鹿主席处会谈，并提出了具体解决河北问题之纲领。深望彭副总司令此行能使河北问题得一具体合理之明确解决，以慰委座及全国喁喁之望。此其一。

河北问题中心之一，厥为冀南行政主任公署与河北省府之关系。按冀南行政主任公署及其所属各级政府，均由当地民众遵依民权主义原则民选产生。建树以来，忠实执行抗战建国纲领，刷新吏治，政绩卓著，而杨宋两主任则更为光复冀南之有功领袖。此次敌犯冀南，公署属下之各级官吏，自杨宋两主任以下，县长不离县境，区长不离区界，领导当地军民，奔驰与敌周旋，或则伤创裹身抱病咯血出入于枪林弹雨之间，或为寇奸所算，非刑不屈而慷慨就义，其人格之伟大，直足以感天地而泣鬼神，如忠此贞之民族英雄与地方政府，省府对之，当奖掖之不暇；若更贸然予以取消或革撤，将何以激励全国行政工作人员？其将使精英良才俱存退避之念，贪污腐化份子日益肆无忌惮，而冀南民气从此恐亦将一落千丈，抑郁不振。因之，统一行政，扶植冀南行政主任公署，奖掖坚决抗战、勤奋职守之士，查办弃职潜逃、腐化堕落之徒，实为坚持冀南抗战必要条件之一，本报愿力代河北千万军民作此申请。此其二。

综观八大纲领全文，诸凡两党关系之确立，军事指挥之统一，行政问题之善后，国民经济之发展，民众运动之领导等等，无一非根据三民主义与抗战建国纲领，且系三民主义与抗建纲领在敌后方具体环境中之具体实施方案，实为目前解决河北问题之最正当途径。该项纲领内容，鹿主席在初来华北时既曾在原则上加以赞同，可见与鹿主席初衷相符，后因奸宄播弄，宵小专擅，致使当初抱负既未见诸实行，益且发生许多可痛恶果，这是一件很大的不幸。当日之原则意见，今日予以充实，导入具体，明白规定此具体的共同纲领，当能邀得鹿主席之赞许也。此其三。

我们拥护彭副总司令所提之"坚持河北抗战共同纲领"，同时并盼此次会议能把河北问题作"一劳永逸"的合理解决,结束纠纷,以无负委座"亲密合作,共同杀敌"之昭示。

(原载一九三九年六月十三日《新华日报》华北版第一版社论)

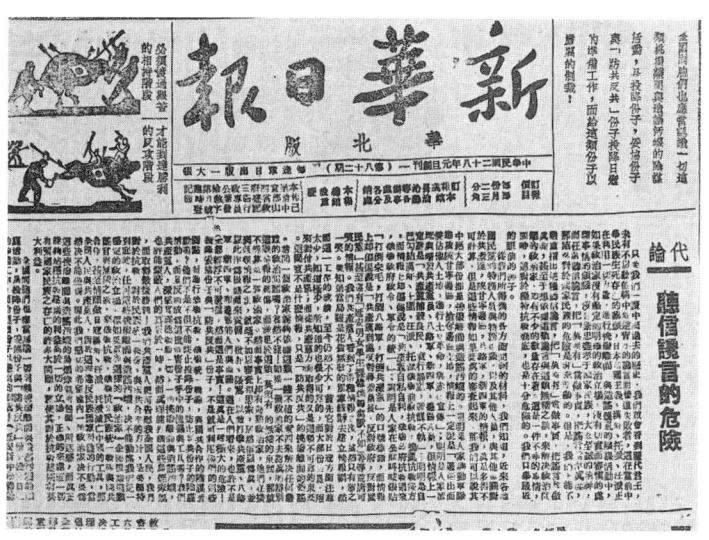

听信谗言的危险

只要我们一读中国过去的历史，我们就会看到历代君王，未有不以听信朝中奸逆宵小的谗言而惨遭失败者，这在当前中华民族生死存亡的关头，日本帝国主义、汉奸、托派、汪派正在利用一切力量，进行挑拨离间与造谣扰乱的阴谋活动中，如果政治家没有坚定的明确的政治立场，没有切实而审慎的处理事情的头脑，没有尽忠尽孝于国家民族，大□至诚的精神，而任意听信谗言，把"莫须有"当做事实，把谣言当做真理，那结果对于国家民族的危险是非常明显的。但是，我们不能不严重指出这种听信谗言，把"莫须有"当做事实、把谣言当做真理，甚至于想依据这类谣言与这类无稽之谈，来解决政治问题的政治家，却有不少的数量存在着。这是一件不幸的事情，同时，这对于坚持抗战到底，也是十分危险的。我们只举最近的眼前的例子。

从我们所得到的各方面问题的材料，我们知道，近来各地国民党的特务人员与特务机关，以及其他人员，与其他机关对于共产党、陕甘宁边区、八路军、新四军的情报，真是多得不可计算，但是这些情报如果认真的审查起来，那我们可以说其中绝大部份都是挑拨离间与造谣污蔑的。明明是人家调动军队进攻陕甘宁边区，抢夺边区土地，情报上一定说是"边区出面侵占他人土地，进行土地革命，与赤色宣传"；明明是人家活埋与暗杀共产党员、八路军、新四军、边区人员，但情报上一定写是"共产党捕杀良民，实行暴乱，图谋不轨"；明明是自己勾结汉奸、土匪、汪派、托派破坏前线抗战，捣乱抗战后方，而情报上却偏偏说是"共产党自私自利，破坏政府抗战国策，破坏政府政令、军令的统一"；明明是人家在公开叫喊张贴"打倒朱毛，打倒八路军，打倒共产党"的口号标语，而情报上却偏偏说是"共产党到处反对蒋委员长，反对政府，反对国民党"，甚至还有"延安男女学生裸体跳舞禽兽不如"等等荒唐可笑的情报。我们共产党人看到了这种情报之后，当然只有置之一笑。要知道当局虽是花费无数的国家钱财去建立情报网，然而这一工作的成绩，至今仍然不大，首先它对于日寇方面注意太少，知道极少，所知道的也很少可靠的，而大部份□□，用来对付共产党，而从共产党方面取得的又是这类不可靠的东西。这简直不是什么情报，只是"防共反共"的挑拨离间的造谣。请问一个政治家能够依据这类一钱不值的东西来解决任何严重的政治问题吗？当然不能！如果一个政治家不去认真的辨别这类情报的真伪，而满足于这类"莫须有"的无稽的东西，那就不能算是一个政治家。然而事实上却有这类政治家，他们在接到这类情报之后，就毫不加以审查和思索，居然信以为真，并以此作为根据而来责备、批评、谩骂，以致打击共产党、八路军、新四军和边区的人们与机关。这在人们看来，也许不是全部轻浮不可置信，然而这是事实！这真是一种极大的危险！投降妥协份子与"防共反共"份子，不是就可利用他们的这些弱点，□进行破坏抗战，破坏统一战线，与国共合作的阴谋活动吗？他们不是不但不能防止投降份子，防止反共份子的阴谋活动，而且反而成为这批伤害份子手中的傀儡与工具吗？我们共产党人，深信真理能战胜一切，一切挑拨离间与造谣污蔑，也许能蒙蔽人们的耳目于一时，然而真理能打破这些乌烟瘴气，而取得最后胜利！我们共产党人更可告慰我全国人民，我们对于抗战，对于民族统一战线，与国共合作的方针，是要坚持到底的，任何这些挑拨离间与造谣污蔑，决不能动摇我们这一坚定的政治立场。但如果真有这样的"政治家"企图根据这类谣言与无稽之谈，来破坏抗战，破坏抗日民族统一战线与国共合作，甚至情愿做日寇汉奸、汪派、托派灭亡中国的工具，那全国人民与共产党人，对于这种违反民族国家利益的行动，当然决不能坐视。因此我们恳切的希望国内一□政治家决不要为这些挑拨离间与造谣污蔑的乌烟瘴气所包围、所迷惑，而真正能够站稳抗战建国的利益高于一切的立场，正确的来处理一切有关国家民族之存亡的许多大问题，务使其对于抗战建国有莫大利益。

全国同胞们也应当认□一切这类挑拨离间与造谣污蔑的阴谋活动，□投降份子、妥协份子与"防共反共"份子□□日寇的准备工作，而给这类份子以严厉的制裁！（延安《新中华报》□□）

（原载一九三九年六月十五日《新华日报》华北版第一版代论）

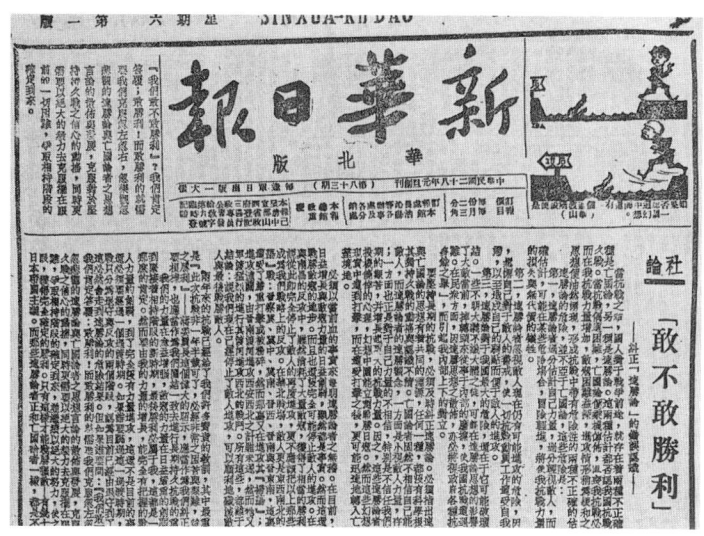

"敢不敢胜利"

——纠正"速胜论"的错误认识

当抗战之始，国人对于战争前途，就存在着两种不正确的估计，一种是亡国论，另一种是速胜论。这两种估计都否认我国抗战是长期的持久战。当抗战偶遭困难，亡国论便乘机传布，沮丧我抗战必胜的信心；而在我抗战力量增加，敌寇困难益深，进攻情形稍为缓和之际，速胜论思想便油然涌现，形成抗战中带有危险性的两种不正确的估计。

速胜论的危险，并不亚于亡国论，这些危险是：

第一，速胜论者过分估计自己力量，过分轻视敌人，而根据这不正确估计，可能在某些危险场合，冒险轻进，将使我抗战力量遭受不应有的损失与无代价的牺牲。

第二，速胜论者忽视敌人现在仍有可能进攻的危险，因而麻痹自己，松懈自己对于敌人的警戒，使一切抗战动员工作遭受自我的阻碍与停滞，以至造成自己的弱点而便于敌人的进攻。

第三，速胜论对于我国最大的危险，还在于它可能破坏我内部的团结。一些不明大义不识大体之徒，可能在速胜论思想的影响之下，忘记了大敌当前，掉转头来从事于内部的磨擦，使我国抗战遭遇到更多的困难。在民众方面，因速胜思想之散布，亦必将视政府各种抗战设施为"多余之举"，而引起我内部上下的对立。

要坚持长期的抗战，必须及时纠正速胜论。必须指出速胜论的思想与亡国论的思想有着共同的渊源，任何一种，都没有科学根据，都表现其对持久战的动摇与认识不清。亡国论者固然不相信自己能够最后战胜敌人，而速胜论者的速胜观念，一方面是小视敌人力量，存着侥幸心理；一方面也正是对于自己力量的不相信，特别是不信任我们能够支持长期的艰苦，并增长起更大的抗战力量。因之，这些速胜论者，往往出于投机侥幸的心理，幻想中国能立刻战胜日寇。然而这些幻想，必然要在现实中遭到打击，而在遭受打击之后，更可能迅速地转入亡国论者的绝望境地。

必须以当前血的事实来证明速胜论者之无稽。在目前，我国力量的日益增长与敌寇力量的日益削弱，显然都是事实。然而这还未达到足以战胜敌寇的地步，而且也还没完全可能停止敌人的进攻。在鄂北的会战与南昌的反攻中，虽然消耗了大量敌寇，获得了相当的胜利，但还不能说从此即完全停止了敌人的再度进攻，更不应该把以上那些战斗，估计成为我们战略上的反攻。在华北战场，敌人更是东西南北的在进行"扫荡"战：晋察冀、冀中、冀南、晋西、晋南与晋东南，这里日寇的进攻遭受了严重打击或被粉碎，然而那里又在进攻其"扫荡"；日寇由郑洛进攻潼关，由晋南渡河进攻西安西北之计虽未遂,然而它又在晋西柳林军渡猛烈的进行其渡河进攻西北的战斗。所有这些,都难于得出这样的结论:说我们现在已经停止了敌人进攻,可以顺利地歼灭敌人,驱逐敌人与最后战胜敌人。

两年来的抗战已经给了我们许多宝贵的教训,其中最重要的一点就是"此次抗战非一年半载可了,必经非常之困苦与艰难,始可获得最后之胜利"——蒋委员长这个伟大的昭示,应当作为我们纠正速胜论的主要根据,也应当作为我们团结一致去进行长期持久抗战的重要根据。

我们的力量在愈益增强,敌寇的力量在日益严重的削弱,目前已走到紧接着相持阶段的新时期,最后胜利必属于我,这都是一加一等于二那么的肯定。然而要由我的力量的增长,能完全有把握的战胜敌人;敌人力量的削弱,到了完全没有力量进攻,这还不是目前的事情,这中间还必须要经过一个过渡时期。如果谁要跳过这一过渡时期,而把中国抗战只分为退守与反攻的两个阶段,认为目前已经由退守到了反攻阶段,这必然会走到速胜论的危险结果。但如果谁要问:"我们敢不敢胜利?"我们肯定答覆:敢胜利!而敢胜利的就需要我们克服忽左忽右,忽乐观忽悲观的速胜论与亡国论者之思想言论的散布与发展,克服对于坚持持久战之信心的动摇,同时更需要以绝大的毅力去克服摆在眼前的一切困难,争取相持阶段的确定到来,并继续以绝大的努力,使之转入反攻阶段,获得完全确定的胜利。只有这样才能战胜强敌——有几十年之准备的日本帝国主义。而那些速胜论者正和亡国论者一样,都是不敢胜利的。

(原载一九三九年六月十七日《新华日报》华北版第一版社论)

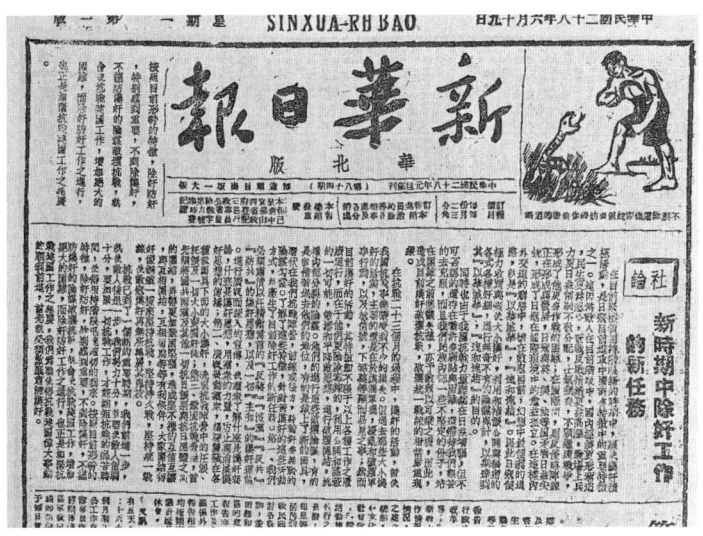

新时期中除奸工作的新任务

在目前紧接着相持阶段新的时期中，驱使汉奸积极活动，是日寇目前进攻中国许多特征中的重要特征之一。这因为敌人在目前阶段中，国内经济更形穷迫，民生更为悲惨，厌战反战情绪更益高涨，战场上兵力更日益削弱不敷分配，士气颓丧，不愿继续战争，形成了他更多作战的困难；在国际间，则反侵略阵线正在形成与发展，日寇与英、美、法等国矛盾日益尖锐，形成了日寇在国际环境中的愈益孤立。在这样内外交迫的穷态中，横在敌寇目前，幻想中最便利的道路，就是"以华灭华""速和速结"。因此日寇便极力收买与唆使大小汉奸，利用和指派公开与秘密的各式各样奸细，进行无奇不有的阴谋鬼计，以期达到其"以华灭华""速和速结"的目的。

同时也由于我国抗战力量虽然在日益增强，但不可否认的还存在着许多弱点与困难，还需待我们艰苦的去克服，而且我们民族内部一些不坚定的份子，站在困难之前悲观失望，亦予敌寇以可乘之机。因此，造成目前汉奸破坏抗战、破坏统一战线的相当严重现象。

在抗战二十三个月的过程中，汉奸的活动，曾使我国抗战事业蒙受到不少的损失。但过去那些大小汉奸的活动，主要的还是在于泄露军机，扰乱和破坏军事行动，以及放信号、下毒药等显而易见之事。然而目前汉奸的活动，其特征即不限于以上各种工作之继续进行，而在于他们更阴险毒辣的，利用公开和隐蔽的一切可能，散播和平降敌思想，进行破坏团结、挑拨内部分裂的阴谋。他们的进行这些破坏阴谋，有的是假借着过去他们的地位，有的是戴上了新的面具，潜伏在我们抗战阵营，前线或后方，干着许多无耻的阴谋勾当。了解了这些特征，针对着汉奸的这些活动方式，就产生了目前除奸工作的新任务。第一，我们必须肃清以汪精卫为首的"反蒋""灭党""反共""防共"的汉奸思想，以及一切"主和"的汉奸理论。进行广泛而深入的宣传，使群众了解什么是汉奸理论，什么是汉奸思想，用群众的力量，防止与消灭汉奸思想的传播；第二，广泛发动群众，揭穿隐藏在各种假面具下面的大小汉奸，洗刷抗战阵营中的汪派、托派以及一切大小卖国奸徒；第三，巩固抗战营垒，首先须将国共两党及其他一切抗日派别与抗日团体之间的团结，弄得更加巩固坚强，造成坚不可摧的互信互让，与互相团结、互相帮助等等有利条件，大家团结得好像铜铁一样来坚持抗战，坚持持久战，坚持统一战线，使敌寇汉奸再无所施展其鬼技。

抗战已到了一个新的重要时期，我们前进一步，就使敌人后退一步，我们努力十分，就要使敌人削弱十分，要加紧一切抗战工作，才能缩短抗战的痛苦时间，使得相持阶段迅速确切的到来。按照目前形势的特征，除奸防奸，特别感到重要，不铲除汉奸，不谨防汉奸的阴谋破坏抗战，就会使抗战建国工作，增加绝大的困难，而除奸防奸工作之进行，也正是加紧抗战建国工作之施展，我们为要使得抗战建国伟大事业的顺利前进，首先就必须澈底肃清汉奸。

（原载一九三九年六月十九日《新华日报》华北版第一版社论）

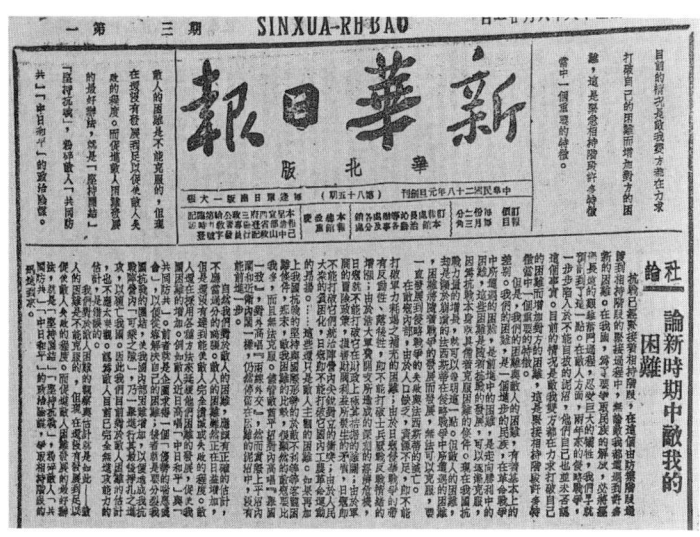

论新时期中敌我的困难

抗战已经紧接着相持阶段,在这个由防御阶段过渡到相持阶段的紧接过程中,无论敌我都遭遇到许多新的困难。

在我国,为了要争取民族的解放,必将经过长远的艰难奋斗过程,忍受巨大的牺牲,我们早就预计到了这一点。在敌人方面,两年来的侵略战争,一步步陷入于不能自拔的泥沼,他们自己也并未否认这个事实。目前的情况是敌我双方都在力求打破自己的困难而增加对方的困难,这是紧接相持阶段许多特征当中一个重要的特征。

但是,我们的困难与敌人的困难,有着基本上的差别。我们的困难,是一个进步的民族,在革命战争中所遭遇的困难,是前进中的困难,是走向胜利中的困难。这些困难是随着抗战的发展，可以逐渐克服，因为抗战本身就具备着克服困难的条件。现在我国抗战力量的增长，就可以证明这一点。但敌人的困难，却是濒于崩溃的法西斯蒂在侵略战争中所遭遇的困难，困难将随着战争的发展而发展，无法可以克服，要一直发展到侵略战争的失败与法西斯蒂的灭亡。

在敌寇内部，由于人口缺乏，资源不足，即不能打破军力耗竭之补充的困难；由于日寇侵华战争的带有反动性、落后性，即不能打破士兵厌战反战情绪的增涨；由于浩大军费开支所造成的深刻的经济危机，日寇就不能打破它在财政上极其拮据的难关；由于军阀的冒险政策，损害财阀利益所发生的矛盾，日寇即不能打破它们统治阵营内尖锐对立的冲突；由于人民大众的贫困化，日寇即不能打破它国内工农革命运动的昂扬。……这些还只是敌人主观的困难，如果再加上我国抗战的坚持与国际形势的于敌不利等等客观困难条件，那末，敌我困难的比较，很显然的敌寇要比我多，而且无法克服。尽管敌酋平沼对内高唱"举国一致"，对外高唱"两线外交"，然而实际上平沼内阁和近卫内阁一样，仍然停留在困难的泥沼中，没有能前进一步。

自然我们对于敌人的困难，应该有正确的估计，不应当过分的夸张。敌人的困难虽然正在日益增加，但是还没有达到能使敌人完全溃灭或失败的程度。敌人还在采用各种方法来延缓他们困难的发展，促使我国困难的增加。例如敌人近日高唱"中日和平"与"共同防共"。前者就是企图求得一个"优势的喘息机会"，以便从容解决自己的困难；后者就是要分裂我国抗战的团结，使我国内部困难增加，以便造成我抗战阵营内"可乘之隙"，乃一举进行其最后挣扎之进攻，以覆亡我国。因此我们目前对于敌人困难的估计，也不应太乐观。认为敌人目前已完全无进攻能力的估计，是错误的。

我们对于敌人困难的观察与估计就是如此——敌人的困难是不能克服

的，但现在还没有发展到足以促使敌人失败的程度。而促进敌人困难发展的最好办法，就是"坚持团结""坚持抗战"，粉碎敌人"共同防共""中日和平"的政治阴谋，争取相持阶段的迅速到来！

（原载一九三九年六月二十一日《新华日报》华北版第一版社论）

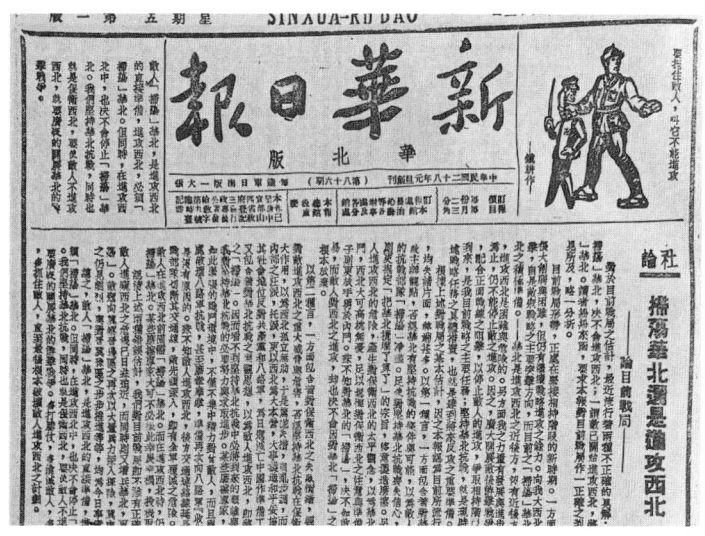

"扫荡"华北还是进攻西北

——论目前战局

对于目前战局之估计,最近流行着两种不正确的见解:一谓敌正"扫荡"华北,决不会进攻西北;一谓敌已开始进攻西北,将停止"扫荡"华北。读者纷纷来函,要求本报对目前战局作一正确之判明,爰就管见所及,略一分析。

目前战局形势,正处在紧接相持阶段的新时期。一方面敌人虽已有很大削弱与困难,但仍有继续战略进攻之余力。向我大西北与西南之进击,自是敌寇战略之主要突击方向,而目前之"扫荡"华北正是围攻西北之积极准备——华北是进攻西北之近后方,没有近后方之相当巩固,进攻西北是困难与危险的。另方面我之力量有发展与进步，但到今天为止，仍不能停止敌之进攻。因之，广大开展敌后游击战争，抓住敌人，配合正面战线之阻击，以停止敌人的进攻，争取相持阶段迅速确切的到来，是我目前战略之主要任务；坚持华北抗战，就是现时期中执行上述战略任务之具体措置，也就是达到将来反攻之重要准备。

根据上述对战局之基本估计，因之本报认为目前所流行的两种见解，均失诸片面，弊端甚多。以第一种言，一方面包含着对华北抗战之失败主义观点，否认华北有坚持抗战的条件与可能，以为敌人真能把华北的抗战部队"扫荡"净尽，足使对坚持华北抗战丧失信心，而顽固份子则更抱定"把华北搅烂了算了"的宗旨，恣意制造磨擦。另方面否认敌人进攻西北的危险，产生对保卫西北的太平观念，以为华北在与敌人拼斗，西北大可高枕无忧，足以松懈对保卫西北之注意与准备，而顽固份子则更放手勇于内斗。殊不知对华北的"扫荡"，决不如敌人意想之容易，而敌人对西北之进攻，却也决不会因对华北"扫荡"之没有完成就根本放弃。

以第二种言，一方面包含着对保卫西北之失败情绪，轻视华北抗战对敌进攻西北之重大威胁与危害，否认坚持华北抗战在保卫西北中之伟大作用，以为西北孤立无助，于是惊慌失措，自乱步调，而隐藏在政府内部之汪派、托派，更以西北为大本营，大事制造和平妥协空气，利用其社会地位反对共产党和八路军，为日寇灭亡中国作准备工作。另方面又包含着对华北抗战之乐观思想，以为敌人进攻西北，即将放弃对华北之"扫荡"。因而看不到坚持华北抗战中必将到来的艰难与困苦，怠惰我对坚持华北抗战的必要努力与求取进步。某些磨擦专家，在今日华北如此紧张的战斗环境中，不仅不集中精力对付敌人，而且勇敢得很的处处破坏八路军抗战，甚至摩拳摩掌，准备再次向八路军"收复失地"，不是没有原因的。殊不知敌人进攻西北，后方交通连络线延长，我华北抗战部队切断其交通线，敌先头深入，即有全军覆灭之危险。唯其如此，敌人在进攻西北前固需"扫荡"华北。而在进攻西北时，仍必将持续"扫荡"华北。某些磨擦专家大可不必操此幸灾乐祸，投机取巧之心理。

认清上述两种错误估计，我们对目前战局即不难有正确认识。目前敌人进窥西北之危机已日益迫近，而同时则又增兵华北，更番进行"扫荡"。敌寇向冀察晋边区之再次以大量兵力深入探险，冀中、冀南战局之仍见剧烈，与对晋冀豫区之步步推进等等，均为今日事实之明证。

总之，敌人"扫荡"华北，是进攻西北的直接准备，进攻西北，必须"扫荡"华北。但同时，在进攻西北中，也决不会停止"扫荡"华北。我们坚持华北抗战，同时也就是保卫西北。要使敌人不进攻西北，就要广泛的开展华北的游击战争。多打胜仗，多消灭敌人，多给敌人困难，多抓住敌人，直至最后根本破坏敌人进攻西北之计划。

（原载一九三九年六月二十三日《新华日报》华北版第一版社论）

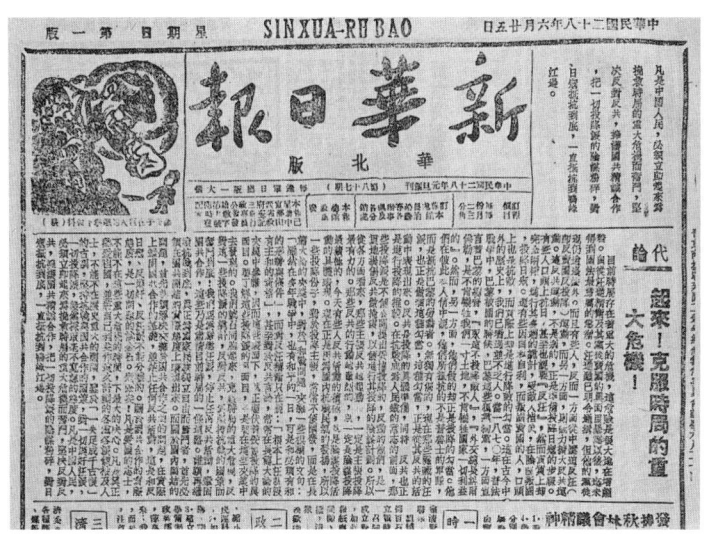

起来！克服时局的重大危机！

目前时局存在着重大的危机，这危险是很大地在增剧着。自从汪逆精卫及其党徒卖国的真面目暴露以后，迄未得到国法最严厉的惩办。汪逆虽已明令通缉，但他的党徒现仍逍遥法外。而且有些人，反而一方面从中压迫反汪（即反卖国反投降）运动，而另一方面，则极力扩大反共运动。这反共运动，不是别的，正是准备投降日寇的步骤。有些人口头上抗日，甚至也说要"反汪"，然而实质上却完全两样，进行其多端的诡计，受敌人指使，在阴谋叛国，投降日寇。还有些因自私自利，而叛国卖国的人，口头上也是抗敌，而实际上却是进行降敌的勾当。这在古今中外的历史上，我们已看过并不乏人。当一八七〇年，普法战争中，巴黎被围的时候，巴黎这些狐群狗党，一方面宣言着巴黎的总督，"永远不投降敌人"，"外交总长纠尔佛勒，是不肯牺牲我们一寸土地，不肯牺牲国家一切利益的"。然而，另一方面，他们做的却正是投降的勾当。他们在彼此私人信中说，他们所抵抗的不是普鲁士的军队，而是抵抗巴黎的劳动者。无独有偶的，现在那些隐藏的汪派，也正是做着这种勾当，这种勾当，正是从其反共的活动中表现出来。反共是投降的具体准备，同时，反共也正是进行投降的推轨。在抗战成为人民铁的意志的前面，那些投降派是不便公开提出妥协投降的，反动的他们，是一贯地提倡反共做掩护，以便进行其投降的阴谋计划。所以从各方面看来，那些主张反共越起劲的，一定是主张投降最有力的。那些反共的行动越激烈的，就一定是阴谋投降最积极的，今天有些人反共活动的积极，就是阴谋投降活动的具体表现。现在正是因为国内抗战民气的发扬，所以一些投降份子，对于投降主张，常常不便阐发，而是在长篇大论的夹缝中，对于"和战问题"夹杂一些模糊的文句："虽然在多年战争中，也有和平的一日，可是和必须有和的形势与条件。"而对反汪精卫只在说："根本上汪就没有主和的资格。"甚至对于反共言论，常常在长篇大论的夹缝中参杂，因而这些表面下，就正潜伏着妥协投降的真面目。要了解这些投降派的真面目，□是要在这些夹缝中去发现的。我们号召同胞起来，克服时局的重大危机，反对这一些投降派的诡计，反对反共，为坚持抗战的国策而奋斗到底！我们认为严惩汪派，停止任何反共活动，巩固国共合作，这些乃是肃清目前时局的一条道路。谁愿再继续抗战到底，真正为国家民族独立自由而奋斗者，首先必须在国共团结的实际态度上表现出来。而关于国内团结的问题，首先就须解决夹杂于国共合作之间的问题。在实际上巩固国共合作的基础，并禁止任何反共活动，这是和反日寇、反汉奸、反汪派不能分离的。关于国共合作的实际态度，是一切问题的试金石。寇孽矣！凡是爱国的志士，不能不在这些重大危机的时间，下最大的决心。凡是真正热爱祖国，并将自己利益作远久计划的各党各派领袖及人士，不能不在历史重大的关头，鉴于"一失足成千古恨"的古训，坚持抗战与国共合作的国策，对一切汉奸汪派，一切投降派，毅然采取毫不宽恕的态度。凡是中国人民，必须立即起来为挽救时局的重大危机而奋斗，坚决反对反共，拥护国共精诚合作，把一切投降派的阴谋粉碎，对日寇抵抗到底，一直抵抗到鸭绿江边。

（原载一九三九年六月二十五日《新华日报》华北版第一版代论）

欢迎冀东抗日联军领袖杨老先生

本报热烈欢迎冀东抗日联军领袖民族老英雄杨裕民，暨与杨老先生同道奋斗之救亡志士连以农、冯于九两先生，并以无限热情，最高至诚，向三位劳苦功高的英雄致最崇高、最友爱的民族解放的敬礼！

冀东沦陷，于兹六载，人民惨受压迫奴役之苦，远非外间所能想像，地方爱国志士，久已隐然思动，昔者以抗战国策未决，虽有所图，未敢轻举。此次全民抗战爆发，杨老先生等纠集同志，毁家纾难，分别潜入故里，游说伪警，教育同胞，进行极艰苦之地下工作。一旦时机成熟，振臂一呼，纷纷提出藏枪，开展游击战争。不出数月，即建立抗日联军二十二万，光复冀东十五县，一时寒平津敌伪之胆，惊撼国际视听。冀东人民之武装起义，实堪作我全国民族解放战争之模范，证明民众力量的无比伟大，中华民族潜蕴国力的雄厚，绝非任何外敌所能征服。

由于杨老先生之来晋东南，借得闻冀东前后情形，又不禁感慨交集，悲愤莫名，愿略述感想二点，为国人道之：

第一，冀东之亡，不亡于战败而被并吞，实亡于和平谈判下之特殊化。因之，诚如杨老先生所说：冀东人民当了六年亡国奴，当得颇为不明不白，世界不知，国人也有很多不知，切身感受奴役之痛苦的唯冀东人民自己。真是哑巴吃黄连，有苦难诉。今日中国抗战，已渡过了艰苦困难的两年，展望前途，胜利可期，但汪精卫等民族败类，竟于此时又复高唱和议妥协，甚至还有一部份不明事理的顽固份子亦随声附和。不知所谓和平妥协，无论其条件的表面如何，而其实□之结果，必然走上亡国灭种之途。日寇所要求者，正为整个中国名存实亡之特殊化状态，图以此遂其逐渐消蚀我国之阴谋，所谓"东亚新秩序"云云即指此而言。然而冀东沦亡，尚有全国抗战之奋起，卒能影响起义复土，如果整个中国沦为冀东第二，即将万劫不复，永无翻身之日。前车之覆，即为殷鉴。

第二，此次冀东抗日联军西征，为号称"中央军"之少数人面兽心份子所出卖，勾结敌军，沿途给抗日联军以不断的打击，损失非浅。但敌军在消灭了抗日联军以后，所谓号称"中央军"之势力，亦无法存在于冀东，先后为日军所打击，同归于尽。于此，我们应知今日一部份顽固份子，为"反共""防共"等错综复杂之思想所迷乱，甚至错认友敌，为寇作伥，遗祸无穷。我们今日坚决执行抗日民族统一战线，但同时必需认清对象，坚定自己的政治立场。对于连"抗日"都不提，甚至出卖抗日事业，摧残抗日运动的磨擦专家，即无统一战线之可言，此辈份子，应予以坚定的打击，这对于抗日不但无损，而且是有利的。

冀东之过去现在，向我们指明中华民族应走的道路，而冀东一年来的奋斗史，又给予我们不少宝贵的经验教训。我们要学习杨老先生等坚苦的工作作风，同时更应学习冀东人民的抗战经验。本报谨遥向冀东八百万人民深致敬礼！

（原载一九三九年六月二十七日《新华日报》华北版第一版社论）

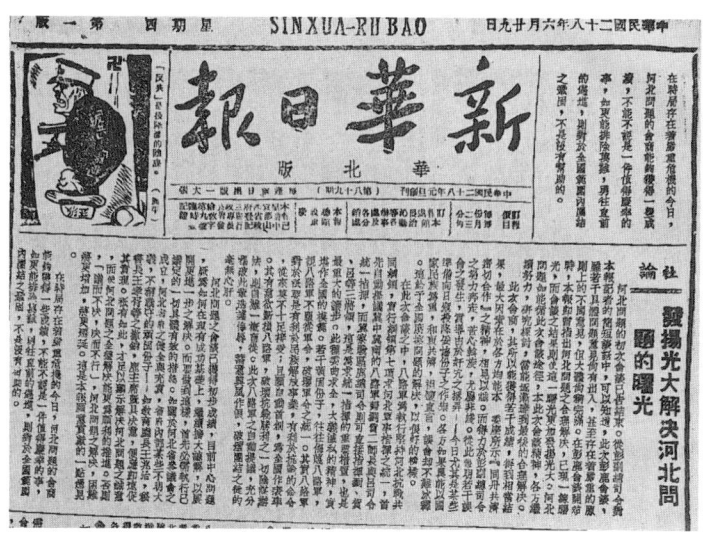

发扬光大解决河北问题的曙光

河北问题的初次会谈已告结束。从彭副总司令对本报记者的简短谈话中，可以知道，此次彭鹿会谈，虽若干具体问题意见尚有出入，甚至存在着严重的原则上的不同意见，但大体尚称完满。在彭鹿会谈开始时，本报即曾指出河北问题之合理解决，已现一线曙光，而会谈之结果则使这一曙光更加发扬光大。河北问题如能循此次会谈途径，本此次会谈精神，各方继续努力，研究探讨，当能逐渐达到最后的合理解决。

此次会商，其所以能获得若干成绩，得到相当结果，最大因素在于各方均能本□委座所示"同舟共济，密切合作"之精神，相见以诚。而得力于彭副总司令之努力奔走，苦心斡旋，尤属非浅。从此证明若干误会之发生，实导由于奸究之播弄——今日尤其是某些准备向日寇投降妥协份子之作祟。各方如果真能以国家民族为重，和衷共济，袒怀直言，误会却不难冰释。这给予全国磨擦问题的解决，以很好的榜样。

在此次会谈之中，八路军为执行坚持河北抗战共同纲领，实行纲领第七项求河北军事指挥之统一，首先自动提议冀中冀南的八路军归刘贺二师长与吕司令统一指挥，而冀察战区鹿总司令则可直接指挥刘、贺、吕等三将领，这是为求统一指挥的重要措置，也是最重大的让步。此种委曲求全、大义灭私的精神，实堪作全国的模范。若干顽固份子，往往侮蔑八路军，说八路军不服从军令，破坏军令之统一。其实八路军对于只要是有利于民族解放事业、有利于抗战的命令，从来莫不十足接受，且愿自动首创，为全国作表率。其有意欲断损八路军，破坏抗战胜利之一切阴谋办法，则自难一概盲从。此次八路军之自动提议，充分揭破此辈造谣侮辱、蓄意兴风作浪、破坏团结之徒的毫无心肝。

河北问题之会谈已获得初步成绩，目前中心问题，厥为如何在现有成功基础上，继续扩大谅解，以展开更进一步之解决。而要做到这样，首先必需执行已议定的一切具体有效的措施。如关于河北省参议会之成立，河北省府之健全与充实，省府内部某些不明大义、不称职守的顽固份子——如教育厅长王兆治、秘书长王孝胥等之撤销。鹿主席既具决意，便应即速促其实现。只有如此，才足以显示解决河北问题之诚意，而使河北问题之全盘解决能更为顺利的推进。否则，"议而不决，决而不行"，河北问题之解决，困难将更增加，将更迁延。这是本报愿意贡献的一点愚见。

在时局存在着严重危机的今日，河北问题的会商能够获得一些成绩，不能不说是一件值得庆幸的事。如更能排除万难，勇往直前的迈进，则对于全国范围内团结之巩固，不是没有帮助的。

（原载一九三九年六月二十九日《新华日报》华北版第一版社论）

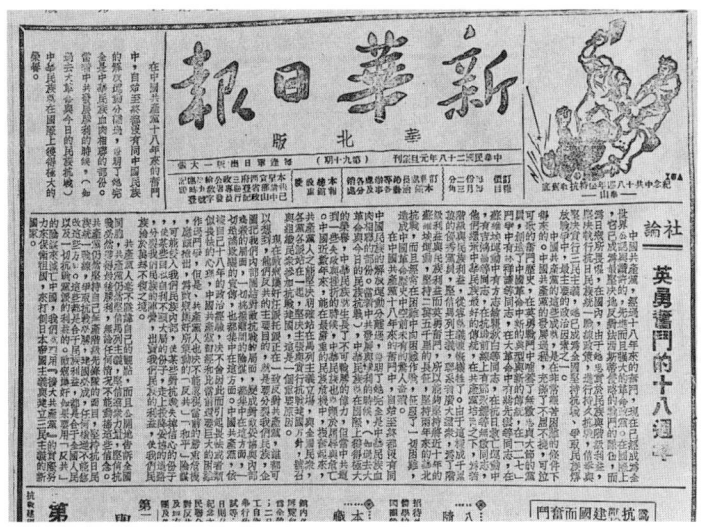

英勇奋斗的十八周年

中国共产党，经过十八年来的奋斗，现在已经成为全世界公认与赞许的，先进而且强大的革命政党。在国际上，它已成为最坚决地反对法西斯蒂侵略的战斗的队伍，而为日寇所畏惧。在国内，由于她忠实于民族与阶级利益，坚决执行抗日民族统一战线政策，进行持久抗战，信奉与坚决实行三民主义，她已成为全国坚持抗战、争取民族解放战争中，最主要的政治因素之一。

中国共产党的这些成就，是在非常艰苦困难的条件下得来的。中国共产党的发展过程，充满了不屈不挠、可泣可歌的奋斗历史，在英勇战斗中哺养了无数忠贞大节的党员，创造了中国革命中新的典型与新的传统。在"二七"

斗争中有林祥谦等同志，在大革命中有蒋先云等同志，在苏维埃运动中有方志敏、瞿秋白等同志，在抗日救亡运动中有吉鸿昌等同志，在抗战前线上有邓永耀等无数同志，他们继承中华民族最好的传统，在共产党培育之下，为着阶级与民族利益，从容就义慷慨牺牲了。由于这样成千累万的优秀党员，坚信马列主义，联系着广大群众，为了阶级利益与民族利益而英勇奋斗，所以能够坚持将近十年的苏维埃运动，坚持二万五千里的长征，坚持两年来的华北抗战，而且经常在困难中向困难作战，征服了一切困难，造成中国革命历史中空前未有的惊人奇迹。

在中国共产党十八年来的奋斗中，自始至终都没有同中国民族的解放运动分离过，证明了她完全是中华民族血肉相联的部份。当着中共发展与胜利的时候（如过去大革命与今日的民族抗战），中华民族就在国际上获得极大的荣誉，中华民族就生长了不可战胜的伟力；但当中共遭到一些失败与挫折的时候，中华民族也就濒于屈辱与危亡。中国近数年来，能在最严重的民族危机中，振奋起来，共产党人之能坚决明确站在马列主义立场，与全国民众，各党各派站在一起，坚决主张与实行抗战建国方针，号召与组织民众参加抗战建国，这是一个重要原因。

现在敌寇汉奸汪派托派正在一致反对共产党，谁都可以想到，他们反共的主要目的，就是要分裂我们民族，企图把我们内部团结对敌抗战的局面，变成对敌妥协与内部残杀的局面，一切挑拨离间的阴谋，都集中在这方面，一切造谣欺骗的宣传，也都集中在这方面。中国共产党，依据自己十八年的政治经验，决不会因此而引起畏怯或者类似畏怯的心理。中国共产党曾经和比当前还要巨大的困难作过斗争，但是，共产党人也决不能忽视当前的严重危机。应该指出，为敌寇汉奸所策动的"反共""和平"阴谋，可能侵入我们民族内部，使某些对抗战失掉信心的份子，使某些自私自利不顾大局的份子，走上投降妥协的道路，分裂我们民族的阵营，出卖我们民族的利益，使我们民族沦于万劫不复之境。

共产党人毫不隐讳自己的观点，而且公开地告诉全国同胞，共产党仍然坚信马列主义，坚信群众力量，坚信抗战必然获得最后胜利，无论任何情况不能动摇这些信念。共产党仍然坚持自己无产阶级先锋队的面目，坚持抗日民族统一战线，争取抗战必胜，建国必成，任何横逆不能修改这些方针。这些都是合于民族利益，都是合于全国人民以及一切抗战党派的利益的。敌寇汉奸如果要用"反共"的阴谋来灭亡中国，我们就要用"扩大共产党"的实际努力来保卫祖国，来打倒日本帝国主义与建立三民主义的新国家。

（原载一九三九年七月一日《新华日报》华北版第一版社论）

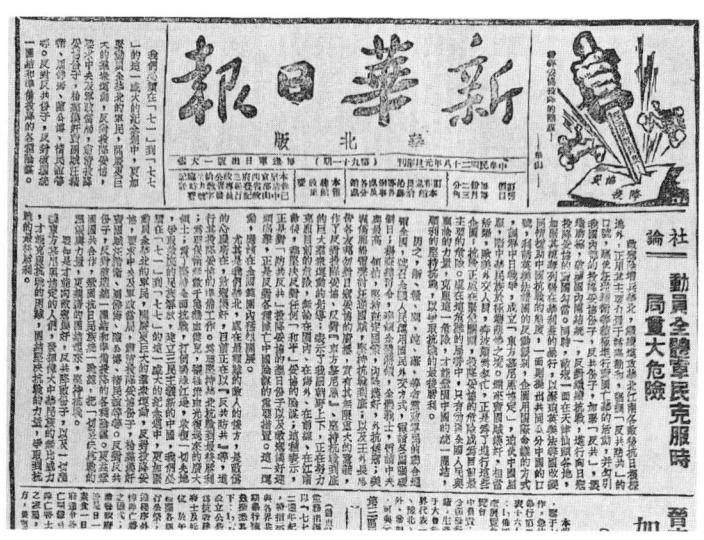

动员全体军民克服时局重大危机

敌寇除增兵华北，继续进攻华北江南各敌后抗日根据地外，正用其主要力量于诱降劝和，强调"反共防共"的口号，驱使汪逆精卫等积极进行卖国亡华的活动，并勾引我国内部的投降妥协份子、反共份子，加紧"反共"，制造磨擦，破坏国内团结统一，反对继续抗战，进行向日寇投降妥协的卖国勾当。同时，敌寇一面在天津汕头各地，加紧其掠夺列强在华利益的暴行，以压迫英美法等国改变同情援助中国抗战的态度；一面则提出共同瓜分中国的口号，利诱英美法诸国的反动派别，企图用国际会议的方式，调解中日战争，成立"东方慕尼黑协定"，迫使中国屈服，陷中华民族于极端悲惨之境。迩来卖国贼汉奸，相当活跃，欧美外交人员，奔波颇为匆忙，正是为了进行这些企图；抗战正处在紧急关头，投降妥协的危险成为目前最主要的危险。处在这危难的局势中，只有动员全国人民与舆论的力量，克服这一危险，才能巩固中国的统一团结，顺利的坚持抗战，以争取抗战的最后胜利。

因之，浙、赣、闽、皖、苏等省党政军民的联合通电全国，号召全体人民运用国民外交方式，电请各国强硬制日；杨森总司令，率领全体将领、全体战士，电请中央与最高领袖，坚持既定国策，内除汉奸，外抗倭寇；美洲侨胞纷电声讨汪逆国贼，坚持抗战到底；以及王外长忠告各友邦勿对日寇妥协的广播，实有其无限重大的意义，作了反对投降妥协、反对"东方慕尼黑"、坚持抗战到底的巨大群众运动的先导；表示了我国朝野上下，正在努力克服目前的危险，无论在国内、在海外、在前线、在江南敌后，都坚决反对任何"和平"妥协的阴谋，这种表示，正是对"防共反共"投降妥协的亲日份子以及敌寇汉奸迎头痛击，正是反对各种灭亡中国阴谋的重要措置。这一运动，应该在全国范围内猛烈开展。

尤其是我们华北，处在最艰难的敌人的后方，是敌伪的心脏所在。敌寇汉奸，目前正在以"反共防共"等，进行其投降妥协的准备工作。为要坚持华北抗战到最后胜利，为要保卫无数千万热血健儿牺牲流血光复过来的广大领土，为了坚持全面抗战，打倒鸭绿江边，收复一切失地，争取澈底的民族解放，建立三民主义新的中国，我们必须在"七一"到"七七"的这一盛大的纪念周中，更加紧动员全华北的军民，开展更巨大的群众运动，反对投降妥协，要求中央及军政当局，肃清投降妥协份子，枪毙汉奸卖国贼汪精卫、周佛海、陈公博、褚民谊等等。反对反共份子，反对破坏统一团结和准备投降的各种阴谋。更益巩固国共合作，巩固抗日民族统一阵线，把一切坚决抗战的党派与力量，更亲密的团结起来，坚持抗战。

要如是才能向敌寇汉奸、反共降敌份子，以及一切酝酿东方慕尼黑协定的人们，发挥伟大中华民族的无比威力，才能克服抗战的困难，团结坚决抗战的力量，争取到抗战的最后胜利。

（原载一九三九年七月三日《新华日报》华北版第一版社论）

巩固抗战部队的团结

近据各方消息，在目前扩兵期中，若干不明大义之徒，多有以欺骗鼓动、金钱收买等办法，勾引友军士兵，以补充扩大自己部队者，而其所谓"扩兵"对象，尤特别集中于八路军。今日报纸消息，即其例举之一。本报愿就此略加论述。

军事紧张，抗战部队需要补充与扩大，这是天经地义的事情，但动员扩兵的对象应为广大的有组织与无组织的民众，而绝非站在同一战线上抗战杀敌之友军，此亦为任谁皆知的简单道理。以破坏瓦解友军队伍来增殖壮大自己部队，等于割肉补疮，不但不会增加整个抗战力量，而且适足以损伤整个抗战力量。此种卑鄙而拙笨的办法，表面上似乎是损人而利己，实际是损人而不利己的。凡能将目光稍放远大、不斤斤于一己私利、不为私利所迷的人，都可想到这点。试想友军士兵，今日既能受你的勾引而脱离原来部队，又安能保他日不乘其他机缘，复开小差而奔赴另一部队。盖其初次潜逃，业已在其脑海种下蔑视部队纪律及唯利是图之心理，如此转辗逃亡，将使各部队纪律荡然扫地，形成混乱状态，害人害己，并害及众，使各部队尽蒙其害，此其一。

抗战期间，经济困难，部队上下，均需养成坚苦奋斗，廉洁奉公之作风；所赖以巩固部队者，应为部队之自觉纪律与政治工作。八路军平日均朝这方向努力。自朱总司令以下，每人均过极刻苦极低微之生活，实足为全国军队之模范。若舍此不图，更以金钱作为招兵买马、维系军心之工具，其结果所及，必招致部队的腐化堕落，将士上下，日唯金钱是视，俗利是趋，如此则不但部队无从巩固，且将产生更多不良现象。要知敌寇汉奸在进行瓦解我抗战部队的卑劣诡计时，其所费金钱，尤远多于我们。安能保障今日以金钱收买来的士兵，他日能勿为日寇汉奸更多金钱所收买？其危险性之大，即可想而知，此其二。

中华民族战胜日寇的最重要条件，是全民族的统一团结，而全国抗战部队的亲密与强固的团结，尤为求取军事胜利的重要保证。尤其在敌人后方，处在敌人包围与"扫荡"之中，各部队更需在国家至上，民族至上，军事第一，胜利第一的最高原则下，相互保证各部队的巩固，帮助各部队的发展，增强各部队的战斗力，戮力同心，以求得坚留敌后，在坚持抗战中生存发展，并不断打击敌人，消灭敌人。如果不从这一方面努力，反而相互破坏，相互瓦解，相互削弱对方战斗力，破坏各部队间之友爱与感情，增加各部队之不和与磨擦，予敌寇汉奸以可乘之隙，客观上便等于替敌寇作帮凶，为敌寇进攻我军尽了不应尽的义务，其祸害更不能以道里计。八路军在过去与现在，即很注意此事，凡有友军将士自来投效，一经查究，立刻送还原属归队。这很值得各部队的效法。

因之，我们建议各抗战部队首长，必需严格查究派遣外出之扩兵工作人员，是否有以友军战士作为扩兵对象者，对于此辈违反纪律的工作人员，必需予以应有的纪律制裁。切勿为防共限共思想所迷乱，而加以包庇、放纵，甚至故意指使，因为这不仅违背国家民族利益，实且有悖于中国人的固有道德。

（原载一九三九年七月五日《新华日报》华北版第一版社论）

纪念"七七"

今天是抗战建国两周年纪念日,是中华民族最伟大,最光荣,最值得纪念的日子。全国同胞,全体将士,将以无限的兴奋和热情来纪念这个有历史意义的纪念日,全世界爱好和平和爱好民主的进步人士,将充满同情和敬意来读着这人类史上空前伟大的纪念日。

两年抗战,改变了古老中国的面目,推动了几千年□迟□进的历史向前跃进,显现了中华民族是世界上最伟大,最□勤,最经得起历史考验的民族。中华民族不仅有不屈不挠的奋斗精神,而且确有决非外力所可征服的潜在力量。两年的抗战,使中国由不统一而统一,不团结而团结。我们的英勇将士,在炮火中锻炼出来,士气日□□成,战斗力日见强大；我们的政府在战争中改进了自己，□□□之流的腐臭残渣被清除了，新的政治因素正在增长；我们的千百万民众在敌□的屠刀下，敌机轰炸下，一天天奋发坚强起来，个个都奔向战斗岗位。战争的炮火，陶冶了整个中华民族，历史上从来没□□□□的苦难，现在已考验了我们，使我们在困难中更前进了。

两年的抗战，我们在世界史上创□□□珍贵的奇迹，敌后方广大游击战争的开展，根据地的建立和三民主义的初步实现，划破了人类的想像，只有伟大的中华民族才有此伟大的创举。

两年的抗战，逐渐改变了敌强我弱的基□□□，日本的国力日渐被我们削弱。我们迫近了相持阶段，正向光明灿烂的民主共和国迈进。

也正因为这样，我们在抗战两周年的今日，又遭遇了空前的新困难。日本法西强盗，想从进退维谷的泥淖中挣扎出来，加强了他们诱降的毒计，要以不战而服中国的阴谋，诱迫中国订立城下之盟；英美法等国家的反动派，也不愿中国澈底战胜日寇而强大起来，他们想压迫中国向日寇投降，□远□慕尼黑会议来出卖中国，幻想保存他们在华利益，中国一部份不□□害怕抗战力量发展的份子，由于其本身的动摇妥协性，在抗战困难面前，为了掩盖其公开的投降出卖政策，为了限制抗日力量的发展，故借口外力压迫和加紧"反共""防共""限共"的活动中，达到其实际想要达到的目的。

但是两年来的抗战，已经觉醒了四万万五千万同胞，锻炼了数百万将士，他们之所以能忍受一切痛苦，他们之所以能前仆后继，英勇捐躯，就因为他们了解自己神圣的责任，他们的决心为祖国的独立自由而战斗到底。我们已有两年团结抗战的经验，已有初步的抗战成绩收获，这已经打下了我们继续团结抗战的基础。全国人民，全体将士决不能坐视英美法等反动派的出卖中国民族利益，对日进行阴谋妥协的勾当。我们更应呼吁全国同胞，全世界爱好和平人士，提高政治警觉性，坚决反对国内国际投降出卖份子，反对他们把中国作为捷克第二。

全华北同胞们！全华北前线抗战将士们，我们目前严重的抗战危机虽然存在，但我们在纪念抗战建国两周年的今天，我们更要坚决执行抗日民族统一战线，更要动员与组织广大群众，严厉的监督一切投降出卖份子，坚持抗战，坚持持久战，为争取着中华民族的解放而血战到底！

（原载一九三九年七月七日《新华日报》华北版第一版社论）

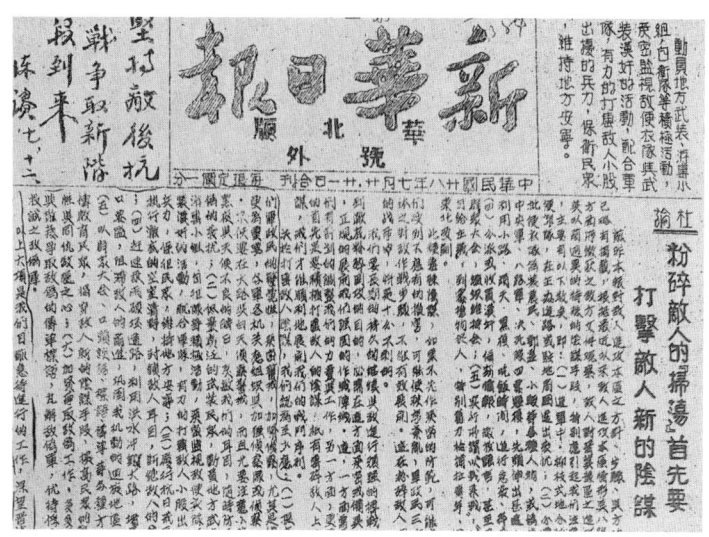

粉碎敌人的"扫荡"首先要打击敌人新的阴谋

前昨本报对敌人进攻本区之方针、步骤、与方法均已略有揭载，根据最近以来敌人进攻本区情形与八路军方面所缴获之敌方文传观察，敌人对晋冀豫区之进攻有与以前迥异的特殊的阴谋手段，特别应引起我们注意的，主要有以下数点，即：（一）进军中，柳枝式地分派轻便部队，在主力进路或驻地周围进出袭扰；（二）分遣大批便衣队伪装农民、邮差、小贩等各种人物，或伪装我中央军、八路军、决死队四处骚扰，先头伸出甚远；（三）利用小路、雨天、黑夜、吃饭时间，进行急袭、奔袭；（四）分派或收买汉奸，偷窃情报，散布谣言，甚至召开群众大会，组织维持会；（五）实行所谓"以战养战""自乱自给主义"，到处抢物捉人，特别着力于捕捉青年，送往东北受训。

此种毒辣阴谋，如果不先作严密的防范，可能使我们受到不应有的损害，可能使秩序紊乱，军政民三位一体之对敌作战步骤，不能有效展开。这在粉碎敌人围攻的战争中，将是十分不利的。

我们要长期的持久的继续与敌进行顽强的搏战，达到澈底粉碎围攻的目的，必需在这方面严密戒备与布置，正规的展开我们强国的作战阵线。这，一方面需要我们有计划的调整我们的力量与工作，另一方面，更重要的首先是要积极打击敌人的阴谋，只有击碎敌人上述阴谋，我们才能顺利地展开我们的战斗序列。

关于打击敌人阴谋，我们认为至少应：（一）提高我们军政民的警觉性，严密警戒，加紧侦察，尤其是侦察更为重要，各军各机关应组织与加强侦察队或侦察小组，不仅要在大路与白天侦察警戒，而且尤要注意小路、黑夜与天候不良的晴日，灵敏我们的耳目，随时防备敌伪的袭扰；（二）尽量广泛的武装民众，动员地方武装、游击小组、自组队等积极活动，严密监视敌便衣队与武装汉奸的活动，配合军队，有力的打击敌人小股出扰的兵力，保卫民众，维持地方安宁；（三）履行抗日戒严，执行澈底的空室清野，封锁敌人耳目，断绝敌人的食用；（四）赶速乘雨破坏道路，利用洪水冲毁大路，堵塞山口要隘，阻滞敌人的前进，巩固我机动的回旋地区；（五）以群众大会、口头谈话、标语、传单等各种方法宣传教育民众，揭穿敌人新的阴谋手段，提高民众的警惕性与同仇敌忾之心；（六）加紧争取敌伪工作，多多张贴与散发争取敌伪的传单标语，瓦解敌伪军，优待俘虏与投诚之敌伪军。

以上六项是我们目前急待进行的工作，深望晋冀豫全体军政民加紧一致努力，粉碎敌人毒辣的新阴谋。

（原载一九三九年七月二十、二十一日《新华日报》华北版第一版社论）

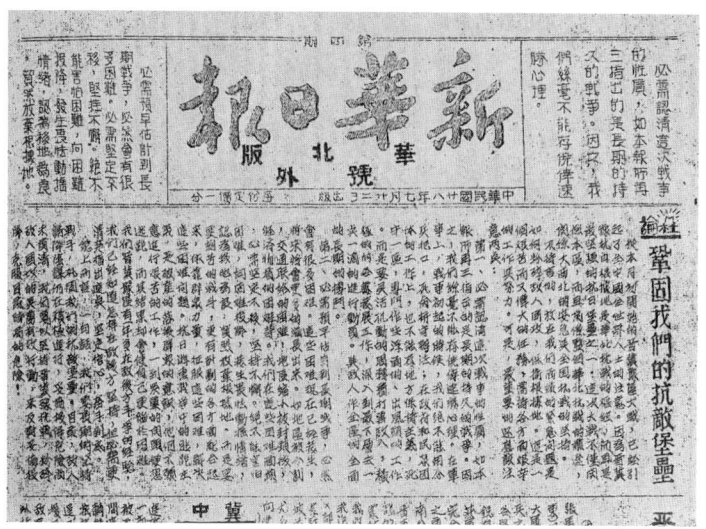

巩固我们的抗敌堡垒

从本月初开始的晋冀豫区大战，已经引起了全中国全世界人士的注意。因为晋冀豫抗日根据地是华北抗战的枢纽，而且是最坚强的抗日堡垒之一。这次大战不仅关系本区，而且关系整个华北抗战的前途，关系大西北的安危与全国抗战的坚持。

不待言的，放在我们面前的紧急问题是如何粉碎敌人围攻，保卫根据地。这是一个艰苦而又伟大的任务，需待各方面艰辛的工作与努力。可是，最重要的还应该注意两点：

第一，必需认清这次战争的性质，如本报所再三指出的是长期的持久的战争。因之，我们丝毫不能存侥幸速胜心理。在军事上，我军初起的时候，我们绝不能用分兵把口，死命拼守办法；在政府和民众团体的工作上，也不能存地方保持主义，死守一区，专门作些浮面的、出风头的工作。而是要灵活机动的周转着打击敌人，积极的向各处发展工作，深入到最下层去一点一滴的进行动员。与敌人作全区的全面的长期的搏斗。

第二，必需预早估计到长期战争，必然会有很多困难。这些困难现在已经发生，将来将会更多的滋长出来。如地区被分割，交通联络的困难，地区缩小被封锁后，经济物质的困难等。我们在这些困难面前，必需坚定不移，坚持不懈。绝不能害怕困难，向困难投降，发生畏怯动摇情绪，认为移地为良，贸然放弃根据地。而是要更刻苦的战斗，更有计划的各方面配合起来，依靠群众力量，征服这些困难，解决这些困难问题。抗日游击战争中的逃跑主义，是破产的落后群众的意识，他们不愿意进行艰苦的工作，一到严重的关头便想逃跑，而其结果却会使自己更陷于困难。我们晋冀豫区有一年多在敌后方斗争的经验，我们已经知道怎样在敌后方坚持，但必需更清楚指出这点，坚定信心，奋斗到底。

总上而言，一句话，我们要长期的坚持战斗，巩固我们的抗敌堡垒。目前，敌人诱降阴谋仍在积极进行，妥协投降危险尚未肃清，我们要以坚持晋冀豫抗战，粉碎敌人围攻的英勇有效行动，来反对妥协投降，克服目前时局的危险！

（原载一九三九年七月二十二日《新华日报》华北版第一版社论）

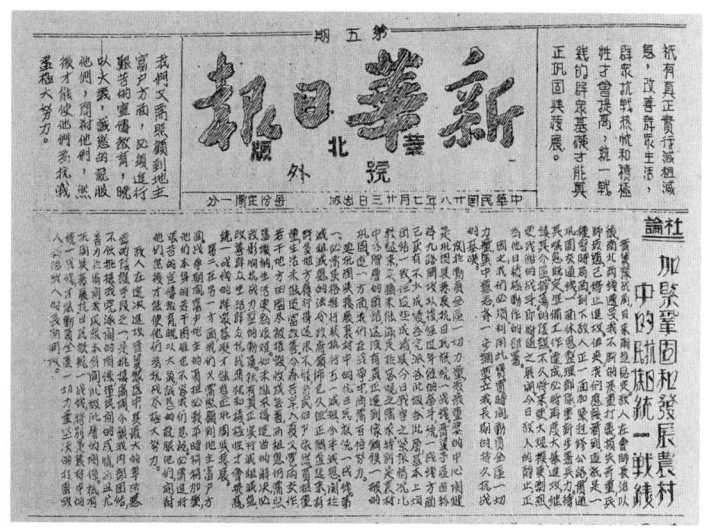

加紧巩固和发展农村中的抗日民族统一战线

晋冀豫战局，日来渐趋稳定。敌人在会师长治以后，南北两线遭受我不断的严重打击，损失奇重，兵师疲惫，已停止进攻。但是，我们应该看到，这只是一种暂时局面。刻下敌人正一面加紧赶修公路，贯通巩固交通线，一面休息整理部队，重新步署兵力。待其喘息既定，准备工作达成，必将再度大举进攻，继续其分区"扫荡"的阴谋。不久将来，更大规模、更剧烈、更残酷的战斗，即将随之展开。今日敌人的静止，正为他日积极动作的部署。

因之，我们必须利用此宝贵时间，动员全区一切力量，集中意志，齐一步调，奠立我长期的、持久抗战的基础。

关于动员全区一切力量，最最重要的中心关键是巩固与发展抗日民族统一战线。晋冀豫区自粉碎九路围攻以后，经过年余的奋斗，统一战线方面已获有不少成绩，各党派、各阶级、各阶层，基本上均团结一致。但这些成绩，与今日战争之紧张情况比较起来，实犹未能满足于客观之需求，特别是农村中各阶层的团结，还没有真正达到像钢铁一般的巩固，这一方面，我们在战争中，尚需百倍努力。

要巩固与发展农村中的抗日民族统一战线，第一，必需严格推行与执行五一减租、分半减息。关于减租减息的法令，政府颁布已久，但正调查起来，有许多地方履行得还很不够，贫民佃户依然负担重重，生活未能适当改善。今春苦旱，入夏又雹雨交作，若干地方田园尽被摧毁，收成无着，而租息仍需照旧缴纳，生活更为艰难。如未能求得适当的解决，必致影响抗战力量的动员。只有真正实行减租减息，改善群众生活，群众抗战热忱和积极性才会提高，统一战线的群众基础才能真正巩固与发展。

第二，在另一方面，我们又需照顾到地主富户方面。战争期间，富户地主的负担必较平时稍稍加重，他们本身的若干困难也不容我们忽视。必需进行艰苦的宣传教育，晓以大义，诚恳的说服他们，开导他们，然后才能使他们为抗战尽极大努力。

敌人在这次进攻晋冀豫区中，其最大的卑污恶毒的阴谋手段之一，是挑拨离间，分裂我内部团结，不仅挑拨我党派间的关系，军民间的感情，而且尤着力于离间我民众本身间、阶级阶层的关系。只有巩固与发展抗日民族统一战线，特别是农村中的统一战线，才能动员全区一切力量，坚决的打击敌人，粉碎敌人的长期围攻。

（原载一九三九年七月二十三日《新华日报》华北版第一版社论）

加紧武装民众　发展广泛的游击战争

进攻晋冀豫的敌人，已经深入腹地，而且正在赶筑工事，积极巩固据点，企图久居。要想把进攻的敌人，悉数打退，收复所有据点，决非简单容易的事。光靠正规军和正规战的力量，是不够的。而是要游击队和正规军配合，游击战和正规战配合，以游击队和游击战一息不断的袭扰敌人，疲惫敌人，麻痹敌人，消耗敌人的精力，打击敌人的爪牙，创造敌人的弱点，然后由正规军抓住机会，施行突击队运动战一鼓击溃和歼灭敌人的主力。在如此游击战和正规战的反复战斗过程中，达到最后驱逐敌寇出境的目的。

因之，在此次反对敌人围攻中，武装民众，发展广泛的群众性的游击战争，成为万分重要的重大任务之一。

关于发展民众武装游击战争，主要的可由三方面着手：

第一，是健全和训练人民武装自卫队。在晋冀豫区，人民武装自卫队的组织相当普遍，而且各地地方当局，民众团体，已正在纷纷购买手榴弹等武器，着手加以武装。但在这次战争中间，我们已可看到各地自卫队的组织大多不甚健全，而其军事素养尤感缺乏，以致在战争中未能克尽职责，使汉奸、便衣队有活动的机会。要使自卫队真能镇压汉奸，维持地方秩序，充分发挥其保家卫乡之作用，近而配合正规军作战，必需重新健全自卫队的组织，加紧其重要训练，使其成为真正的群众武装组织。

第二，是建立强有力的秘密游击小组。游击小组是正规军最有效的耳目，也是袭扰敌人最有力地基干。在冀中冀南平原地的大战中，已经显现了无比的威力。晋冀豫区有良好的群众基础，更应以十数人为单位，每编村建立一支至数支强有力的游击小组，到处游击敌人，使敌人永远不能安宁。

第三，是组织基干的游击队。战争期间，大批民众自动需要武装，是组织游击队的最好机会。我们竭应乘此时机，或由正规军分出坚强的下级干部和战士深入动员，或由政府和民众团体领导发动，组织若干游击支队，辅助正规军和敌人搏战。

战争是长期的，我们在这次战争中，不仅要达到澈底粉碎敌人的围攻，而且要树立永久的基础，准备迎接敌人以后的再扰。就必需在此次战争中，加紧武装民众，奠定民众武装的基础，开展广泛的游击战争，并不断使游击队向正规军转化。加强晋冀豫区的武装力量，使晋冀豫区更益强大和巩固！

（原载一九三九年七月二十四日《新华日报》华北版第一版社论）

敌寇水淹河北平原

据本报冀中冀南急电：敌寇在军事"扫荡"失败之余，乘连日天雨水涨之际，挑决永定子牙、滹沱、滏阳、南达等河河堤，水淹河北大平原，冀中安次、永清、武清、雄县等十余县，冀南宁晋、新河、隆平、□山、南和、平乡、柏乡、任县、巨鹿等十余县，顿时汪洋一片，尽成泽国，深处水万丈余，浅的地方也达五尺以上。阴谋毒辣，令千万军民怒发冲冠。

日寇"扫荡"冀中、冀南开始于去年年底，迄今已半载有余，其主要企图在于击溃歼灭我军主力，驱逐我坚持平原游击战争的部队出境，达其"确实掌握占领地"之目的。而此次之水淹平原，等于自己以事实证明其军事"扫荡"

计划之完全失败，是其穷途末路之最明显的表现。窥其意向所在，一则在图利用洪水淹洗我军主力，消灭我战斗力，甚至使我抗战部队、千万民众、妇孺老幼，尽行淹没于滚滚洪流之中，不复存在；二则在于冲洗广大地面，缩小我回旋地区；三则甚至在图根本毁灭我冀中冀南抗日根据地，达成"我既无法掌握占领地，也不使你在我的心脏保存一块净土"。此种洪水政策，其用心之狠毒，手段之卑鄙，实古今中外历史所未有。此其一。

敌寇自进攻我中华以来，向来高唱"中日共存共荣"，在"扫荡"华北的战争，尤特别着力于糖衣毒药的"怀柔政策"，操如簧莲舌，挟优秀印刷技术，大量印发标语、传单、小册等伪宣传品，欺骗麻醉我民众。而此次水淹平原，荼毒千万生灵之恶毒无耻行为，顿时宣告其欺骗宣传之整个破产。于此，华北一万万民众，全国四万五千万同胞，全世界爱好和平人士，已不难认识日本法西斯的本来的狰狞面目。所谓"皇军"，实际上是披了一张人皮，而无丝毫人性的野蛮疯兽。任其如何掩饰，而兽性所至，尽可作出惨决人寰之行动。此其二。

但是，任凭日寇如何疯狂残暴，我们相信，冀中冀南在贺龙、吕正操、徐向前等将领与主任公署的英明果断的领导下，在军政民团结一致的努力下，定然能击碎敌人的阴谋，逃脱险境，坚持战斗到底。现在冀中冀南军政当局，正一面继续与敌周旋，一面抢救民众，其坚苦卓绝，奋斗不懈之精神，实值我们无限钦敬。

刻下，晋冀豫区大战正在剧烈进行之中，观乎敌寇水淹河北平原之险毒阴谋，可以想见，晋冀豫在战事持续至相当时期，日寇亦必将施其更残酷毒辣的手段，未来局面当更较今日艰难困苦，吾人应及早抱定决心，不屈不挠，坚决抗斗到底，最后粉碎围攻，确保我晋冀豫抗敌堡垒！

（原载一九三九年七月二十八日《新华日报》华北版第一版社论）

论目前时局

目前的战局,究竟已否进入相持阶段?华北的战局怎样?整个战局的前途怎样?这些问题,关系重大,承许多读者纷纷垂询,本报敢敬抒所见。

自我军自动退出广州武汉之后,抗战形势,已是从第一阶段到第二阶段(相持阶段)的过渡阶段。敌人的进攻,转到以引诱中国投降为主,而以军事行动配合其政治阴谋。为达到诱降的目的起见,敌人在正面的进攻较为沉寂,而转移兵力,集中"扫荡"敌后,加紧进攻八路军新四军,加强"反共"宣传。这些一切,都是为了继续进攻。

这一过渡阶段,现在已否完毕,已否到达相持阶段?我们认为:还没有。为什么还没有?因为敌之回师华北,虽然是为了"确实掌握占领区"，但其主要目的，尚在诱降。相持阶段的确实到来，应当是：中国的进步和力量的增加足以抵御敌人的前进，敌人没有力量向中国进攻。但现在，中国的进步和敌人的削弱尚未到此程度。相反的，敌人的诱降政策，"反共"策动，得到潜伏着的汪派托派汉奸及和平妥协份子的响应，虽有蒋委员长的严正驳斥，但并未收到致命的打击而仍继续蠢动。在这种情形之下，应当正确估计：战局还未进入相持阶段。如果目前的政治危机不能克服，当然就谈不到相持阶段的到来。而且必须看到，一方面，敌人加紧政治进攻，正面战况较为沉寂；但另一方面，敌人还有可能而且必然会继续进攻西南西北的。

至于华北，目前已处于敌寇的大举"扫荡"之下。华北是敌人进攻的重要目标，不论我国在正面能否抵住敌人的进攻，华北是首当敌冲的地方。在全国战局没有进入相持阶段的现在，我们也没有根据来说敌后抗战的相持阶段。在这里，当每一个抗日根据地粉碎了敌人围攻之后，或在敌人进攻目标暂时不在这个地区的时候，局部战役上的相持是会有的，而且已经有过的，但这并不是全国抗战的相持阶段，也不是敌后抗战的相持阶段。

由此可见，抗战是长期的艰苦的持久战，决非轻而易举可以取得胜利的，而在敌后的抗战则更为艰苦。只有用一切努力，克服困难，克服投降危险，坚持敌后抗战，增加抗战力量，坚决奋斗，才能争取相持阶段的到来，与最后胜利的到来。因此，必须反对速胜论，反对无根据的认为相持阶段已经到来的估计，明确认识抗战的长期性艰苦性，努力奋斗与进步，来缩短这一过程。

敌人的诱降阴谋，与集中兵力"扫荡"敌后，在"反共""防共"口号下和平妥协份子活动的加强，增加了我们抗战的困难。但这种危险，是可以克服的。当前正需要我们全国民众一致奋起，来克服这一危险。我们必须看到光明的前途，抱着极大的自信心奋勇前进。因为困难的增加而发生的悲观失望情绪，也是必须反对的。

（原载一九三九年八月一日《新华日报》华北版第一版社论）

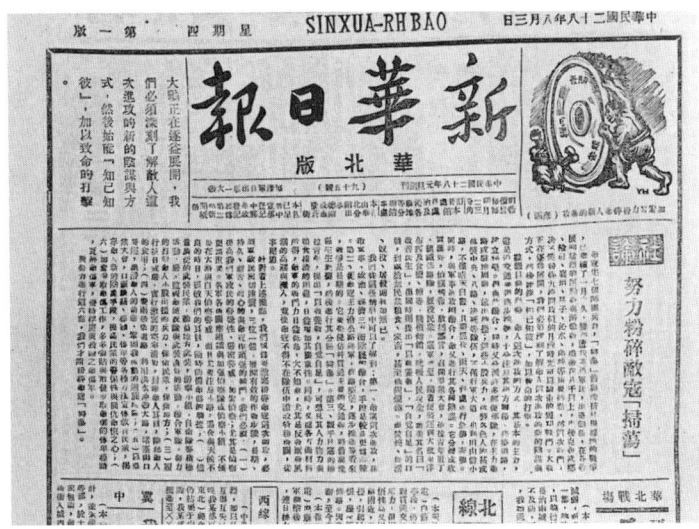

努力粉碎敌寇"扫荡"

敌寇集七个师团兵力,"扫荡"晋冀豫抗日根据地的战争,已继续了一月之久,虽然遭我英勇军民,出奇制胜,在各线展开猛烈的运动战与游击战,歼敌在八千以上,先后克复武乡、□□、襄垣、长子、沁水、阳城等重要据点,然这次战斗,决不像粉碎九路围攻似的月余时光可以结束的短期战斗。大战正在逐益展开,我们必须深刻了解敌人这次进攻的新的阴谋与方式,然后始能"知己知彼",加以致命的打击。

综观目前的形势,敌人这次进攻的方式,其基本的主力,还是沿交通要道逐步推进,十分注意其后方联络,修筑道路,建立堡垒。但与此配合,同时又分派许多轻便部队,在主力进路或驻地周围，远出袭扰。这些小股兵力，伪装各色人物甚或伪装中央、八路、决死等队伍，不仅行军大道，也利用山僻小路；不仅晴天白昼，且乘黑夜、雨天，到处进行急袭，奔袭。同时，与军事进攻相配合，敌又进行其各种阴谋。它分派或收买汉奸，侦窃情报，散播谣言，召开群众大会，捕拉青年壮丁，组织修路队，奴役民众。寇军所至，随着便装运到大批东洋布匹及食盐、糖等，贱价倾销，吮吸人民现金，而美其名曰"改善民生"，但同时则提出"以战养战""自觅自足"的口号，到处抢劫民众粮食、家畜，甚至破铜烂铁。而焚烧、奸淫、奴役、屠杀则有加无已。

我们从这些情形中可以了解到：第一，敌寇这次进攻，采取军事、政治、经济三方面阴谋的配合，手段是较前更为毒辣。第二，从敌寇主力沿公路进军，修路筑堡，逐步推进等看来，战争是长期的。它要先侵占并贯通主要的交通线，将晋冀豫区生生割裂，然后进行其分区"扫荡"。第三，观乎日寇的捕拉青年，提出"以战养战，自觅自足"，可想见其人力物力与粮食接济的困难，日益增加其严重性。同时，又据各方面材料所得，敌军的战斗力日益低落，大不如前，尤其是反战厌战风潮的高涨与深入，竟使敌寇不得不在队伍中添设特务机关，从事压迫。

针对着上述几点，我们认为要彻底粉碎敌寇这次围攻，必须军政民密切连系，三位一体，展开有效的作战步骤，长期、持久、刻苦、耐心的与敌寇作顽强的搏斗。我们必须：（一）提高我们军政民的警觉性，严密警戒，加紧侦察，尤其是侦察更为重要。各军各机关应组织与加强侦察队或侦察小组，不仅要在大路与白天侦察警戒，而且尤要注意小路；黑夜与天候不良的时日，灵敏我们的耳目，随时防备敌伪的袭扰。（二）尽量广泛的武装民众，动员地方武装，游击小组，自卫队等积极活动，严密监视敌便衣队与武装汉奸的活动，配合军队，努力的打击敌人小股出扰的兵力，保卫民众，保卫地方。（三）履行抗日戒严，实行澈底的空室清野，封锁敌人耳目，断绝敌人的食用。（四）乘雨破坏道路，利用洪水冲毁大路，堵塞山口要隘，阻滞敌人的前进，巩固我机动的回旋地区。（五）以群众大会、口头谈话、标语、传单等各种方法宣传教育民众，揭穿敌人新的阴谋手段，提高民众的警惕性与同仇敌忾之心。（六）加紧争取敌伪工作，多多张贴与散发争取敌伪的传单标语，瓦解敌伪军，优待俘虏与投诚之敌伪军。

要努力进行这六点，我们才能粉碎敌寇"扫荡"。

（原载一九三九年八月三日《新华日报》华北版第一版社论）

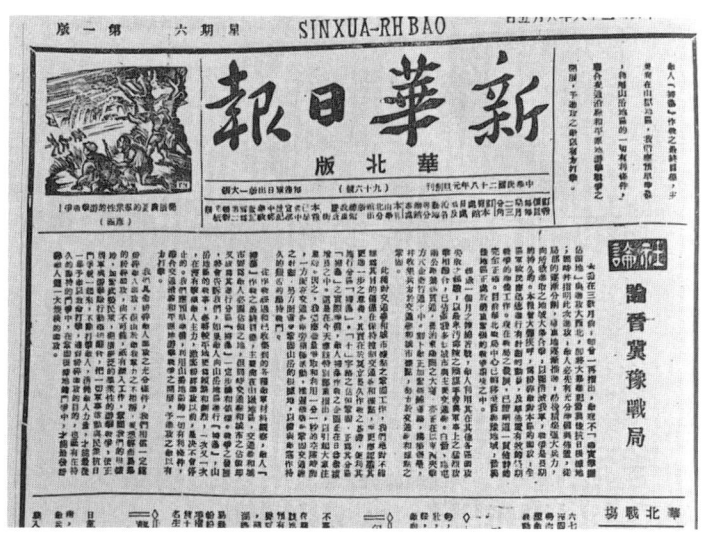

论晋冀豫战局

　　本报在三数月前，即曾一再指出，敌寇不"确实掌握占领地"与进攻大西北，即将大举进犯晋冀豫抗日根据地；同时并指明此次进攻，敌人必先有充分准备与布置，从局部的逐渐分割，稳重的逐渐推进，然后积集强大兵力，向所欲进取之地域大举合击，以图消灭我军。战争是长期的持久的，本报曾大声疾呼，为粉碎敌对本区的围攻，全区军政民应迅速进行有计划的动员，及早布置有效的后期战争的准备工作。现在战局之发展，已证明这一□□□□完全正确。目前华北战局中心已转移至晋冀豫地域，晋冀豫地区正处于严重紧张的战争环境之中。

　　经过一个月之连绵苦战，敌人利用其在其他各区围攻失败之经验，以最卑污毒辣之阴谋手段与军事上之猛烈攻击相配合，已占领我多数城市与主要交通线。白晋、临屯两公路业已贯通，长治东阳关之大道，亦正在以东西夹击方式企图贯通之中。刻下敌正加紧修铺道路，构筑堡垒，并收集兵力于交通线和城市据点，努力于交通线和据点之巩固。

此种对交通线和城市据点之巩固工作，我们绝对不能认为其目的仅仅在保持控制交通线和据点，还更应认识其更进一步之意义，其实在于奠定长久作战之基础，便利其施行分区"扫荡"。"十"字路之占领巩固，正为其分区"扫荡"之实际准备，敌人"扫荡"作战之企图正在日益继续增长之中。这是在今天应该特别郑重指出，以引起大家注意的。因之，我们应尽量争取和利用一分一秒的空隙时间，一方面在交通线两旁积极活动，推迟破坏敌巩固交通线之计划，另方面还要巩固山岳的根据地，以备与敌寇作持久的艰苦的坚持战斗。

从作战经过和已收集到的各种敌军材料观察，敌人"扫荡"作战之最终目标，主要尚在山岳地区。交通线和城市虽为敌人必图占领之地，但同时交通线和城市之占领却又成为其进行分区"扫荡"一定步骤和依据。战争之发展，将会告诉我们，如果敌人向山岳地区进行"扫荡"，山岳地区的战事，必将较平地更为频繁和剧烈，一次又一次，在没有击破敌人主力，彻底粉碎围攻以前，是绝不会停止的。我们应预早准备，利用山岳地区的一切有利条件，配合交通沿线和平原地游击战争之开展，予进攻之敌以有力打击。

我们具有粉碎敌人围攻之充分条件，我们相信一定能粉碎敌人围攻，但由于敌我军力之不相称，要想轻而易举的粉碎围攻，尚不可能。只有深入工作，巩固我们的根据地，加紧武装民众，开展广泛地群众性的游击战争，使正规军与游击队行动密切配合，把一切军事活动与民众抗日斗争统一起来，不断打击敌人，消耗敌人力量，才能最后一举予敌以致命打击，达到粉碎围攻的目的。也只有在持久的坚持的斗争中,在巩固根据地的斗争中,才能最后粉碎敌人这一大规模的围攻。

(原载一九三九年八月五日《新华日报》华北版第一版社论)

赈救河北灾黎

日寇施毒，于上月中旬开始，乘天雨水涨，挑决冀中之潴龙、滹沱、永定南北拒马、唐河等河及冀南之滏阳，上游之洨河、槐河、沙河、卫河等河河堤，冲洗冀中冀南，万里沃野，尽成滔滔洪泽，水深处高达丈余，浅者亦足没顶。人民流连失所，嗷嗷待哺，厥状之惨，不忍闭目冥想。

日寇水淹毒计，窥其用意，不外有三：一则企图利用洪水淹洗我抗战部队及与日寇英勇奋战之千万群众，均作波臣于滚滚逆流之中，尽失战斗能力；二则企图冲刷我广大地面，缩小我机动回旋地区，以利其找寻主力，遂行扑击与"扫荡"；三则企图根本缴灭我冀中冀南整个广大的根据地，拔去其心脏中的铁钉，宁愿毁灭千万生灵，亦所不惜。其用心之狠，手段之毒，令人发指。

但敌寇此种阴险毒辣之作为，却正充分证明其军事进攻之失败，宣告其政治阴谋之破产。敌寇"扫荡"河北平原，开始于去年年底，以政治上种种鬼计的配合，并挟其犀利武器，向我腹地分进合击；其主要企图在击溃和驱逐我坚持平原游击战争的部队出境，甚或歼灭我主力于有利的作战地区，即所谓"肃正治安，巩固后方"，这是敌寇将近一年来的基本目的。水淹平原，等于以事实向吾人报告：他在军事上、政治上都未能收到预期效果，乃不得不出此极端的下贱毒策。同时，水淹毒计，也暴露了敌寇本来的狰狞面目，它向全中国人民，全世界和平和进步的人士表明：所谓"皇军"实际上是披了一张人皮而无丝毫人性的野蛮疯兽；一切小恩小惠的怀柔政策，愚弄民众的欺骗宣传，其最后目的都是在屠戮奴役我人民，灭绝我种族。只要稍稍不如其意，或者是它的意图不能达到，欲望不能满足，便会顿时兽性发作，不顾一切，做出惨绝人寰的暴行。人道博爱，在法西强盗脑海中根本就没有这种观念。

我们坚决相信，日本军阀的这种疯狂的残暴行动，只会招致相反的结果，走上自趋灭亡的道路，绝对不可能达到它的企图，把我冀中冀南强大的抗敌堡垒根本摧毁。正在水淹平原之后不久，我冀中冀南的抗战部队，便以攻击姿态出现，积极袭扰打击武强、深县、献县、任邱、永清、枣强等处驻敌，克复各□城市附□之村镇据点，这就给予日寇以最好的回答。也是向全中国，全世界关心河北抗战的人士，说明了河北现状和前途。

然而，我们不难想象，此次河北人民，其受毒水之害，定然很大。纵横二十余县，田间庐舍既荡然无遗，衣食也必无着落，民生疾苦，不堪设想。今日报载朱副司令长官、彭副总司令已联电蒋委员长请赈。我们亦深愿为河北千万灾黎呼吁，切盼中央能早日指拨巨款赈济河北，复苏此为敌后抗战而竭尽所力之河北民众，这不仅是河北之幸，也是全国抗战之幸！

我正处于围攻中之晋冀豫区域，鉴于河北之军民，当不能不引起更大警惕,更增其同情,我们唯有以更大努力,克服困难,粉碎围攻,以响应河北军民之英勇苦斗,不负河北,以至全国对我之热望。

(原载一九三九年八月七日《新华日报》华北版第一版社论)

发展群众的游击战

　　无论寇敌如何施用种种鬼蜮伎俩，愚弄民众，收买民心，但最近凡敌人所到之处，各地均常有民众自动奋起，英勇杀敌的事件发生。或三五成群，殴打捕□出扰民间劫掠粮食牲畜等之小股寇军，或□合结队□□□守村□之少数□敌。这种民众自起杀敌的英勇故事，充分表现本区民众抗战杀敌热情和保家卫乡之积极性，也是我们过去一年进行艰苦的群众工作所收获之成果。但是从这些故事的另一方面，我们同时又看到本区存在着一个很大的弱点，就是这些行动往往还是自发的、零乱的、散漫的，缺乏适当的组织与领导。如此，我们可以预先估计到，往后在敌人残暴的烧杀抢掠政策之下，民众的杀敌热情将会更趋高涨，英勇的杀敌故事将更多出现。因此，如何有效的充分发扬他们的积极性，充实和发挥他们的战斗力，这便成为目前中心问题之一。——这也就是武装民众，开展广泛的群众性游击战争的问题。

第一，说到武装民众问题。晋冀豫区本有民众武装组织，而且相当普遍；但是一般地都缺乏武装，民间本身没有武装，政府过去也没有真正把他们武装起来。以致他们虽有无限的杀敌热情和杀敌勇气，而无由发挥其志愿和力量，在这次反围攻的战争中是一个很大的损失。如果各民众武装组织都能名符其实的有武装，我们胆敢相信，他们的英勇行动，决不会□仅限于今日这一些，他们一定更会创造出许多热烈的惊天动地的故事。这是可以想见得到的，而且是由各地事实所证明了的。假使说组织是一种力量的话，那末武器在握的组织，自然将更是一种强大的不可战胜的力量。

武装民众是一件不能再被忽视和拖延的事，我们应当速乘此战争紧急的机会，把全区民众武装起来，初步可由固有的民众武装组织——自卫队、游击小组着手，然后再逐渐推广。我们仅向各军政民当局提议，应想尽一切方法来完成这一任务，破费一部份钱财购买枪弹，甚或由正规军中抽出一部份枪弹来武装民众，都是值得和必要的。

第二，武装民众，同时还应注意于民众武装的训练和领导，否则有了武器而不知如何使用，如何动作，其作用便会减少，这是一个领导干部的问题。要使民众武装组织能安置到适当的岗位上，在后方镇压汉奸，维持地方，在前线打击小股敌人，配合正规军作战，必需由部队中遣派出富有战斗经验的军事政治干部参加到民众武装组织中去领导他们，在实际的战斗过程中来健全其组织，教导其成员，增加其军事知识，丰富其作战经验，使其日益强大起来，逐渐向游击队发展，向正规军发展，或者是挑选其中精明干练的份子，建立脱离生产的民众武装组织等。

只有上述这样做法，才能不辜负民众现在所已经表现的杀敌热情，才能不辜负我们过去辛勤工作所奠立的基础。也只有开展广泛的群众性的游击战争，才能打击敌人的各色各样阴谋，支持长期的持久的战争，达到最后击退敌人的目的。

（原载一九三九年八月九日《新华日报》华北版第一版社论）

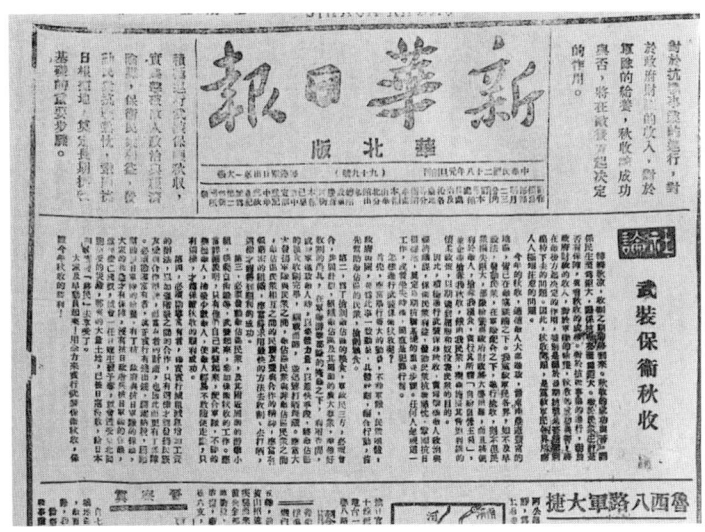

武装保卫秋收

　　转瞬秋凉，收割之期即将到来。秋收的成功与否，关系民生至为巨大，关系抗战亦至为巨大。对于民众生计是否有保障，要看秋收的成绩。对于抗战事业的进行，对于政府财政的收入，对于军队的给养，秋收的成功与否，将在敌后方起决定的作用，特别是关于长期抗战是否能胜利坚持下去的问题。因此，秋收问题，是党政军民各界所应人人极端注意的问题。

　　今年的秋收，适值敌人大举进攻，晋东南农产丰富的地区，皆已在敌寇蹂躏之下。我党政军民各界，如不及早设法，发动民众，在军队配合之下，进行抢收，则不但民众损失巨大，部队给养与政府财政将大感困难，而且将便利于敌人，抢夺我粮食，实行其所谓"自给自养主义"，并企图抢夺我秋收，饿困我民众，乘机施展其胁迫利诱的怀柔政策，以期达到屈服和奴役我民众的目的。

因此，积极进行武装保护秋收，实为击破敌人政治与经济阴谋，保卫民众利益，发动民众抗战热忱，巩固抗日根据地，奠定长期抗战基础的重要步骤。任何人忽视这一工作，或者坐失时机，简直是犯罪行为。

怎样进行武装保卫秋收呢？

首先，应当举行盛大的动员，不论军队，民众团体，政府机关，要为此事一致动员，具体计划，配合行动，首先帮助敌占区的民众，抢割粮食。

第二，为了抢割敌占区的粮食，军政民三方，必须会合，共同计划，组织敌占区及其属团的广大群众，准备好收割的农具，在军队游击部队的掩护之下，利用夜间，□□军进攻敌人时，以集体力量，以最快手段，将敌占区的粮食收割完毕，捆载而归，并迅速打晒匿藏。应当大大发扬军队与民众之间，敌占区民众与非敌占区民众之间，敌占区民众相互之间的民族友爱与合作的精神，应当有很严密的组织，应当讲求用最快的方法去收割、去打晒，这样才能得到顺利的成功。

第三，必须发动敌占区民众，及其附近周围的游击小组，模范自卫队等，武装起来，参加保卫秋收的工作。应当详细说明，只有他们自己武装起来，配合军队，不断的袭扰敌人，捕杀少数敌人，使敌人轻易不敢随便走动，只有这样，才能保证秋收的顺利成功。

第四，必须劝导富有者，确实实行减租减息增加工资的办法，以加强阶级之间的合作。只有这样才能发扬民族友爱与合作精神，而富有者的财产，也因此而更有了保障。必须劝导富有者，真正实行有钱出钱，踊跃纳税，踊跃帮助抗日军队的给养，有了抗日政府与抗日军队的保护，大家的利益才有保障，没有抗日政府与抗日军队的保护，就要变亡国奴，就会一任日寇生杀予夺，就会遭受东北同胞所受的灾难，那里的大量土地，已被日寇没收，给日本和□□□"移民"去享受了。

大家及早动员起来！用全力来实行武装保卫秋收，保证今年秋收的胜利！

（原载一九三九年八月十一日《新华日报》华北版第一版社论）

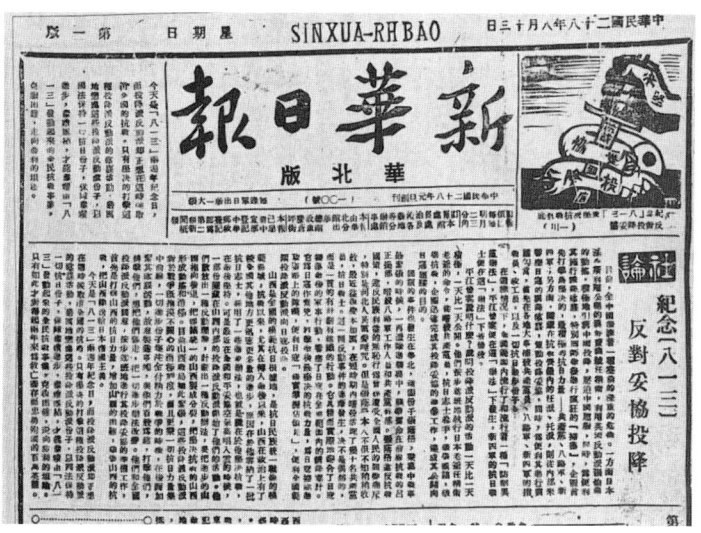

纪念"八一三" 反对妥协投降

目前,全中国潜流着一种空前的深重的危机。一方面日本法西斯利用公开的汉奸卖国贼汪精卫,利用英国反动派张伯伦的动摇,积极地引诱中国投降,压迫中国屈服,同时,为便利其施行诱降阴谋,特别回师敌后进行疯狂的"扫荡",企图首先打击最坚决的,最积极的抗日力量——共产党、八路军、新四军;另方面,隐藏在抗战营垒内的汪派、托派,则从内部来响应日寇的诱降阴谋,策动投降妥协,同时,为便利其进行卖国勾当,首先在各地大事捕杀共产党员、八路军、新四军的指战员、政工员,以及一切抗日进步份子。

在这样情况下,全国范围内流行了和流行着一种"防制异党办法"，平江惨案便在这"办法"下发生，新四军的抗日战士便在这"办法"下被惨杀。

平江惨案说明什么？说明投降派反动派的活动一天比一天积极，一天比一天公开。他们按部就班地执行日本老爷汪精卫老爷的命令，从暗杀共产党员、抗日志士着手，破坏团结，破坏抗战，企图迅速完成其投降妥协的准备工作，达成其公开向日寇屈膝的目的。

同类的事件也发生在华北，顽固份子张荫梧，乘冀中战事最紧张的时候，一再派队进袭冀中，袭击奋命在前线抗战的吕正操部，暗杀八路军工作人员和共产党干部。张荫梧违反抗战国策，违反民族利益的无耻行为曾经遭受全国人民的同声痛斥，特别是河北人民厉声唾骂。但是张荫梧本人不但不知稍稍收敛，最近益复变本加厉，在短时期内暗杀活埋了几十名共产党员、抗日战士。这一种反动事件的连续发生，决不是偶然的，而是一贯的有计划有组织的行动。它具体而实际地配合了日寇"扫荡"敌后的军事行动，响应了日寇在全国范围内的诱降毒计。它为日寇作帮凶，打击敌后最坚决的抗战力量，为日寇扫除进攻道路上的障碍，便利日寇"确实掌握占领地"，便利全国范围投降派反动派向日寇投降。

山西是全国的模范抗日根据地，是抗日民族统一战线的模范区域。抗战以来，尤其在转入敌后以来，山西在政治上有了较全国其他地方更迅速更多量的进步，原因在于他容纳了一批抗日志士，采用了一些进步办法，也就是说在于他坚决抗战，在敌后坚持。可是最近在全国和平妥协空气高唱入云的时候，一部份隐藏在山西内部的投降派反动派开始了他们的活动。他们散放出一种反动理论，计划出一种反动办法，要把进步的山西拖向后退，把团结统一的山西制成分裂，把坚决抗战的山西形成动摇和消极。目前山西战局如此紧张，这些投降派反动派对于战争既抱漠不关心的消极态度，而且更乘一切抗日力量集中前线，一切进步份子集注全付精力于战争的时机，在后面加紧其阴谋活动，故意制造事端，与他们百般为难，打击他们，排击他们，想把他们驱走，把一切进步办法改变。他们和全国投降派反动派同意，按部就班地进行其投降妥协的准备工作，首先是打击山西的抗日力量，增加山西的困难，破坏山西的抗战，把山西断送给日本帝国主义。

今天是"八一三"两周年纪念日，而投降派反动派却正想在这时候取消全国的抗战。只有坚决的打击这种投降派反动派的阴谋活动，严厉地惩处这些投降派反动派份子，以国法保持一切抗日份子，保障继续进步，继续团结，才能继续由"八一三"发动起来的全民抗战事业，克服困难，走向胜利的坦途。只有如此才对得起两年来为救亡图存而忠勇殉国的百万英灵。

（原载一九三九年八月十三日《新华日报》华北版第一版社论）

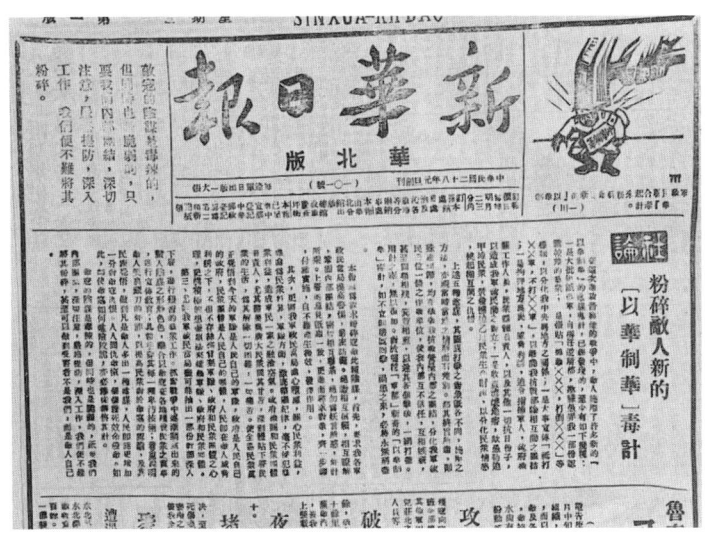

粉碎敌人新的"以华治华"毒计

在这次进攻晋冀豫的战争中，敌人施行了许多新的"以华制华"的阴谋鬼计，已经发现的，至少有如下几种：一是大批组织伪军，自称汪逆属部，欺朦愚弄我一部份认识较差的群众；一是张贴"拥华×××，打倒×××"等标语，以分化我中央与地方之关系；一是大事宣传"只打××军，不打××军"，以离间我抗战部队相互间之团结；一是拘押地方良民，威胁利诱，迫令指捕军人，政府机关工作人员，民众团体负责人，以及其他一切抗日份子，以造成我军政民间之对立；一是收买流氓地痞，欺愚勒迫甲地民众，焚杀掳掠乙地民众生命财产，以分化民众情感，挑起相互间之仇恨。

上述五种阴谋，其图谋打击之对象既各不同，施用之方法，亦视当时当地之情形而有差别。然其终旨所趋，则殊途同归，均在破坏我抗战营垒内部之团结，分化我军政民三位一体之作战单位，使我内部互不信任，互相嫉视，甚至同类相残，箕荳相煎，以遂其各个击破，一网打尽。用计之毒，无以复加。对于这种"军部"新奇的"以华制华"毒计，如不立即严厉回击，祸患之来，必将永无穷尽。

本报□为欲求粉碎寇敌此种阴谋，首先，要求我各军政民当局提高警惕，严密防范。绝对相互信赖，相互了解，巩固内部团结，密切相互联系，绝勿为妖言所惑，奸计所乘。上层的意见既趋一致，更进而寻求对策，齐一步调，付诸实施，自不难产生后效，发挥作用。

其次，更需我军政民当局处心积虑，关心民众利益，处处为民众打算。军队方面，澈底整肃纪律，毫不侵犯群众利益，造成军民一家之融洽空气。政府机关和民众团体负责人，尤其需要与广大民众同其甘苦，深刻体贴下层民众的生活，为其解除一切困难，一切痛苦。使全区民众真正觉悟到今天的军队是人民自己的军队，政府是人民自己的政府，民众团体是人民自己的团体，人民即在敌人威胁利诱之下，不但不存丝毫背弃军队、政府和民众团体之心理，更能积极的想尽办法来维护军队、政府和民众团体。

第三，尤□我军政民当局尽可能抽出一部份干部深入下层，进行艰苦的群众工作。抓紧战争中逐渐显露出来的敌人阴谋之形形色色，配合以敌寇在各地残杀民众之实事，进行宣传教育；具体揭穿其每一种卑污伎俩；着重说明敌人笑里藏刀的奸诈，以提高民众对于敌寇的认识，及其民族觉悟，做到凡是敌人多出一种阴谋，人民即能更增加一分对敌寇仇恨。人人同仇敌忾，个个誓死效命杀敌。如此，即使敌寇如何阴险狡诡，亦必无从得售其计。

敌寇的阴谋是毒辣的，但同时也是脆弱的，只要我们内部团结，深切注意，严格提防，深入工作，我们便不难将其粉碎，甚至可以做到受害者不是我们，而是敌人自己。

（原载一九三九年八月十五日《新华日报》华北版第一版社论）

改善人民生活

改善人民生活，是抗战建国事业中不可分离的部份。只有真正改善民生，才能更加提高广大民众的抗战热情，发动他们来参加持久的战争；才能使民众更加了解民族的利益与自己的利益完全一致，激发他们的民族意识与政治觉悟；才能澈底揭破与粉碎敌寇的"怀柔政策"，完全消灭汉奸汪派托派等"和平安居""王道乐土"等等之类的欺骗宣传；才能吸收千百万的劳动民众到抗战的生产建设运动中来，造成我们抗敌的经济壁垒；才能更加改善我国内部的阶级关系，巩固我国内部的团结，使敌寇挑拨离间造成我国阶级对立局面的阴谋完全打破。

因之改善人民生活的工作，是争取抗战最后胜利的保障。在动员参战方面，在巩固抗日根据地方面，改善民生都是一个必要的前提。我们可以肯定的说，没有民生的改善，抗战就不会获得最后胜利，建国不能澈底成功。两年以来，华北的许多地区能够坚持敌后抗战，而且屡次粉碎敌寇"扫荡"，获得不断胜利（如冀察晋等地），改善民生是其主要原因之一。这些地方的民众，如果生活在封建奴役之下，过着饥寒交迫的生活，就决不会发挥这样伟大的抗战力量。

在山西，由于阎司令长官的倡导与一切进步人士的努力，已经为改善民生的工作奠下了初步的基础，例如合理负担、优待抗属、五一减租、分半减息等等，都已经成为政府重要的功令，但不幸的是这些功令，直到今天，在大多数人民看来，这不过是望梅止渴的东西，而且简直还有许多人民，就根本不知道这回事情。功令的执行、实施，是这样的不普遍，这样的没有深入，甚至在某些地方，竟为少数坏蛋份子利用，借此来横征暴敛，剥削民众，以饱私欲。流弊所至，影响到整个动员工作和抗战前途，所以我们必□立刻挽救既往，加紧改善民生的工作。特别是在战局紧张、炮火连天的晋冀豫边区，应该在这一工作中，动员广大民众起来，直接参加保卫抗日根据地与粉碎敌人新"扫荡"的战斗。

目前改善民生工作的进行步骤，首先就要发动广大民众，自己来争取阎司令长官法令的公正与合理的实施。各地抗日的政权与抗日的民众团体，不但应该执行这个法令，并且要领导民众去实现这些法令。第二步就必须严格而且深入地检查各地执行合理负担、优待抗属、减租减息等功令的程度，使阎司令长官的明令得到百分之百的完全实现。对于那些阻挠功令或者假公济私的份子必须予以严厉的处分。第三，领导民众开展生产建设运动，解决民众在生产中所遭遇的困难，并须保障民众劳动的果实，大部份用于资助抗战与改善民生。第四，应该同时以一切力量进行反对敌寇经济侵略的斗争，坚决没收敌寇汉奸的商品财产，给抗日军人家属及灾民难民。第五，必须准备长期进行改善民生的工作去根本解决民生问题，这就是说实行中山先生的民生主义，应该根据民生主义的原则，逐渐进行经济上的改革，以期满足民众的衣食住行的要求，使工人有工做，农人有田种。

我们在改善民生工作上做下一点成绩，也就等于前线上打一次胜仗，而且我们坚信，改善民生工作的发展，一定可以动员广大民众起来参加粉碎敌寇"扫荡"的战争，保证我们前线上打更大的胜仗。

（原载一九三九年八月十九日《新华日报》华北版第一版社论）

提高战斗的积极性

晋冀豫大战开始以来,各线我军骁勇无比,奋起迎抗暴敌,北线榆、武、和、辽与敌血战七昼夜于前,南线长治以南,剧战创寇于后,东线初则阻敌漳河南岸达一阅月之久,继在敌人攻陷黎城以后,活动于武安通东阳关大道之两侧,创造近日连续歼敌之大捷后,捷报频传,凯歌时唱,充分发扬我三军誓死效命的民族精神,显示我强健活泼的战斗力。反观敌人方面,虽以七师团之众向我猛犯,而战争甫一开始,士气之颓丧,纪律之败坏,攻击精神之衰退,种种弱点,一一暴露无遗,大有今非昔比之感。如此强烈的对照,实已显现我晋冀豫区粉碎敌人围攻的必然的胜利前途。

然而，犹正如本报所一再指出，驱逐敌寇出境究非轻而易举的事，主要的还须依靠我们各方面工作的配合与努力，特别是军事上的不断努力和前线的连续胜利。即是说，军队的积极动作和反覆胜敌，是粉碎围攻的基本条件。若干抗战部队，或以战斗经验缺乏，或则恐防损耗实力，往往不愿积极作战，甚或回避战争。殊不知愈不作战，即愈不能取得当地民众的信仰，其士气愈将低落，战斗力愈将削弱。而且战争的规律告诉我们：愈是想逃避战争，愈不能避免战争；愈是害怕损耗实力，愈是不能不损耗实力。狡狯的敌人，最喜寻找躲避战斗的部队施□攻击，其时本身已经处在受制于敌的被动地位，若再犹豫动摇，决没有不□受不利和损失的。相反的，凡是积极作战的部队，经常处于打击敌人的主动地位，即或在战争中无可避免的要有若干牺牲与损失，但其收获一定更大，如士气之日益旺盛与焕发，战斗力之日益巩固和强大，民众之热烈拥护与爱戴等，这是确切不移的真理。

在目前战争紧张状况中，所有驻留晋冀豫区的抗战部队，不仅在敌人进攻和"扫荡"其驻在的时要自动起来应战，起来抗击敌人，即在敌人停驻、运动，或者是转移兵力进攻和"扫荡"其他友军时，也要主动地起来配合作战。我们不能光等着敌人来打我们，而且还要寻找敌人来打，吸引敌人来打，主动地来求取胜利的战果。只有在部队提高其战斗的积极性时，其战斗力才会增强，也只有在部队提高其战斗的积极性时，民众的战斗积极性才会提高。而这两者又往往相互影响，互为因果。

无论如何，我们各部队的战士都是勇敢有为的青年，都是富有热血的精强力壮的斗士，只要指挥员能有胜利的信心与牺牲的决心，能够灵活的掌握战争，指挥战争，这一批英勇健儿，不是不能发挥其战斗力的。普遍地发挥各部队的作战意志，高度提高各部队的战斗积极性，勇猛直前的与敌搏斗，主动的迎击敌人，这可以更快的消耗敌人的力量，加速粉碎敌人围攻的过程。

（原载一九三九年八月二十一日《新华日报》华北版第一版社论）

优待抗战将士家属

　　近来华北各抗日根据地中继续发生激战，在各战线上，我英勇抗战将士，都经历了非常艰苦的战斗与极其重大的牺牲，用他们的鲜血写下了坚持华北抗战历史上最光辉的一页！他们英勇牺牲的代价，是阻滞、消耗与打击了敌人，保卫了西北西南，保卫了我们抗日根据地，使敌寇不敢肆行无忌地到处烧杀淫掠。许多地方民众的生命财产，父母妻子，到今日还未曾受到敌寇的蹂躏，正就是前线抗战将士的赐予，正就是前线抗战将士抛头沥血的结果。

　　但是，广大敌后方与战区中民众的生命财产与父母妻子，虽然受到抗战将士的保护，得以安全无恙，而反观乎抗战将士自身的家属，却还未完全受到应有的优待，还未完全发扬他们的荣誉与解除他们的困难。这应该是一件最遗憾的事情。就晋东南的许多地区说来，优抗的法令，早经堂皇颁布，但实际检查起来，有些地方并未真正实行，有些地方虽在形式上执行了这一法令，而实质上给予抗战将士家属的帮助真是微乎其微。抗战将士大多数出身于贫寒勤苦的家庭，家属均极谨愿忠厚，因而有的甚至不知道什么是优抗法令。优待抗战将士家属的工作，并未深入下层，其例实不胜枚举。至于被敌人占领的一些区域里面，抗战将士家属更有被敌惨杀者，更属令人痛摧心肝。这种情形的存在，无怪扩大军队工作会遭受许多困难，无怪民众抗战热情未能极度提高，无怪在抗战军队里面还会偶然发生私自逃亡现象。这种情形如果不加以补救，在抗战动员工作中实在是一个很大的损失。

立即切实执行优待抗战将士家属的法令，并把这个工作在民众中广泛地普遍地开展，实在是目前最迫切的工作之一。各个地方政府机关，应该把优待抗战将士家属作为一个施政的方针，使自己统辖地区里面的抗战将士家属，能够实际得到减租减息、免捐免税，以及各种精神上与物质上应有的优待，并且要及时解除他们生活上的困难。抗战将士家属一般的都缺乏劳动力，现在就可以帮助他们实行礼拜六的义务劳动，帮助他们进行秋收春耕。各级政府在检查工作时，要把它列为考查成绩之一，对于那些忽视优抗法令的行政人员，必须给以严厉的惩处。

在各个部队里面，也须就自己驻地进行忧抗工作，要把一切抗战将士的父母子女当作自己的父母子女，应该时常举行慰问、联欢，并给以一些必要的帮助。在部队本身方面，应该发动将士经常写信给自己的家属，随时报告抗战胜利的消息，以鼓舞他们的抗战情绪和减轻他们过份的关怀。部队中应该普遍的养成尊重抗战将士家属的风气，对于驻在地的抗战将士家属，绝对不应侮慢他们或损害他们的一草一木。一切改善军民关系、改善人民生活的工作，必需首先从抗战将士家属做起。

但最重要的还是要依靠群众的力量，要把优抗工作，形成一个群众的运动。一切民众团体要经常进行这个工作，首先要负责优待自己会员中的抗属。在抗属数量较多的地方，可以把他们组织起来，使他们自己起来监督优待法令的实施。社会上应当对抗战将士家属予以应有的尊敬，在学校、医院、合作社等一切公共机关公共场所都须规定优待抗属的办法。只有在群众中造成优待抗属的热潮，才能使政府的优抗法令澈底实行，而当这些法令澈底实行的时候，整个抗战动员工作也就一定能以新的姿态开展起来。

（原载一九三九年八月二十三日《新华日报》华北版第一版社论）

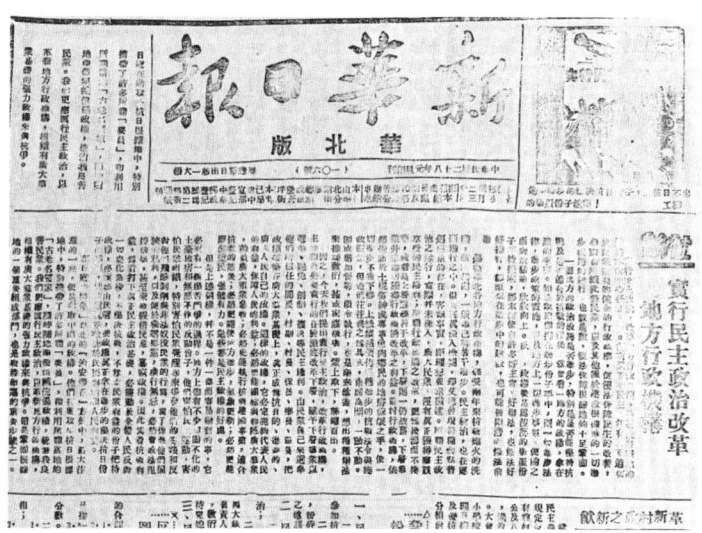

实行民主政治　改革地方行政机构

　　实行民主政治，改革地方行政机构，是建设□□□的最基本的□心任务□□。没有真正的民主，没有真正适切为民众需要的健全的行政机构，便没法保障民生的改善，□□□组织武装民众，以及其他关于建设根据地的一切进步设施的□行，也就是说，设法保障根据地的十足巩固。

　　一个地方的政治设施是否进步，特别是是否能坚持抗战及是否适合于抗战的需要，就要看一地方的政权，拿在谁的手里。如果政权掌握在进步份子手中，则一切进步法律、进步政策的实施，以及地方上一切进步事业，便随之而突飞猛进，欣欣向上。反之，政权要是为没落的坏蛋份子把持操纵，那末即便有许多好主意、好办法，也无法好好推行，即原来在进步中的建设，也可能被阻滞成无法前进。

□□华北各地方行政机构，经受两年来抗战炮火的洗礼，新陈代谢，一般□已有若干进步。民主政治，也在逐渐进行之中。但是认真深入检阅，却又能发现各种缺点普遍严重的存在，客观事实，距理想要求犹远。所谓民主政治之遂行，实际并未深入，广大民众，没有真正获得应该享受的民主权利；所谓行政机构之改革，更为换汤而不换药，或者是上层虽经若干改革，下层则一仍故旧，下层群众并未确切获得行政机构改革之利益。区村行政机构，依然损诸于土棍劣绅成专事鱼肉乡民的地痞流氓之手，使一切进步不能下乡。上级纵然颁布□种进步的抗战法令与施政纲领，但他们往往□之为具□，束诸高阁，一动不动。即或严加督导，限令执行，也是阳奉阴违，想出种种办法来推诿敷衍，甚或密谋破坏。蒙上欺下，弊端百出。

因之，今天我们提出实行民主政治，改革行政机构，主要和首先要实行的在于澈底改革下层，赋予下层群众以选举、罢免、创制、复决等民主权利。由民众自己来选举他们所信任的闾长、村副、村长、保长、乡长、区长，把政权建筑在广大群众基础上，真正成为抗日的、进步的、广大人民自己的政权。这样的政权，它必定能够代表人民的利益，保障人民的利益；必然更能团结与组织广大群众，动员广大群众参政；必然更能执行抗战建国事业，适合抗战的需要；必然更能使地方进步，气象更新；必然更能廉洁爱民，强健有力。这些都是民主政权的好处。

但是上述这样，并不是一件一□而容易办到的事，它必须有一个坚苦斗争的过程。地方上尽有不少顽固不化的土豪地痞和无恶不作的反动份子，他们害怕民众运动，害怕民众组织，特别害怕民众觉醒起来揭发他们的恶迹和反对他们残酷剥削与非法奴役民众的行为，为了保护他们偏狭的私利，以及便于独霸乡党，横行无忌，必然会设法阻挠破坏，甚至乘机假借民意，篡窃政权。因此为着抗战利益，为着打下真正民主政治基础，必需动员全体人民反对一切腐化落后，不坚决抗战，不尊重民众利益的份子把持政权；

必须经由民选，使政权真正拿在进步的坚决抗日份子的手里，□□能真正效忠于民族利益和人民利益。

在日寇"扫荡"华北的"治安肃正"方针中，最大注意的一点，便是夺取中国的政权。他们在进攻我抗日根据地中，特别携带了许多所谓"要员"，和利用所谓当地的"古老名望家"，随时随地准备组织傀儡政权，统治我良善民众。我们更应厉行民主政治，以革新地方行政机构，组织有广大群众基础的强力政权来与抗争。这是巩固根据地的一个重要组成部门，也是战胜敌寇的重要步骤之一。

（原载一九三九年八月二十五日《新华日报》华北版第一版社论）

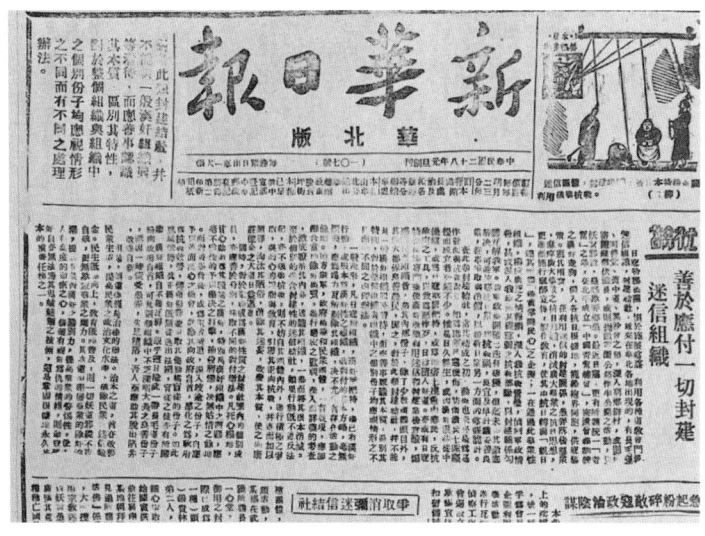

善于应付一切封建迷信组织

日寇特务机关，惯于施展阴谋，利用各种道教会门□□信组织，封建结社，近来在华北各地出现的，有长毛道、同善堂、黄中道、黑沙会之类，深入穷乡僻村，或则□密隐藏潜伏滋长，或则抛头露面公然作半公开之活动，以妖言邪说，蛊惑欺弄乡愚。最近日寇，更有所谓统一"青帮"之举，在北平成立"中国青帮总会"，密遣曾经训练之汉奸走狗，潜入各抗日根据地，笼络袍界同胞，供寇驱策。窥其用意，在利用迷信的封建关系，愚弄落后群众，麻痹广大群众之抗日意识，消灭广大群众之抗日思想，更进而施行麻醉宣传，奴化教育，使其由抗日转为"亲日"，达其所谓"确实掌握民心"之企图；一在通过此群众性组织，构成广泛之情报网，深入我抗战营垒，侦□军政情报，甚或浅入我政□基础薄弱之抗战部队，以封建关系勾诱瓦解我军。我军政机关虽已迭有破获，但迄未□其澈底解决，可能使蔓延日众，为抗战祸，良宜及早计议妥善良策，从事争取与消弥，以粉碎日寇另一方面的阴谋诡计。

查此类封建结社，当其结成之初，动机也未必是为寇作伥而与抗战对立，如为抵御日寇侵侮，防卫溃兵土匪骚扰而成立者亦颇不少。惟是日久弊生，或因汉奸混杂从中操纵，或为日寇欺□把持，或为地痞土棍鱼肉乡民，反抗政府之工具，以致为恶作歹，日益堕入奸道。亦或有日寇特务机关专门□使汉奸败类利用迷信和封建落后意识，煽惑乡民□组织会，然其内部份子，除了少数顽固头目外，其余大都系良善农民，因之，对于此类封建结社，并不能与一般汉奸组织同等看待，而应善事认识其本质，区别其特性，对于整个组织与组织中之个别份子均应视情形之不同而□不同之处理办法。

一般说来，凡日寇所组织，汉奸所把持，确已有汉奸行动，或根本为汉奸性之组织，我对付的基本方略，毫无疑义，应为竭力瓦解铲除其组织，决不允许有存在活动之余地。地方驻军，政府机关和民众团体，一有发现，应即配合当地除奸机关，进行严密之监视，深入而详尽的考查，澈底了解其内幕，透识其组织，一举而将其根本消灭。至于个别的仅含封建性的迷信结社，如果行动既不违反法纪，亦不破坏抗战，则不妨自其团体内外，进行积极之争取，与耐心的说服与教育，引导其走向抗战，并进而加以领导，淘汰其陋俗，消除其迷妄，改变其本质，使之向康庄健全之大道日益迈进。

同时，对于业经成为汉奸性质之封建社团内的个别成员，亦应善于分别，采取不同的对付办法。凡死心塌地，甘心助敌为其职业之汉奸，特别是汉奸组织中之头脑，应毫不犹豫的予以坚决之打击，捕杀膺惩，决无姑惜之余地。而对被□胁从，或为生活所迫，误入歧途之份子，自应予以革面洗心之机会，鼓励其向政府自首，感化之为政府为抗战效劳，转而影响并争取其他动摇盲从的份子。如此恩威兼施，真正汉奸既无从逃出法网，盲从之徒亦有所归趋，汉奸组织自不难瓦解。观乎连日榆武一带长毛道份子纷向政府自首，可见这类组织中不乏深明大义之良善份子，只因一时蒙受愚弄，失足堕落，吾人亟应助其脱出陷阱，改过自新。

但是，这还仅仅是治标的办法。治本之道，首在改善民众生活，提高民众之政治文化水准，破除民众的迷信观念。民生既经向上，教育既经普及，则一切妖道邪说不攻自破，更无欺蒙群众之魔力。其次还须开展群众的除奸□潮，提高群众对汉奸之识别力，提高群众的警惕性，使人人有高度的敌忾之心，个个有视奸为仇的情绪，则敌寇汉奸自亦无法施其鬼域魅魉之伎俩，这是巩固根据地永久基本的重要任务之一。

（原载一九三九年八月二十七日《新华日报》华北版第一版社论）

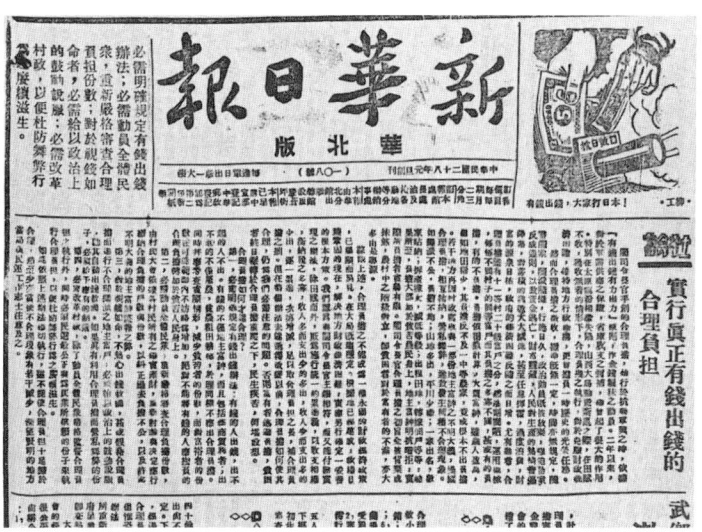

实行真正有钱出钱的合理负担

阎司令长官手创的合理负担,始行于抗战军兴之时,依据"有钱出钱有力出力"原则,作金钱粮秣之动员。二年以来,对于军需供应之保证,省库收支之弥补,确曾起了很大的作用。特别在太原临汾相继失陷,山西大局动荡紊乱之际,在田赋不收,税收无着的情形下,合理负担之执行,对于克服财政经济困难,维持地方行政机构,更会担负一时历史的光荣任务。

然而合理负担之征收,标准既无一定,时间亦无规定,随需随索,随派随摊,行施日久,政治动员既被放弃,强迫勒索反成通则,以致资金逃亡,财富隐藏,人民对生产的热情普遍降落,对蓄积的兴趣大大减低,甚至任意挥霍,过度浪费,财富的源泉日枯,政府的经济困难反随之而日增。尤有过者,合理负担虽有十一等村二十级富户之分,然法则简陋,运用机械,每每不同村子的同等富户而其负担之多寡不同,甚或有的负担,有的不负担。负担依田亩计算,大贾富绅,虽收入盈万,假如地田稀少,其负担反不及一中等农家,竟或根本不出负担。若干地方再因村政腐败与一部份地主富绅之不明大义,操纵合理负担,相互结纳,营私舞弊,遂致发生种种不合理现象。如摊派不公,负担不均;山地多出,平川少缴;一家出名,数家贴纳;拆产嫁女,减低等级;出租田地,转嫁佃户等等,结果所至,负担大部加于贫苦农民身上,地主富绅明抗暗拒,实际所负担者实属有限。阎司令长官合理负担之初旨全被背弃或抹煞,农村中之阶级对立,即贫困者对于富有者的不满,亦大多由是导源。

综观上述,合理负担之不能成为一种永固的财政经济政策,已属显而易见。在大局既趋稳定,根据地已经建成,政权日臻巩固的现在,解决地方财政经济困难,实应另行确定一妥善的根本方策。我们认为与阎司令长官主张相符,而又能付诸实现之办法,除田赋而外,厥为施行统一的累进税,以收支相权,衡纳税之多寡,收入多而支出少的多出,收入少而支出多的少出,逐一累进,次第增减,足以取合理负担之长,补合理负担之拙。但在整个办法未能□得改变以前,合理负担如何使其合理,仍为我们必需注意的问题。否则富有者逃避负担,贫困者终日辗转于合理负担重压之下,民生疾苦,何堪设想。

合理负担如何才能合理?

第一,必需明确规定有钱出钱办法:有钱的人出钱,出不起的人不出。有钱的不仅地主富绅,而且包括经商贸利者;出不起的不仅贫农,贫农租田耕地,于理同样不应出合理负担。同时并应考查实际情形,减少贫苦者的份数,而对富裕者的份数在可能范围内不妨略为增加,绝对不能将有钱的人应担负的合理负担转加于贫苦人民身上。

第二，必需动员全体民众，重新严格审查合理负担份数，由村民大会依据各村民所有之确实产财，重新讨论与决定应行缴纳合理负担的户数与份数，以纠正过去负担不公，以及许多不明大义的地主富绅谎报之弊。

第三，对于视钱如命，不热心出钱救国，甚或假借合理负担而进行不合理摊派之地主富户，必须给以政治上的鼓动说服，劝其自动出钱救国。如果真有利用合理负担而营私舞弊的份子，必须给予应有的制裁。

第四，必需改革村政，除了动员全体民众严格监督合理负担之执行外，同时必须民选最公正与为民众所信赖的份子来执行合理负担，以便杜防舞弊行为之□续滋生。

如能依照上述办法确切执行，虽不能使合理负担十足归于合理，然至少亦当使不合理现象有若干减少，深望贤明的地方当局与民运工作志士注意及之。

（原载一九三九年八月二十九日《新华日报》华北版第一版社论）

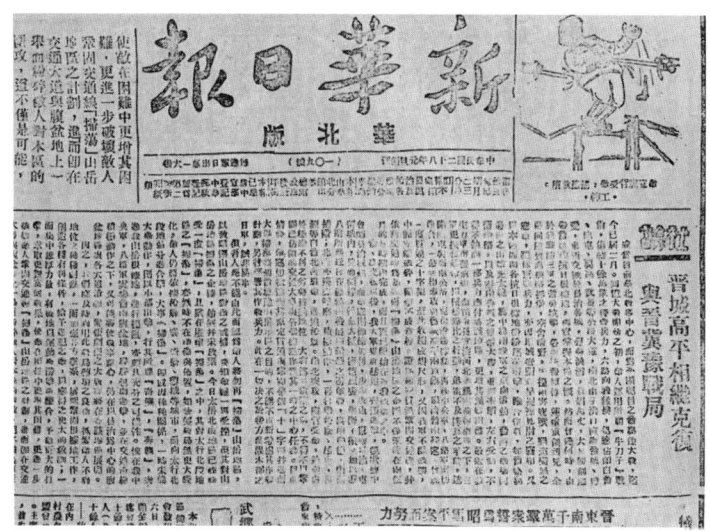

晋城高平相继克复与晋冀豫战局

　　成为目前华北战事中心，而为本国瞩目之晋冀豫大战，迄今已届二月。回忆大战开始之初，敌人运用所谓"牛刀子"战术，集结十余万众之优势兵力，六路向我猛扑，迅速占领白晋、临屯、翼高、武长等公路大道，南北由子洪口直趋晋城、博爱，东西交汇于长治各城，声势汹涌，气焰高丈，大□即刻□毁晋冀豫抗日根据地，确实掌握本区之慨。然而曾几何时，由于我驻防三军之奋勇抗击，各□捷报频传，连续重创顽凶，全区同胞到处破路拆堡，空舍清野，□扰□害寇兽。骄恣横暴之寇敌，虽拥巨数兵力，亦因地域辽阔□呈提襟见肘之窘相。又以本区周围各抗日根据地纷纷尾后□击，配合作战，如晋察冀边区之出击正太线，冀中冀南我军之东向活动，晋□之破坏同蒲铁路，以及泰南鲁西之连续大胜，东西牵制，左右受制，不得不抽调一部兵力应付各该地区，更增其无数困难。最近在我生力军增援前线，卫司令长官渡河北进亲临前线指挥之下，三军更振奋效命，以饶猛无比之行动，迅雷不及掩耳之手段，速断临屯翼高两公路，克复沿途据点，再经中央军、八路军密切配合，一鼓而相继攻克晋城高平两重镇，肃清晋南残寇，□□一度贯通之十字架，至此收缩成规尺形，又因我军不断破袭，中间支离破碎，□□不成为线。证明敌寇贯通巩固交通线，并依借交通□为基□而"扫荡"山岳地区之企图不仅未能在两个月的□时期内完成，而且实已开始在□我破坏之中。

晋、高光复以后，我大军乘胜猛追，齐头进击，凯歌声中会师长治城郊，而敌寇则节节失利，步步败退，窜□长治、屯留城内，凶势顿挫，锐气大灭，疲惫颓丧，□厥不振。加以我八路所部近日在路□□后展开猛烈之游击战，□□□□，□□摧毁；北□亦遥□呼应，积极动作，一再打击沁县、□□、沁源等白晋北□驻敌，进迫沁县。南北夹攻，腹背受敌，迫敌□极端不利之劣势被动地位，大有摇之欲坠之势，不得不以巩固已占领的交通大道与各个据点作为其一时之中心任务。目前情势，敌寇如欲达到其原定贯通与巩固□个"十"字路并进而大举"扫荡"整个晋冀豫山岳地区之目的，不能不重新考虑其作战计划，另行部署其作战兵力。此在一切决之于后方参谋本部之日军，诚非易事。

但吾人绝不能由此而认为敌人将勿再"扫荡"山岳地区，以致松懈山岳地区对敌之戒备，要知敌虽一再受挫，但其对山岳地区"扫荡"之企图，始终并未放弃。今日太岳北段地区已经经受一度"扫荡"，且犹在赓续"扫荡"之中，其对太行北段地区之"扫荡"，亦无时不在准备与布置，如统盘战局无更大变化，敌人仍将依据沁县、襄、辽县、黎城等城市，而向太行北段地区分进合击，大事"扫荡"。即或因种种关系，一时未能大举动作，则以小部出击，行其所谓"奇袭""奔袭"，突进我山岳根据地，进行扰乱，亦颇具充分之可能性。惟在我中央军、八路军云集晋南腹盆地，层层包围进击，并在交通沿线积极动作之下，又可能将使战事重心，仍在以长治为中心的腹盆地区与各大道沿线，紧张剧烈之大战亦将在各该地区展开。

因之，我们应及时利用此战局转环之良机，抓紧敌人不利地位之种种弱点，一面加强各方联系，展开巩固根据地工作，创造各种有利条件，给予进犯之敌，以应得之更大的教训；一面集中雄厚力量，有机地以运动战游击战配合，予敌更大的打击，求取更丰富的战果，使敌在困难中更增其困难，更进一步破坏敌人巩固交通线、"扫荡"山岳地区之计划，进而即在交通大道与腹盆地上一举而粉碎敌人对本区的围攻，这不仅是可能，而且应该这样做的。

（原载一九三九年九月一日《新华日报》华北版第一版社论）

纪念国际青年节

　　国际青年节，是反对帝国主义大战，反对法西斯蒂侵略战争，和为争取青年本身利益而奋斗的纪念节。

　　在这个节日，全世界的先进青年都将举起革命的旗帜，向帝国主义法西斯蒂侵略者作严厉的抗议，抗议这些强盗对于青年一代的各种暴行，反对这些强盗蹂躏青年利益，麻醉青年思想，把广大青年赶上战场去做强盗战争的炮灰。

　　在这个节日，全世界的先进青年，都将团结在反帝反法西斯反战运动的周围，并从实际的行动中检阅自己的队伍，他们不是空谈而是用实际行动来反对帝国主义法西斯蒂侵略战争。他们准备着"以革命战争反对侵略战争"。

　　在第一次帝国主义大战的时候，欧洲各国的先进青年就在这个节日表示了自己的意志,以革命的反战示威打击了帝国主义强盗。从那个时候起,在二十多年来的□斗中,团结了千百万青年的伟大力量,使得帝国主义反动派与法西斯蒂侵略者也懂得"没有青年就不能进行战争",因此加紧麻醉青年与奴役青年,在青年中广泛进行军国主义与民族侵略主义的"教育"。

革命的青年运动之发展,一方面使广大青年奋起参加反对帝国主义法西强盗的斗争,一方面也使得青年本身遭遇着许多新的苦难的锻炼,我们中国青年就正在这样的环境中奋斗着。

也像全世界各国的先进青年一样,我们中国的青年现在站在革命战争的前线上,我们的抗战是全靠青年支持过来而且要继续支持下去的,正是因为各地青年继续不断地来参加这个神圣的抗战,所以我们才能给予日寇以坚决而严厉的反抗。

也像全世界各国的侵略强盗害怕革命青年一样,敌寇现在最害怕的是我国青年的反抗,因此敌寇用了残酷卑鄙的办法来对付我国青年,大批屠杀与监禁我们的青年战士,奸淫侮辱我们的青年妇女,用毒化政策来破坏我们青年的健康,用奴隶教育来麻醉我们青年的思想。成千成万的青年被绑架到日本和东北去受训,利用新民会等逆贼组织所谓新民少年团少女团,强迫大批青年受训,企图用这些方法来把我国青年"训练"成驯服的奴隶,企图驱使这些"驯服的奴隶"来进行侵略我国的战争,以达到其所谓"以战养战",而实际上是"以中国人进攻中国","以中国青年屠杀中国青年"的目的。

日本法西斯蒂强盗在世界上是最凶残卑劣的,对付我国青年的办法也最阴险毒辣,因此,我国青年所遭遇的苦难也比任何国家的青年为多;因此,我国青年就在这举世未有的苦难中显示了自己无限的英勇;因此,我国青年的英勇善战能够博得国际广大青年的赞许与同情。我们坚信,由于我国青年这样的苦斗,在今年的国际青年节,一定可以动员国际上更多的青年与更大的力量来帮助我国青年去战胜日本盗强。

在华北，我国青年要回答国际青年的帮助与迎击敌人的进攻，应该坚持华北抗战，反对投降妥协，粉碎敌人"扫荡"，用一切力量争取各个战线上打胜仗，全世界的先进青年都在盼望中国青年的捷报，这是国际青年反帝反法西斯反战事业中最光辉的部份。

（原载一九三九年九月三日《新华日报》华北版第一版社论）

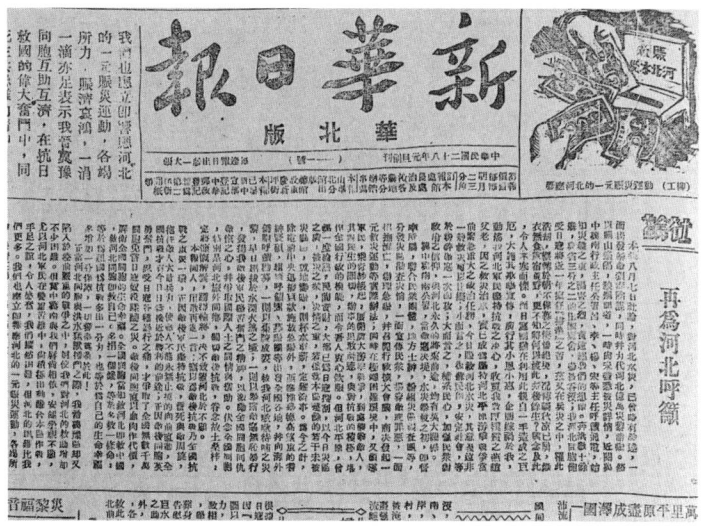

再为河北呼吁

本报八月七日社论，对河北水灾，已曾略有论述，一面揭发暴敌狠毒阴谋，同时并力代河北亿万灾黎请赈。然以关山遥隔，狼烟阻道，一时尚未尽悉被灾详情，近阅冀中冀南行政主任公署吕、李、杨、宋等主任呼吁通电，始知灾难之重、祸害之烈，实远超我们的想像。奔洪数十余县，冀省三分之二的田园庐舍，尽被吞没；我河北同胞饱受日寇将近一年疯狂"扫荡"之苦，兹又在兵灾之中，罹此浩劫，辗转于朝不保暮之□惨绝境，况转瞬秋凉已届，无衣无食露宿荒野，更不知将何以渡此劫后余生，与念及此，令人不寒而栗。而日寇□犹在利用此亲自一手造成之巨厄，大施其欺骗宣传，广行其小恩小惠，企图嫁祸于我，动摇我河北军民坚持抗战之决心，收买我敦厚朴质之燕赵父老，因之救灾治水，实已成为坚持河北平原游击战争当前紧急重大之政治任务。今日赈救河北水灾，其意义远非一般救灾可以比拟，小而言之，复苏民困，安定社会，等于粉碎敌寇一次围攻；大而言之，维系民心，加强民众对政府之信仰，与河北永久的将来前途，均有莫大关系。

冀中冀南两公署，当敌寇决堤、水灾暴发之初，即督率所属，联合民众团体，地方士绅，纷组灾区观查团等，分发灾区勘查灾情，一面宣传民众，揭穿敌寇罪恶；一面招抚流亡，办理急赈，并召开行政扩大会议，商决发起一元救灾运动等实际办法。同时在极端困难环境中，又领导军民，乘青纱帐起，展开广大游击战争，到处袭击敌人。其对民生的关切，办事的果敢神速，与对抗战的积极，堪作全国行政的模范，而令吾人衷心钦服。但河北平原，曾经一度沦陷，民间资财，大都已为日寇搜刮，以今日灾区之广，被灾之众，灾情之重，若仅就本区残余的若干未被灾县区，就地筹赈，则杯水车薪，定难济事。为今之计，除电请中央迅拨钜款施放急赈外，亟应推举德高望重的耆绅贤硕，组织呼吁团、募赈团等出发全国各地，并向海外侨胞呼吁劝募。一则以集腋成裘，救我河北嗷嗷待哺之灾黎，早日超拔于水深火热之境；一则以暴露敌寇无耻暴行，发扬我敌后军民坚苦奋斗之精神，以激励全国同胞同仇敌忾之心，并争取国际人士之同情与援助。伏念全国同胞，特别是河北旅外同乡，关切敌后抗战，眷念故土桑梓，定将慷慨解囊，踊跃输将，决不致置河北于不顾。

本报同人，用敢再进一言：窃以为敌后抗战乃全国抗战之重要一环，正因敌后军民坚持抗战，誓死与敌周旋，拖住敌人大量兵力，使敌人不能永无止境的向前直进，全国抗战才有今日日益接近于胜利的前途；正因敌后同胞英勇奋斗，忍受日寇各种暴行之痛，才争取了全国无数千万同胞免尝日寇奴役蹂躏之灾。敌后同胞直以血肉作代价，屏卫全国同胞的生命幸福。全国同胞当知救河北即救中国，救河北同胞即救自己。多捐一个钱，等于多救一条命，等于为祖国为抗战多出一分力，也等于为自己的生命幸福多增加一分保障，一切善举莫过于此！

正当河北同胞与洪水猛兽搏斗之际，我晋冀豫区却又陷入于空前严重的战争之中，遭使我们对河北的救助增加不少困难。但冀中冀南与我们唇齿相依，安能坐视不顾，尤以河北军民在双重苦难中，尚积极出动配合本区作战，手足之谊，令人感奋。我们纵然困难，但河北的困难比我们更多。我们也应立即响应河北的一元赈灾运动，各竭所力，赈济哀鸿，一涓一滴亦足表示我晋冀豫同胞互助互济，在抗日救国的伟大奋斗中，同死生共患难的精神。

（原载一九三九年九月五日《新华日报》华北版第一版社论）

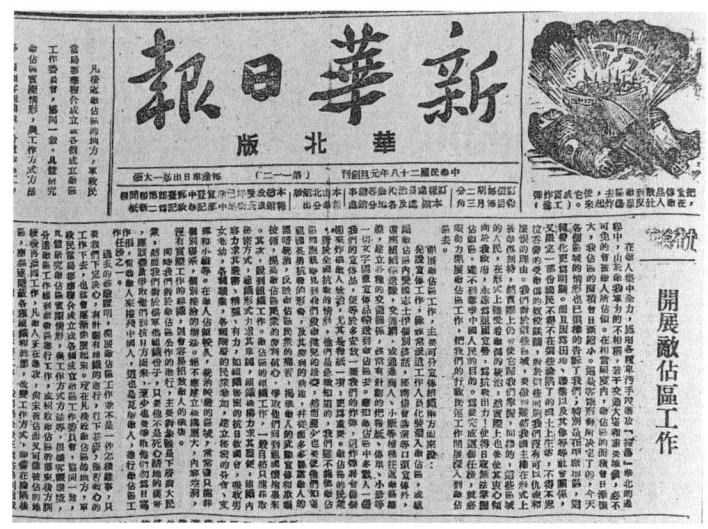

开展敌占区工作

在敌人集中全力，施用各种卑污手段进攻"扫荡"华北的过程中，由于敌我军力的不相称，若干交通大道和重要城镇，必不可免的会被敌人所占领。在相当限度内，敌占区的面积会日渐扩大，我占区的面积会日渐缩小。这是客观形势所决定了的，今天各个区域的情形也已这样的告诉了我们；特别是在平原地区，这种变化更为明显。而且因为田地、职业以及其他等等社会关系，又限定一部份国民不得不在这些沦陷了的国土上生活，不得不忍泣吞声的受敌伪的奴役蹂躏，对于这些同胞我们没有可以仇视和怀恨的理由。我们对于这些区域，要做到虽然我国主权在形式上被敌伪劫持，然实际上仍要使它归我们掌握。同样的，这些区域的人民，在形式上虽受着敌伪的统治，然实际上也要使其衷心倾向于我政府，永远为祖国宣劳，为抗战出力！使得日寇无法掌握占领区，达不到夺争中国人民的目的。为要完成这个任务，就必须努力开展敌占区工作，把我们的行政民运工作开展深入到敌占区去。

开展敌占区工作，主要可分宣传组织两方面来说：

先说宣传工作，除经常派遣工作人员化装潜入敌占区，或组织敌占区内爱国志士作个别谈话，秘密集会讲演等口头宣传外，还应组织输送队、交通网，或通过商人、小贩等种种往返敌区路线，建立各种的交通关系。经常有计划的把报纸、传单、小册等一切文字图画宣传品输送到敌占区去。应知敌占区中多散入一张我们的宣传品，便等于多安放一颗我们的炸弹，这炸弹将会爆裂开来炸破敌人统治，尤其是报纸一项，更为重要。敌占区的民众，对于全国抗战的情形，他们是急欲知道的。我们虽不能使敌占区同胞亲眼见到我们杀敌健儿的雄姿，然而至少也要使他们知道祖国英勇抗战的形势，及其胜利的前途，并从而多多暴露敌人的黑暗统治，反映敌占区民众的痛苦，揭破敌人的武断宣传和欺骗技俩，提高敌占区民众的胜利信心，争取他们回到祖国怀抱里来。其次，说到组织工作。敌占区的组织工作，一般自然只能采取秘密方式，组织形式力求其单纯，组织机构力求其灵便，组织内容力求其严密、精强、有力，如组织秘密的抗日救国会，吸收男女老幼、各种职业、各种阶层的民众参加，建立秘密的分会、支部和小组等。在敌人占领较久、统治较严的区域，常常还只能采个别联系、个别接洽的办法。绝不应建立机构庞大、内容空洞、没有实际工作的组织，这会容易招致敌人的破坏。

同时我们对于敌占区公作的进行，主要对象虽是下层广大民众，然而我们对于伪军伪组织份子，只要他不是死心塌地的汉奸，应该尽量争取他们到抗日方面来，至少也要争取他们勿为日寇作伥，帮助敌人来摧残中国人，这也是瓦解敌人，进行敌占区工作任务之一。

过去的经验证明，开展敌占区工作并不是一件怎样难事，只要我们下定决心，有计划有组织的进行，打下基础，坚苦耐心的工作下去，也就会逐渐开展起来。现在凡接近敌占区的地方，军政民当局都应联合成立或各个成立敌区工作委员会，协同一致，具体研究敌占区实际情形与工作方式方法等，根据客观环境，分遣敌区工作组到敌战区进行工作，或招收敌占区干部来后方训练后再派回工作。凡敌人正在进攻，尚未被占而又可能被占的地区，应赶速隐蔽各种组织和干部，改变工作方式，准备在沦陷后能保持原有组织，进行地下层工作。我们坚决要在敌占区创造我们的工作，以备迎接配合我军将来战役的战略的反攻，加速敌人的崩溃！

（原载一九三九年九月七日《新华日报》华北版第一版社论）

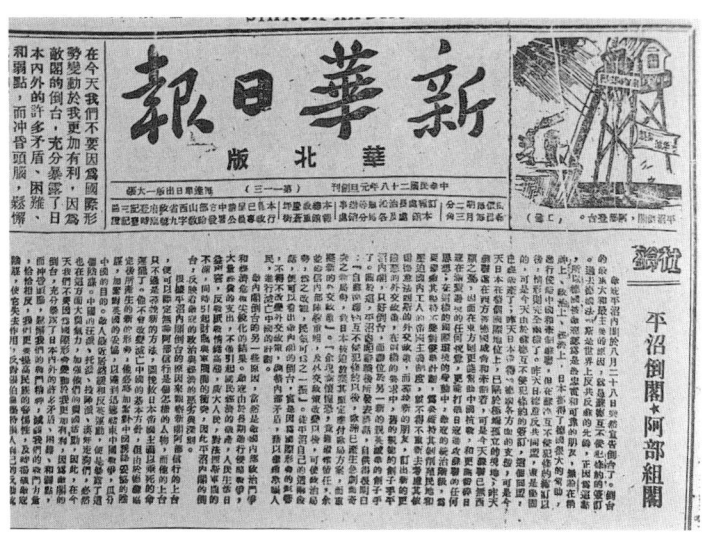

平沼倒阁 阿部组阁

敌寇平沼内阁于八月二十八日突然宣告倒台了。倒台的最重大和最主要的原因,就是《苏德互不侵犯条约》的签订。过去德国法西斯是世界上反共反苏的先锋,正因为这点,所以德国被敌寇认为是最忠实和可靠的朋友,无论在精神上、政治上、经济上,日本都得了德国很大的帮助,进行侵略中国和牵制苏联,但在《苏德互不侵犯条约》缔订以后,情形则完全两样了。昨天日德意反共同盟,还是坚固的,可是今天由于《苏德互不侵犯条约》的签订,这个同盟,已经破产了;昨天日本还得到德国各方面的支援,可是今天日本在整个国际地位上,已陷于极端孤立的境地;昨天苏联还在西方被德国威胁和牵制着,可是今天苏联已无西顾之忧，因而在东方则更能帮助中国抗战，和更能粉碎日寇在满蒙边境的任何挑衅，更能打破日寇进攻苏联的任何思想；在这样的国际环境的变动中，敌寇的统治阶级，为要继续其坚持不变对侵华计划，为要维持其剥削殖民地和压迫国内工人的帝国主义制度，就不得不重新去考虑其依附德意法西斯的外交政策，而寻找新的朋友，订出新的更险恶的外交政策。在这样的要求中，旧的亲德的刽子手平沼内阁，只好倒台，而让位于另一新的亲英灭华的刽子手了。关于这，平沼内阁辞职后所发表讲话，自供得很明白："自苏德缔结互不侵犯条约以后，欧洲已产生急剧而奇突之新局势。致日本被迫放弃其原定应付欧局方案，而重拟新的外交政策。""余现满怀惶恐，竟难继续留任，余并确信内部阵线重组，及外交政策改变以后，可使政治局势，为之改观，民气可为之一振。"从平沼自己的这两段话，便可以看出敌内阁的倒台，实是因为国际形势的影响，不得不改变外交政策，调整内部矛盾，借以继续欺骗人民，进行灭亡中国的计划。

敌内阁倒台的另一些原因，当然是敌国内部政治斗争和经济危机尖锐化的结果。敌寇由于长期进行侵略战争，大量经费的支出，不仅引起国民经济的破产，人民生活日益穷窘，反战厌战情绪高涨，广大人民，对法西斯军阀的不满，同时引起财阀与军阀间的冲突。因此，平沼内阁的倒台，反映着敌寇的政治与经济的恶劣与深刻。

根据平沼内阁倒台的原因来观察新阁阿部信行的上台，便可以断定无论阿部信行是个怎样的人物，而他的上台只不过是寻找新的方法，图挽救日本帝国主义以垂死的命运罢了。他不会改变灭亡中国的基本方针，但由于德苏协定后所产生的新的形式，他必将加紧对中国诱降妥协的阴谋，加紧对英国的妥协，以达到迅速结束中国战争，瓜分中国的目的。敌人最近居然缓和反英运动，便是暴露了这个阴谋。中国的汪派、托派、投降派、汉奸走狗们，必然也在这方面大费气力，加强他们的卖国活动，因此，在今天我们不要因为国际形势变动于我更加有利，因为敌阁的倒台，充分暴露了日本内外的许多矛盾、困难和弱点，而冲昏头脑，松懈我们的战斗精神，减弱我们的战斗力量。恰恰相反，我们更要提高民族的警惕性，及时揭破敌寇阴谋，使它失去作用，反对张伯伦坚持损人利己的反动政策，加紧打击汪派、托派、投降派、汉奸走狗，更益扩大并巩固抗日民族统一战线，反对投降妥协，坚持抗战到底，争取最后胜利的迅速到来。

（原载一九三九年九月九日《新华日报》华北版第一版社论）

争取伪军反正和反对敌寇捕捉壮丁

在这次敌人"扫荡"华北的战争中，我们发现一个很大的特点，就是敌营中伪军的数量大大地增加了。和过去不同，过去的伪军大多是由满洲抽调来的东北同胞，而现在的伪军却很有不少是中国内地的勤苦青年；而且常常□是华北当地年壮力强的农家子弟。以河北同胞打山西，以山西同胞打河北，东西对调相互对打。敌人不仅在其占领区域疯狂□以十户抽一办法，强征壮丁，编组伪军，即在进攻中，凡其蹄爪所到之处，也似饿狼般的捕捉青年，经过短期训练后，便以机关枪押送上前线来当炮灰。以中国人残杀中国人，拟中国进攻中国，这是敌人所谓"以战养战"军事计划中很重大的一个组成部份，也是"以华制华"政治阴谋的要目之一。从这里我们可以看出敌寇兵员不足,人丁短少的困难,不得不以中国青年作为其补充对象;但因之也就需要引起我们更大的警惕和注意,就是敌人是在以如何毒辣的方法弥补和克服其严重的弱点和深刻的危机。要是我们不把敌人这一手予以澈底的击破,将怎样便宜了敌人和损害了我们自己。

无论如何,利用伪军进攻中国,在敌人也是一件非常危险的事。日寇侵略中国,其侵略行为本身已经引起我全民族一致的镂骨痛恨,民族血仇自然存在而无法泯灭,朴质的中国乡民在威胁诱骗之下,可能有一个短时期被敌利用,但绝不能保证永远受他愚弄而不自觉,不以敌寇武装来反抗敌寇。最近伪军兄弟的纷纷反正,便证明冰河已经在开始融解,伪军内部的民族意识正在燃炽和增长。而下列五个条件,又给予我们争取伪军以不少便利,即:(一)伪军内部生活的日趋恶化和日寇对伪军压束的加甚。如果说在过去敌人因为要利用他们作战,还愿意把伪军当作一支队伍看待的话,那么在现在敌人除了把他们当作祭品以外,已经再也没法照顾他们人的生活了。伪军往往连一套军服都没有,穿的尽是白衣,这一则是有别于"皇军",一则是在预防他们逃跑时容易找到目标射击;(二)新编的伪军急待应用,已经没有这样多的时间来训练,因之受奴化较浅,容易动摇;(三)进攻中敌我接触频繁,伪军更免不了要和我具有坚强民族正义的国军和民众时相接触。真是万事具备,只差东风,问题便决于我们对争取伪军的努力。

这一工作,我们过去曾经有过论述,兹愿再略陈四点:一是各抗战部队应组织争取敌伪工作小组,印制大量宣传品,于行军作战中书写标语,散发传单,并作火线喊话,以动摇争取伪军;二是动员民众,尤其是老人和小孩组织敌伪工作网,于敌人进攻猛烈,我军被迫退走时,有计划的留在被占领的村镇,和伪军频频接交,作个别谈话等宣传鼓动;三是网罗选拔精明干练的青年,给以短期训练,乘机打入敌军内部,进行兵运工作;

四是严格执行优待俘虏办法,使其深切感受到回归祖国怀抱后精神物质的愉快,以影响其他伪军。

与此积极的争取伪军工作相配合,为遏制敌寇捉夫拉丁扩补伪军,我们更应立即在全华北各地掀起一个反对敌人强征壮丁的热烈的群众运动,提高青年的民族觉悟的自尊心,拒绝为敌人当炮灰,拒绝拿枪打自己人,即万一被捉,编入伪军也誓死利用一切机会为祖国效劳,从伪军内部进行破坏,直至发动武装起义。

在抗战转入新阶段时,敌人的困难是百倍地增加了,伪军的揭竿反正将会成为一个潮流,我们要加倍努力争取他们,与时时准备高举义旗的伪军兄弟紧紧手握。

(原载一九三九年九月十一日《新华日报》华北版第一版社论)

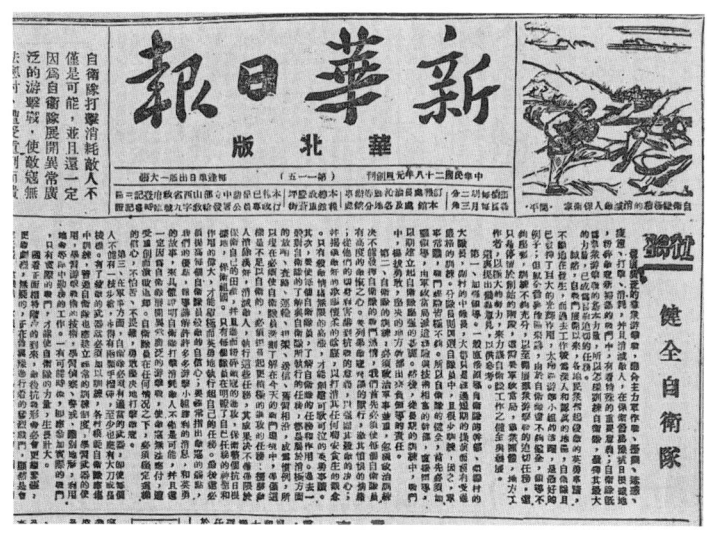

健全自卫队

发展广泛的群众游击战，配合主力军作战，扰袭、迷惑、疲惫、打击、消耗，并且消灭敌人，在保卫晋冀豫抗日根据地，粉碎敌寇新"扫荡"的战斗中，有着特殊的重要意义。自卫队既为群众游击战的基本力量，所以怎样训练自卫队，发挥其最大的力量，已成为目前迫切的任务。

诚然，自战斗展开以来，各地民众奋起杀敌的英勇事迹，不断地在发生，而过去工作较为深入和认真的地区，自卫队且已发挥了巨大的光辉作用，太南区游击小组的活跃，是最好的例子。但就全晋冀豫区来讲，由于自卫队还不够健全，领导不够坚强，训练不够充分，以至开展群众游击战的迫切任务，还只是停留于创始的阶段，还需要军政当局，群众团体，地方工作者，以极大的努力，来力谋自卫队工作之健全与发展。

这里提出几点意见，以供参考。

第一，加强领导。一般直接领导自卫队的干部，如编村的大队长，副村的中队长，大都只是经过短期的操演而没有受过严格的训练。分队长则因选自队员中，且很少训练，因之，军事常识、战斗经验皆极不够。所以自卫队的健全，首先必须加强领导，由军政当局派遣经验与技术相当的干部，直接领导，以期建立起自卫队坚强的基础。然后，从长期的训练中、战斗中，提拔勇敢、坚决的地方干部出来负领导的责任。

第二，自卫队的训练，必须政治军事并重，忽视政治训练决不能发挥自卫队的战斗热情，我们首先必须使每个自卫队员有高度的敌忾之心，要列举敌寇残暴的兽行，激其愤恨的情绪；从他们的切身利害讲到抗战的意义，以强固其杀敌的决心；并揭破敌奸的欺骗怀柔的阴谋，以打消其任何苟安贪生的观念。只有杀敌情绪无限的高涨，才能创建可歌可泣的英勇事迹。其次，要使每个自卫队员，了解自卫队的任务和作用。过去一般对自卫队的了解与自卫队所执行的任务，都是属于消极方面的放哨、查路、运输、担架、送信，旧习相沿，成为惯例，所以现在必须使自卫队员深刻了解在今天的战斗环境中，仅仅这样是不足以自卫的，必须担负起更积极的进攻的任务：扰袭敌人消除汉奸，消灭敌人。执行这些任务，其成果决不仅仅限于保卫自己的田产，并且进而粉碎敌寇的进攻，保卫整个抗日根据地，保卫祖国。只有每个队员在明了了自己任务的神圣和作用的伟大，才能积极而英勇地执行起自己的任务。最后还必须提高每个自卫队员杀敌的自信心；要经常指出敌寇的弱点、我们的优点，报导讲解许许多多游击小组胜利的消息，和英勇的故事，来具体证明自卫队打击消耗敌人不仅是可能，并且还一定因为自卫队展开异常广泛的游击战，使敌寇无法应付，遭受重创而溃败退却。自卫队员在任何情况之下，必须坚定这样的信心，不怕苦、不畏难，勇敢坚决地打击敌寇。

第三，在军事方面，自卫队必须有适当的武器，即使每个人不能有一支步枪，也得有两颗手榴弹，至少也应有大刀或长梭标。有了杀敌的武器就必须加以训练，各村模范自卫队应集中训练，普通自卫队也应建立经常的训练制度：学习武器的使用，学习游击战术的技术，学习侦察、警戒、识别地形、利用地势等阵中勤务的工作。一有可能时机，即应参加实际的战斗，只有实际的战斗，才能使自卫队的力量，生长壮大。

随着正面相持阶段的到来，敌后抗战形势必会更趋紧张，更趋剧烈。无疑的，正在晋冀豫进行着的猛烈战斗，显然是会愈延长，愈残酷、愈艰苦，只有速迅健全自卫队的组织，展开更广泛的坚强的游击战争，发挥自卫队的巨大力量，才能更快的粉碎敌寇的"扫荡"，保卫晋冀豫抗日根据地。

（原载一九三九年九月十三日《新华日报》华北版第一版社论）

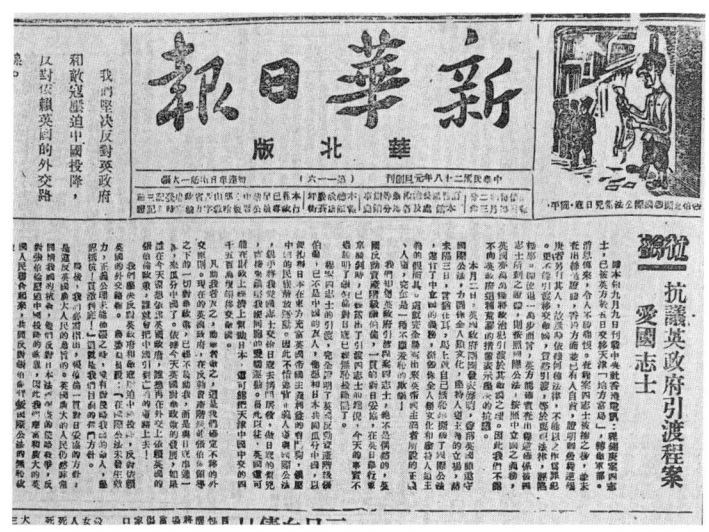

抗议英政府引渡程案爱国志士

据本报九月九日刊载中央社香港电讯：程锡庚案四志士，已被英方于五日交移天津"地方当局"，转敌军部。消息传来，令人不胜痛恨。查程案四志士被捕之后，并未查出丝毫证据，香港方面并已有人自首，证明刺杀程逆锡庚者另有其人，故无论依据何种法律，不能以之作为罪犯，更不能引渡移交敌国，贸然引渡，等于蔑视法律，诬陷无辜。即使退一万步而言，英方能确实查出程逆确系被四志士所刺之证据，则按照国际公法，按照中立国之义务，英国亦万万无将政治犯引渡于其敌国之理。因此我们不能不向英政府这种荒谬的措置表示坚决的抗议。

本月二日，英国政府刚刚发表声明，声称英国愿遵守国际公法，力图保全人类文化，坚持人道主义的立场。然未隔三日，言犹任耳，马上就自己无耻地撕破了国际公法，违背了中立国的义务，撕毁保全人类文化和坚持人道主义的假面具。这就完全暴露出来英帝国主义者所说的正义、人道，完全是一种不顾羞耻的欺骗！

我们知道英政府引渡程案四志士，绝不是偶然的，英国反动资产阶级张伯伦，一贯的对日妥协，在英日举行东京谈判时，已经露出了引渡四志士的端倪，今天的事实不过证明了张伯伦对日寇已经无耻投降罢了。

程宏四志士的引渡，完全证明了英国反动资产阶级张伯伦，已不是中国的友人，他想和日本共同瓜分中国，以便换得日本在东方充当英国帝国主义利益的看门狗，镇压中国的民族解放运动。因此不惜违背正义人道与国际公法，亲手将我爱国志士交给日寇去拷问屠杀，做日寇的帮凶，直接来镇压我国同胞的爱国运动。长此以往，英国还可能在财政上经济上帮助日本，还可能把天津中国中交的四千五百万现银移交敌国。

凡助我者友之，助敌者敌之，这是我们确定不移的外交原则。现在的英国政府，在反动资产阶级的张伯伦领导之下的一切对华政策，已经不是助我，而是与日寇串通一气，来瓜分中国了。依据今天英国对华政策的发展，如果谁在今天还想依靠英国政府，谁想再在外交上依赖英国的张伯伦政策，谁就会把中国引到亡国的道路上去！

我们坚决反对英政府和敌寇压迫中国投降，反对依赖英国的外交路线。蒋委员长说："在国际公法未发生效力，正义公理未能伸张之时，唯有对侵略我国的敌人，坚忍抵抗！贯澈到底！"这就是我们目前的奋斗方针。

最后，我们必需指出，张伯伦一贯对日妥协的方针，是违反英国广大人民的意旨的。英国广大的人民仍然非常同情我国的抗战，他们反对日本法西强盗的侵略战争，反对张伯伦压迫中国投降的阴谋，因此我们应当和广大的英国人民联合起来，共同反对张伯伦背叛国际公法的无耻政策！

（原载一九三九年九月十五日《新华日报》华北版第一版社论）

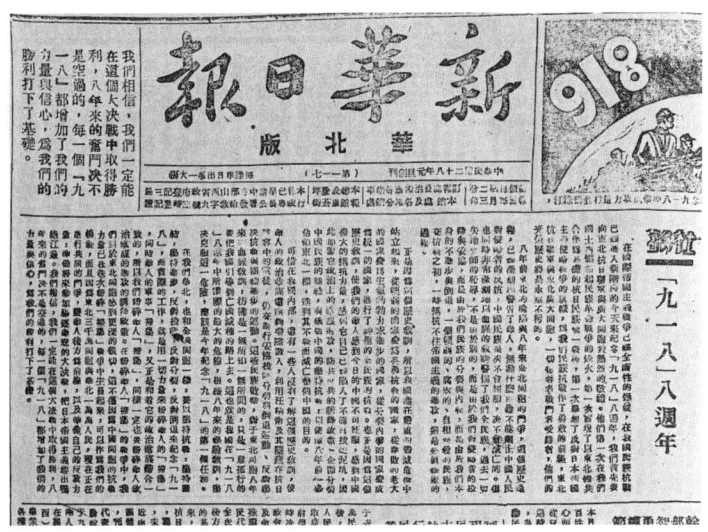

"九一八"八周年

在国际帝国主义战争已经全面性的爆发,在我国民族抗战已经进入新阶段的今天来纪念"九一八"八周年,我们首先要向东北抗日联军与广大同胞致热烈的敬礼。他们第一次在我们国土内燃点起民族革命战争的烽火,第一次实现了以东北国共合作为基础的抗日民族统一战线,第一次举起了反对日本帝国主义侵略战争的旗帜,为我们民族抗战作了勇敢的前驱。东北抗日联军与东北广大同胞,一切牺牲者战斗者受难者,他们的光荣历史将是永垂不朽的。

八年前东北的沦陷与八年来东北同胞的斗争,这个历史过程,已经深刻的警告了敌人,无论什么困难不能阻止中国人民对侵略者的反抗,中国民族是决不会屈服,决不会灭亡的。但也同时非常深刻地以血腥的教训警惕了我们全民族,过去一如失地□师的耻辱,不是由于别的,而是由于我们对侵略者的投降与妥协,而是由于我们民族的分裂与内战,而是由于我们本身的不进步与倒退。一个软弱的、腐败的、自相残杀的民族,在抗战之初,一时抵抗不住帝国主义的进攻,这是必须经过的过程。

正是因为这个历史教训,所以我国能在严重的毁灭危机中站立起来,从软弱的国家变为英勇抗战的国家,从腐败的老大的国家变为生气勃勃力求进步的国家,从分裂内争的国家变成为统一的国家,进行了神圣的全民族的抗战。也正是因为这个历史教训,使我们的敌人感到今日的中国不可征服,感到中国伟大的抵抗力量,感到它自己已经陷入了不能自拔的泥坑。因此加紧它政治上的阴谋进攻,防共反共的诱降政策,企图分裂中国民族的团结,与破坏中国的坚持抗战,以便像八年前一举占领东北一样,达到其不战而灭亡整个中国的目的。

可惜在我国内部,还有一些人没有了解这个历史教训,使敌人的政治阴谋还能够乘隙潜入,利用汪精卫及其隐藏在抗日阵容中的党徒,仍在进行妥协投降分裂与倒退运动,反对坚决抗战与团结进步的运动。这些民族败类,对于东北同胞八年来的血腥教训,仿佛是一无所知一无所闻的,只是一意孤行的要把我国引导到亡国灭种的路上去,这也就是我国在"九一八"八周年中所遭际的最大的危险。根据八年来的经验教训,坚决克服这一危险,应该是今年纪念"九一八"的第一个任务。

在我们华北,也和全国同胞一样,要以坚持抗战,坚持团结,坚持进步,反对投降,反对分裂,反对倒退来纪念"九一八",而实际的工作,就是用一切力量来粉碎敌人的"扫荡",同时敌人的军事"扫荡",又正是和着它的政治阴谋配合一致的,所以我们粉碎敌人"扫荡",同样一定也要粉碎敌人政治阴谋的进攻的诱降政策。在粉碎敌人"扫荡"的战争中,我们对于东北同胞感到更深的亲切,这不仅因为中国同胞的抗战力量已在迭次粉碎"扫荡"战争中生长起来,可以作为我们的模范,而且因为东北三千万同胞与华北一万万人民,现在正在进行共同的斗争,变敌人后方为前线,以及准备自己的反攻力量,准备将来参加驱逐敌寇的大决战,把日本帝国主义赶出鸭绿江边。我们相信,我们一定能在这个大决战中取得胜利,八年来的奋斗决不是空过的,每一个"九一八"都增加了我们的力量与信心,为我们的胜利打下了基础。

(原载一九三九年九月十七日《新华日报》华北版第一版社论)

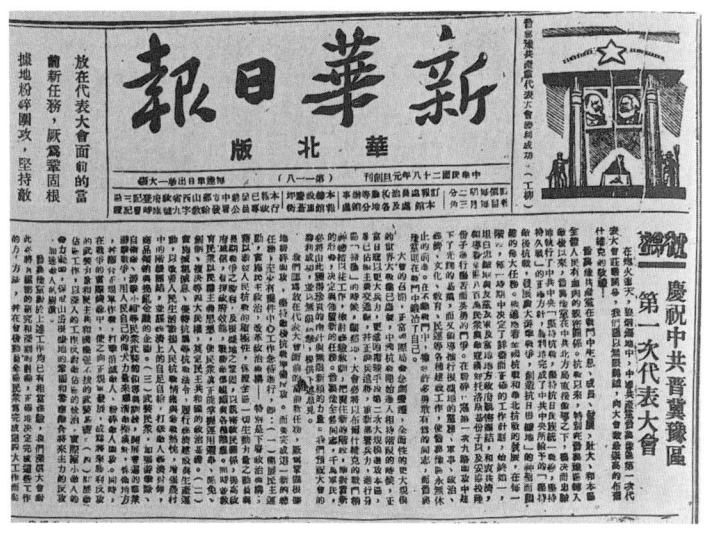

庆祝中共晋冀豫区第一次代表大会

在炮火连天、狼烟遍地中，中国共产党晋冀豫区第一次代表大会庄严开幕，我们谨以无限热诚，向大会致最崇高的布尔什维克的敬礼！

晋冀豫共产党在战斗中生息、成长、发展、壮大，和本区全体人民有血肉的亲密关系。抗战以来，特别在晋冀豫区转入敌后以来，晋冀豫党在中共北方局直接领导之下，坚决而忠诚地执行了中共中央"坚持抗战，坚持抗日民族统一战线，坚持持久战"的正确方针，胜利地完成了中共中央所给予的"坚持敌后抗战，发展广大游击战争，创造抗日根据地"的神圣而艰难的伟大任务。他适应着全国抗战和华北抗战的发展，在每一阶段、每一时期中决定了详尽而正确的工作计划，始终如一，坦白忠诚地与友党友军及当地地方政府亲密团结，和衷共济，领导着全区八百万民众与敌寇汉奸托洛斯基份子以及妥协投降份子进行坚苦而英勇的斗争。在粉碎日寇第一次九路围攻中建下了光辉的基业，而又领导推行根据地的党务、军事、政治、经济、文化、教育、民运等各种建设工作，使晋冀豫区永无休止的前进。在不断战斗中，牺牲许多勇敢有为的同志，而晋冀豫党则在战斗中锻冶了自己。

大会的召开，正当国际局势急剧变迁，全面性的更大规模的世界大战业已爆发，中国抗战开始进入相持阶段的时候；正当日寇以更大兵力、更阴险毒辣手段第二次大规模进攻本区，业已占领主要交通线，并正调兵遣将，重新部署兵力，进行分区"扫荡"的时候。显然地，大会必将以布尔什维克的战斗精神总结以往工作，检讨经验教训，把握住新的阶段，准对着新的形势，决定与布置新的任务。晋冀豫全体同志，千万军民，必将由此获得珍贵的南针与无限新颖的力量。我们预祝大会的胜利成功，并以无限诚挚，提供下述意见。

我们认为放在代表大会面前的当前新任务，厥为巩固根据地，粉碎围攻，坚持敌后抗战，准备反攻。而要完成这一新的总任务，至少有几件中心工作急待进行，即：（一）开展民主运动，实施民主政治，改革政治机构——特别是下层政治机构，借以激发人民抗战的积极性，保证全区一切生动力量之动员与长期战争之胜利，及根据地之巩固；以亲密政民关系，提高政府威信，发挥政府效能，战胜敌伪组织与各种阴谋；同时并教育民众以民权主义思想，使民众真正能掌握运用选举、罢免、创制、复决等四大民权，奠定民主共和国的政治基础。（二）实施减租减息、优待抗属等抗战法令，履行经济建设与生产运动，以改善人民生活，激扬人民抗战情绪与参战热忱；增强农村中的阶级团结，并谋经济上的自足自给，打破敌人经济封锁、商品倾销与捣乱金融的企图。（三）武装民众，加强游击队、自卫队、游击小组等民众武装的领导与训练，开展普遍的群众游击战争，用人民自己的伟大力量来肃清敌探汉奸，保卫地方，并配合正规军作战，打击消灭敌人，粉碎敌人围攻。同时，在战争的实际锻炼中，使之向正规军发展，成为将来胜利反攻的武装力量和民主共和国坚强不拔的武装基础。（四）开展敌占区工作，以深入的工作反对敌占区的统治，实际缩小敌人的势力范围，保证山岳根据地的巩固和响应配合将来主力的反攻，加速敌人的崩溃。

晋冀豫党对于上述工作均已有相当经验，我们深信大会对此必将有缜密的研究和深刻的讨论，正确地决定完成这些工作的方□方法，并在会后动员全区民众为完成这四大工作而努力。

我们高呼：晋冀豫共产党代表大会成功万岁！中国共产党万岁！中华民族独立解放万岁！

（原载一九三九年九月十九日《新华日报》华北版第一版社论）

拥护十八集团军的七大纲领

　　国民革命军第十八集团军（第八路军）总司令部与总政治部，日前所公布的七大纲领（纲领全文见今日本报一版），在坚持华北抗战方面，在巩固抗日根据地方面，都有非常重大的历史意义。

　　第一，这个纲领的颁布，恰恰在我国抗战进入相持阶段的时期，新时期中的新任务，就在于动员全民族的力量准备反攻。为着实践这个总的任务，处在敌后方的华北军民，必须巩固抗日根据地，必须在广大群众中掘发抗战力量的源泉，必须与敌寇进攻及其破坏我国抗战力量的各种阴谋作坚决的斗争，而七大纳领的每一条文都是为着实现这个目的。第二，这个纲领的颁布，恰恰在敌寇回师华北，大举"扫荡"的时期,华北各地正在展开"扫荡"与反"扫荡"的激战。今天放在华北全体军民面前的责任,是"一切为着粉碎敌寇的'扫荡',一切服从于战争",而七大纲领正是当前抗战动员的一个战斗的号召。第三,这个纲领的颁布,必将给予敌寇的诱降阴谋与汉奸的妥协运动以严厉的打击,使我们全民族能够更顺利的克服横在当前的这一严重打击,使我们全民族能够更顺利的克服横在当前的这一严重危险。谁都可以看出,七大纲领的全部内容都是坚持抗战,坚持团结,坚持进步;反对投降,反对分裂,反对倒退的。我们相信这个纲领全部澈底的实施,一定可以制止任何投降、妥协、分裂、倒退的运动。

十八集团军(第八路军)在华北抗战两年,先后所进行的政治工作,正是实行了真正的三民主义,十八集团军全体将士,不仅在各个战场上表现了他们的英勇与忠诚,而且是三民主义的传播者与执行者,他们一再在实际工作中赞助与实现了中国国民党的抗战建国纲领与阎司令长官的民族革命十大纲领。这次公布的七大纲领,显然是依据三民主义的革命原则,依据两年来奋斗的经验与华北千百万人民的要求,把抗战建国纲领与民族革命十大纲领在新的时期与新的环境中具体实施。七大纲领中的每一条文,都在孙中山先生手定的三民主义中有着极其明确的理论根据,这个纲领是保卫了三民主义的完整,保卫了三民主义的革命性与战斗性,一定能够团结全华北忠实于三民主义的革命家,而使敌寇汉奸汪精卫等各种各样伪造的三民主义以及一民主义的谬论遭受到有力的打击,使敌寇汉奸"反共""限共""防共"等破坏我民族团结的阴谋日益破产。

正因为七大纲领是坚决实行三民主义的纲领,正因为七大纲领是坚持华北抗战巩固抗日根据地的战斗的纲领,因此,我们希望华北全体军民来一致实行这个纲领,应该使这个纲领的每一条文立刻见诸实施。由于革命的三民主义在华北已经深入人心,由于两年来华北政治经济文化及民众运动之进步,由于目前华北抗战形势的紧张,实行这个纲领的客观条件,显然已经完全成熟，而这个纲领实行的程度愈普遍愈深入，便是对于粉碎敌寇"扫荡"愈多一份保障，对于准备反攻愈增一份力量，使我们更快的接近胜利，更快的走向光明灿烂的三民主义新中国。

（原载一九三九年九月二十一日《新华日报》华北版第一版社论）

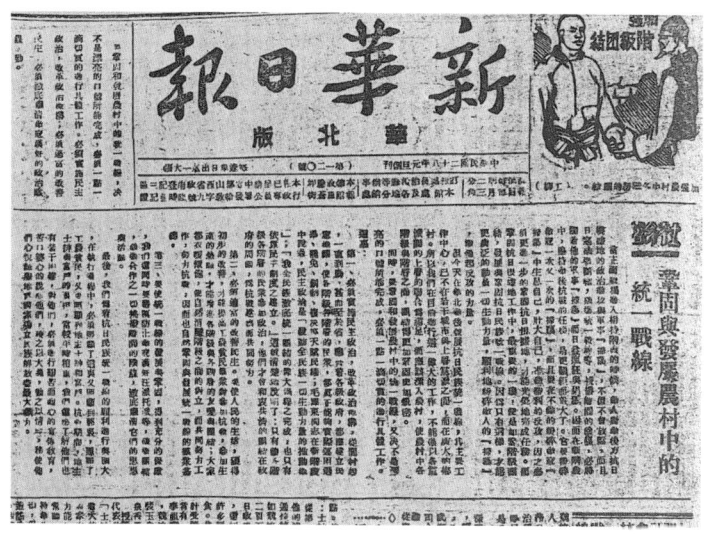

巩固与发展农村中的统一战线

当正面战场进入相持阶段的时候，敌人对敌后方抗日根据地的政治进攻与军事"扫荡"，不但不会放松，而且日寇破坏团结，破坏统一战线等挑衅离间的阴谋，必将随着他的军事"扫荡"而日益疯狂与猖獗。因而在新阶段中，坚持敌后抗战的任务，是更艰巨而重大了。它要粉碎敌寇一次又一次的"扫荡"，而且要在不断的粉碎敌寇"扫荡"中生息自己，壮大自己，准备胜利的反攻。因之必须更进一步的巩固抗日根据地，才能光荣地完成任务。而巩固抗日根据地工作中，最重要的一环，便是加紧阶级团结，发展与巩固抗日民族统一战线。因为只有这样，才能更广泛的动员一切生动力量，顺利地粉碎敌人的"扫荡"，准备起反攻的力量。

但今天在华北敌后发展抗日民族统一战线,其主要工作中心,已不在若干城市与上层党派之间,而在广大的乡村。所以我们在目前进行这一伟大的工作,不能仅以各党派间的上层的联合为满足,而应该深入农村,使农村中各阶级与阶层之间,团结得更加巩固更加亲密。

同时,要巩固和发展农村中的统一战线,又决不是漂亮的口号所能完成,必须一点一滴切实的进行具体工作。这里:

第一,必须实施民主政治,改革政治机构,从闾村起,一直到县,甚而至于省,配合着各级政府,都应建立民意机关,使各阶级各阶层的民众,都真正能够实际运用选举、罢免、创制、复决等天赋民权。毛泽东同志在新阶段中说过,民主政治是"发动全民族一切生动力量的推动机","我全民族澈底统一团结的伟大过程之完成,也只有依靠民主制度之建立"。这就清楚地说明了:只有□各阶级各阶层的民众参加政治,他们才会和衷共济的团结在政府的周围,为抗战建国而共同努力。

第二,必须适当的改善民生。要使人民的生活,获得初步的改善,才能提高工农贫民群众对参加抗战、参加生产的热诚,才能增进各阶级与各阶层的友爱与团结。大家都衣暖饭饱,便自然消隐阶级之间的对立,而共同努力工作,努力抗战,因而也自然巩固与发展统一战线的群众基础。

第三,要使统一战线的发展与巩固,得到充分的保护,我们还同时要严厉防止敌寇汉奸汪派托派等,破坏团结,破坏合作之一切挑拨离间的阴谋,澈底肃清它们的思想与活动。

最后,我们为着抗日民族统一战线的顺利进行与扩大,在执行过程中,必须照顾了这里又照顾到那里,照顾了工农平民,又要照顾到地主士绅和富户。抗战期间,地主士绅与富户的负担,当较平时稍重,我们还应了解他们也有若干困难,对他们,必须进行艰苦而耐心的宣传教育,苦口婆心的说服他们,晓之以大义,动之以情理,务使他们心悦诚服的为国家独立民族解放尽最大努力。

(原载一九三九年九月二十三日《新华日报》华北版第一版社论)

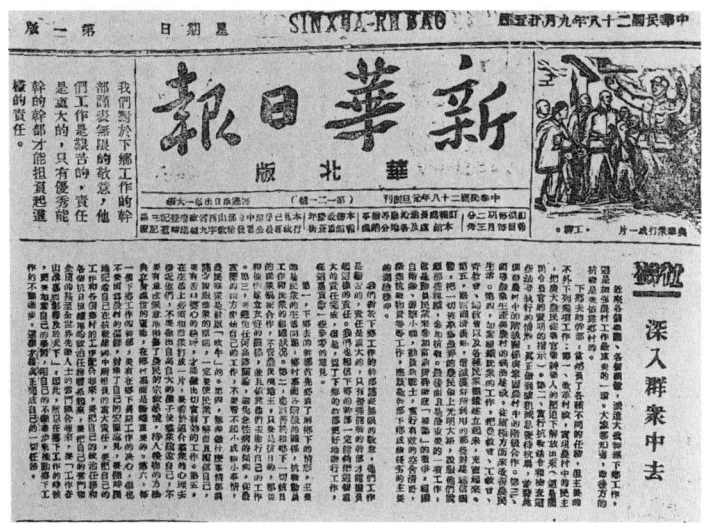

深入群众中去

近来各个机关、各个团体,派遣大批干部下乡工作,这是加强农村工作最重要的一环。大家都知道,敌后方的抗战是要依靠乡村的。

下乡去的干部,当然负了各种不同的任务,但主要的不外下列几项工作:第一,改革村政,实现农村中的民主,把广大农民从坏官坏绅坏人的压迫下解放出来(这是阎司令长官的贤明的指示)。第二,实行抗战法令和检查这些法令执行的情形,真正做到减租减息优待抗属,并借此调整农村中的阶级关系与巩固农村中的阶级合作。第三,领导农业生产与农村的经济建设,从积极方面来改善农民生活。第四,加紧组织民众的工作,把农救会、工救会、青救会、妇救会以及各种民众团体建立起来，充实起来。第五，严厉肃清汉奸，消灭汉奸所利用的那些封建迷信团体，把一切被欺骗愚弄的农民领上光明大路，说服他们脱离那些组织，参加抗战。最后而且是最重要的一项工作，就是动员民众来参加当前粉碎敌寇"扫荡"的战争。组织自卫队、游击小组，动员新战士，实行有效的空舍清野，征集抗战物资等等工作，应该是干部下乡成绩优劣的主要的测验标准。

我们对于下乡工作的干部谨表无限的敬意，他们工作是艰苦的，责任是重大的，只有优秀能干的干部才能担负起这样的责任。我们也相信下乡的干部一定能够把这个重大的责任完成，但是，为了下乡的干部更好地进行工作，在这里贡献一些参考的意见。

第一，下乡去的干部首先必须了解乡下的情形，主要的是民众的生活问题，乡村里面各阶级的关系，抗战动员工作和民众的组织状况。第二，应该善于和乡下一切抗日的民众亲密合作，不管农民与地主，只要是抗日的，都要和他们建立友好的关系，并且依靠他们去进行自己的工作。第三，要避免任何高谈阔论，避免急性病的倾向，从最实际的地方开始自己的工作，不要看不起小成绩小事情，农民群众是讨厌"吹牛"的。第四，无论做什么事情都须谨守说服群众的原则，一定要使民众了解而且相信自己，要有苦口婆心的精神，才能做出切实有效的工作。第五，在生活上必须和群众打成一片，要善于适合群众的心理去接近他们，不要做出自高自大的样子，使群众疏远自己。不要有意或无意地损伤了农民的宗教感情，待人接物的方法与立身处世的道德，在乡村里面是极端重要的。第六，每一个下乡工作的干部，要有在乡下长期工作的决心，但也不要因为农村的偏僻，封锁了自己的宏图远见，要随时随地记着自己在抗战建国中所担负的重大责任，要把自己的工作和各个乡村的工作配合起来，要把自己的政治任务和各个抗日根据地的政治任务联系起来，要把自己的奋斗和全国的甚至全世界先进人士的奋斗汇合起来，要"工作在山沟里而影响及于天下"。因此，所以在乡下工作的时候，更要加紧自己的学习，用自己的不断进步来推动乡下工作的不断进步，这样才能真正完成自己的一切任务。

（原载一九三九年九月二十五日《新华日报》华北版第一版社论）

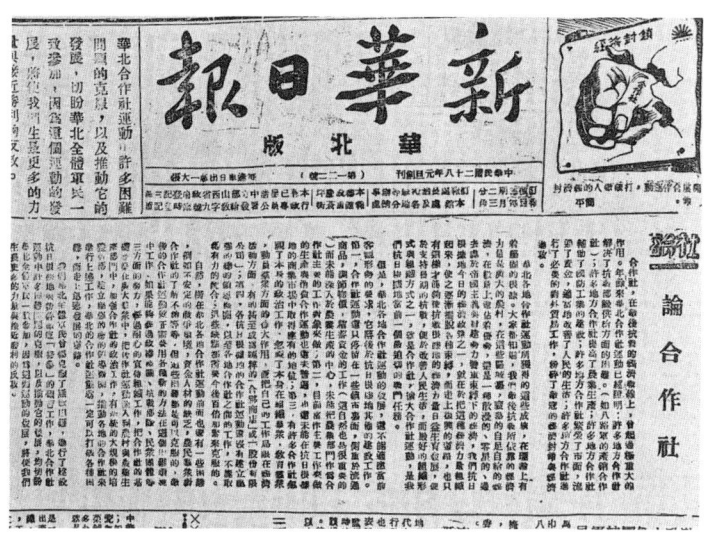

论合作社

合作社，在敌后抗战的经济战线上，曾起过极重大的作用。年余来华北合作社运动已经证明：许多地方合作社解决了抗战部队供给方面的困难（如八路军的产销合作社）；许多地方合作社提高了农业生产；许多地方合作社辅助了国防工业的建设；许多地方合作社繁荣了市面，流通了资金，适当地改善了人民的生活；许多地方合作社进行了必要的对外贸易工作，粉碎了敌寇的经济封锁与经济进攻。

华北各地合作社运动所获得的这些成绩，在理论上有着坚固的根据。大家都知道，我们敌后抗战所依靠的经济力量是广大的农村，在这些区域里，衰落的自足自给的经济，在数量上还占着优势，这是一种散漫的、零星的、过去处于帝国主义与封建势力双重束缚下的经济。我们抗日根据地今日的经济政策之一，就在于把这种经济力量组织起来，使之逐渐摆脱各种束缚，而走上复兴的道路，也只有这样才能够使抗战根据地的经济力量日益生育发展，便于支持长期的抗战，便于改善人民生活，而最好的组织形式与组织方式之一，就是合作社。扩大合作社运动，是我们抗日根据地当前一个最迫切的战斗任务。

但是，华北各地合作社运动的发展，还不能适应当前客观形势的要求，它落后于抗日根据地其他的建设工作。第一，合作社运动还只停留在一些镇市里面，侧重于流通商品、调节物价、积蓄资金的工作（这自然也是很重要的）而未能深入于农业生产的中心，未能把农业部门作为合作社主要的工作对象来做；第二，目前当作主要工作来做的生产与消费合作运动也还未普遍，也还未能在抗日根据地的商业市场中取得应有的地位；第三，有许多合作社忽视了本身的政治工作，忽视了本身在组织群众、教育群众、动员群众方面的伟大作用，而把自己的工作局限在经济活动方面，有的甚至成为纯粹的"合伙商店"或"股份有限公司"；第四，各抗日根据地的合作社运动还没有建立坚强的总的领导机关，以至各地合作社之间的工作，不能取得有力的配合。这些缺点都需要今后百倍加紧来克服的。

自然，横在华北各地合作社运动前面也还有一些困难，例如不安定的战争环境，资金人材的缺乏，农民群众对合作社的了解不够等等，但这些困难都是可以克服的，敌后的合作社运动就正需要用各种新的方法在这个困难环境中工作。如果能够经过政权机关、抗战部队、民众团体等三方面的努力，经过耐心的宣传组织工作，把合作社的基础建筑在广大群众中，把合作社运动深入到农村与农业生产部门中，加强合作社的政治工作，有系统的大规模的培养干部，建立坚强的总的领导机关，推动各地的合作社来进行上述工作，华北的合作社运动就一定可以打破各种困难，而走上迅速发展的道路。

我们华北全体军民曾经克服了无数困难,进行了建设抗日根据地与粉碎敌寇"扫荡"的艰苦工作,华北合作社运动中许多困难问题的克服,以及推动它的发展,均切盼华北全体军民一致参加,因为这个运动的发展,将使我们生长更多的力量与接近胜利的反攻。

(原载一九三九年九月二十七日《新华日报》华北版第一版社论)

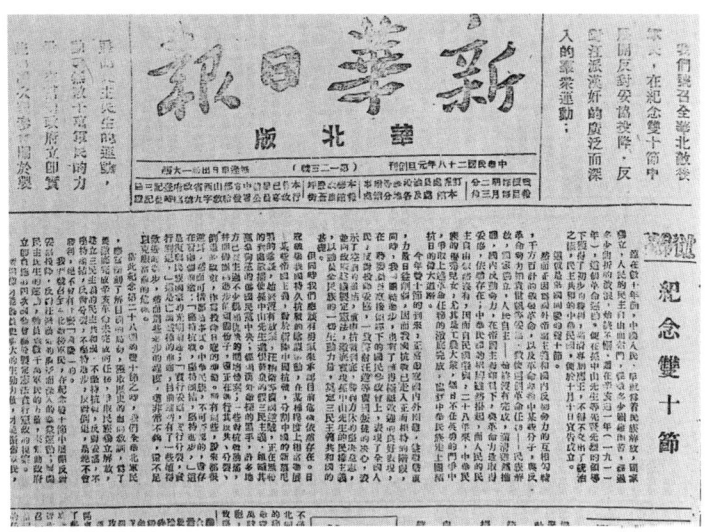

纪念双十节

远在数十年前,中国人民,早就为着民族解放,国家独立,人民的民主自由而奋斗,经过多少艰难困苦,经过多少曲折的波浪,始终不懈,尔在辛亥这一年(一九一一年),这个革命运动,便在孙中山先生等先贤先烈的领导下获得了初步的胜利,满清专制魔王,不得不交出了统治之权,民主共和的中华民国,便于十月十日宣告成立。

这就是举国同庆的双十节。

然而正因为国外帝国主义和国内反动势力的互相勾结,千方百计的破坏革命,以及革命□□中某些分子,与反革命势力如袁世凯等妥协,致使这个革命任务——民族解放,国家独立,人民自主——始终没有完成。满清虽然推翻,国内反动势力，在帝国主义羽翼下，与革命力量取得妥协，依然存在；中华民国的招牌虽然挂起，而人民的民主自由依然没有，因而自民国肇兴，二十八年来，中华民族的优秀儿女，尤其是工农大众，无日不在英勇的斗争中，争取上述革命任务的澈底完成，直到中华民族走上团结抗日的伟大道路。

今年双十节的到来，正当敌寇国内外困难，益趋严重，力量日益削弱，因而我国抗战已走入正面相持的阶段，同时，我国团结进步，也有了□得极诚欢迎的良好表现。在□□□□直接领导下的国民参政会上，表现了全国人民，反对投降妥协，一致声讨汪逆等卖国叛徒的决心；表示了空前的团结，重申抗战到底，胜利方休的坚决意志；并向政府建议制定宪法，澈底实现孙中山先生的民权主义，以动员全民族的一切生动力量，奠定三民主义共和国的基础。

但同时我们应该有勇气来承认目前危机依然存在。日寇破坏我国持久抗战的阴谋活动，在某种程度上相当进展，某些帝国主义，对于斩断中国抗战，分割中国的新"慕尼黑"的阴谋，始终没有放弃；汪精卫等卖国逆贼，正在无耻的到处散播使孙中山先生遗恨黄泉的假三民主义，组织其狐群狗党的伪国民党中央；经过汉奸敌探的黑手，许多地方已发生过不少亲痛仇快的阋墙惨案；一些对抗战动摇，并阻碍团结进步的顽固份子，还正在进行其反共、分裂、倒退的政策，作为投降日寇的准备。所有这些，说来都很逆耳，然而可惜都是事实。中华民族，不可否认的，还存在着两个前途："坚持抗战，坚持团结，坚持进步"，这是复兴民族国家的光明前途；"实行妥协，实行分裂，实行倒退"，这是亡国灭种的前途。目前虽然有了一些值得欢迎的进步，然而这些进步的程度，还非常不够，还不足以克服当前的危机。

当此纪念第二十八周的双十节之时，我们全华北军民，应当深刻了解目前的局势，获取历史的血的教训。为了要澈底完成辛亥革命未完成的任务，争取民族独立解放，建立三民主义的民主共和国，不坚持抗战，反对妥协，不坚持团结，反对分裂，不坚持进步，反对倒退，是绝不会胜利，绝不会有什么"□□"的。

我们号召全华北敌后军民，在纪念双十节中展开反对妥协投降，反对汪派汉奸的广泛而深入的群众运动；展开民主民生的运动，动员□数千万军民的力量，来帮助政府立即实施第四次国参会关于制定宪法实行宪政的提案。

要这样才能动员更广大的生动力量，才能振奋军民，才能粉碎敌寇一次又一次的"扫荡"，才算是真正纪念了双十节。

（原载一九三九年十月九日《新华日报》华北版第一版社论）

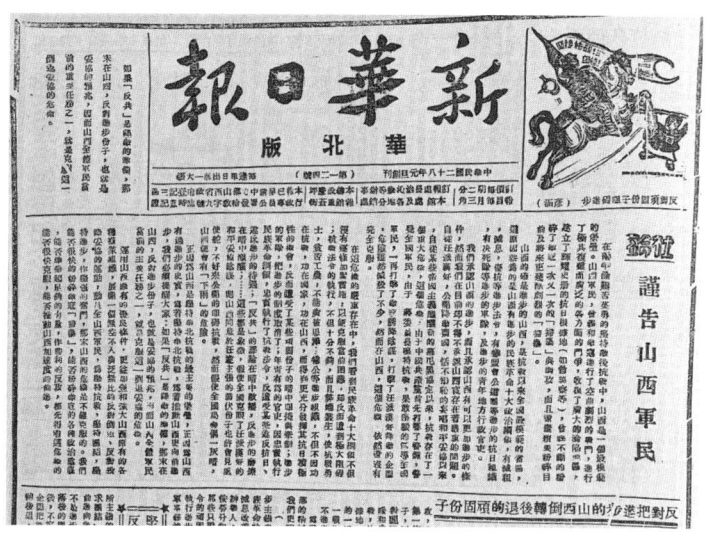

谨告山西军民

在两年余艰苦英勇的坚持敌后抗战中，山西是一个最模范的堡垒。山西军民，曾经和敌寇进行了空前剧烈的战斗，进行了极其复杂而广泛的各方面的斗争，收复了广大的沦陷地区，建立了辉耀史册的抗日根据地（如晋冀察等），曾经不断的粉碎了敌寇一次又一次的"扫荡"与围攻，而且还继续要粉碎目前及将来更残酷剧烈的"扫荡"。

山西的确是进步的山西，是抗战以来全国最模范的省区，这原因就为的是山西有进步的民族革命十大政治纲领，有减租、减息、优抗等进步法令，有牺盟会公道团等进步的抗日组织，有决死队等进步的军队，及进步的青年地方行政官吏。

我们承认山西的进步，而且承认山西有可以更加进步的条件，然而我们在目前却不得不承认山西实存在着严重的问题。自从汪派汉奸，公开降敌卖国，恬不知耻的妄唱和平妥协以来，自从某些帝国主义酝酿新的慕尼黑协定以来，抗战存在了一个重大危机，这个危机□由于中国共产党首先打响了警钟，警觉全国军民。由于蒋委员长坚持抗战，果敢坚毅的领导全国军民，一再打击了敌寇诱降阴谋，打击了汪派汉奸降敌的企图，危险虽然减杀了不少，然而在山西，这个危机，依然还没有完全克服。

　　在这危机的严重存在中，我们看到民族革命十大纲领不但没有逐条加紧实施，以便克服当前困难，却反而遭到极大阻碍；抗战法令的执行，不但十分不够，而且弊端丛生，使抗战勇士，贫苦工农，不能广被恩泽；牺公等进步组织，不但不因功在抗战，功在国家，功在山西，而得到更允分发挥其抗日积极性的机会，反而遭受了某些顽固份子的暗中阻挠与牵制；进步的军队，把进步的制度取消了；年青有为的官吏，因忠实执行民族革命纲领，忠实执行了抗战法令，反遭受某些违反抗日、违反进步的待遇；"反共"的谬论在暗中散播，反进步的磨擦在暗中酝酿；……这些都是象征，假使全国克服了汪派汉奸的和平妥协阴谋，则山西同意于汪逆主张的潜伏份子也许会见风使舵，不好来公开的阻碍抗战，然而假使全国局势偶一灰暗，山西便会有"下雨"的危险。

　　正因为山西是坚持华北抗战的最主要的堡垒，正因为山西有过进步的史实，为着坚持华北抗战，为着推动山西更向前进步，我们必须提醒大家：如果"反共"是降敌的准备，那末在山西，反对进步份子，也就是妥协的预兆，因而山西全体军民当前的主要任务之一，就是克服这一倒退妥协的危机。

　　运用山西原有的优良条件，更益加强和扩大山西原有的各种群众组织，展开一个无空不入广泛无比的反对倒退、反对投降妥协的运动，动员全山西军民，为坚持抗战，坚持团结，坚持进步，作坚强的奋斗，那末山西的危机是不难克服的。我们能否很快的粉碎敌寇"扫荡"，能否粉碎敌寇的各种政治阴谋,能否准备起足够的力量,作胜利的反攻,都先得看这危机的能否很快克服,能否推动山西加速度的前进。

(原载一九三九年十月十一日《新华日报》华北版第一版社论)

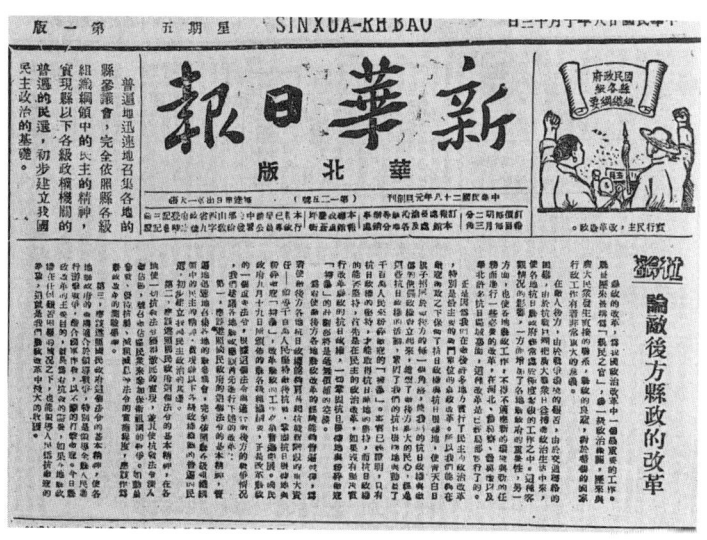

论敌后方县政的改革

县政的改革,为我国政治改革中一个最重要的工作。县长历来被称为"亲民之官",县一级政治机关,历来与广大民众发生直接的联系,县政的良窳,对于整个的国家行政工作有着非常重大的意义。

在敌人后方,由于战争环境的艰苦,由于交通联络的困难,由于抗战巨潮把广大群众日益卷进政治生活中来,使各地抗日县政府经常处于极度紧张的工作之中。这种客观情况的影响,一方面增加了各地县政府的重要性,另一方面,也使各地县政工作,不得不适应新的环境与新的任务而进行一些必要的改革。在河北、晋冀察、晋冀豫以及华北许多抗日区域里面,这种改革是已经局部实行了的。

正是因为我们在敌后许多地方实行了民主的政治改革，特别是最主要的战斗单位的县政改革，所以我们能够在敌寇进攻之下保卫了抗日政权与抗日根据地，使青天白日旗子招展于敌后方的每一个角落，使我们的抗日政权与敌伪的傀儡政权对立起来，维系了敌后方广大的民心。经过这些抗日政权的活动，巩固了我们的抗日根据地与动员了千百万人民来粉碎敌寇的"扫荡"。事实已经证明，只有抗日政权的坚持，才能取得抗日阵地的坚持，而抗日政权的能否坚持，首先是在民主的政治改革，如果没有坚决实行改革县政的抗日政权，一切巩固抗日根据地与粉碎敌寇"扫荡"的计划都将是毫无价值的空谈。

为着使敌后方各地县政改革的经验能够普遍发挥，为着使敌后方各地抗日政权能够肩负起抗战新阶段的重大责任——领导千百万人民坚持敌后抗战，巩固抗日根据地与粉碎敌寇"扫荡"，改革县政的工作必须普遍开展。国民政府九月十九日所颁布的县各级组织纲要，正是改革县政的一个重要法令，根据这个法令与适合敌后方的战争情况，我们建议各地县政应该首先进行下述的改革：

第一，应该遵照国民政府的这个法令的基本精神，普遍地迅速地召集各地的县参议会，完全依照县各级组织纲领中的民主的精神，实现县以下各级政权机关的普遍的民选，初步建立我国民主政治的基础。

第二，应该遵照国民政府这个法令的基本精神，在各地使一切抗战法令获得澈底的实现，并且使抗战法令深入敌占区，号召敌占区民众来参加保卫祖国的战争。如动员参战、优待抗属、减租减息等法令的实施程度，应该作为县政改革的测验标准。

第三，应该遵照国民政府这个法令的基本精神，使各地县政府的机构适合于领导战争，特别是领导全县人民进行游击战争，配合国军作战，以不断的打击敌寇。今日县政改革的主要目的，就是为着抗战的需要，如果各地县政权在任何艰苦困难的情况之下，也能领导人民抵抗敌寇的进攻，这就是我们县政改革中最大的收获。

（原载一九三九年十月十三日《新华日报》华北版第一版社论）

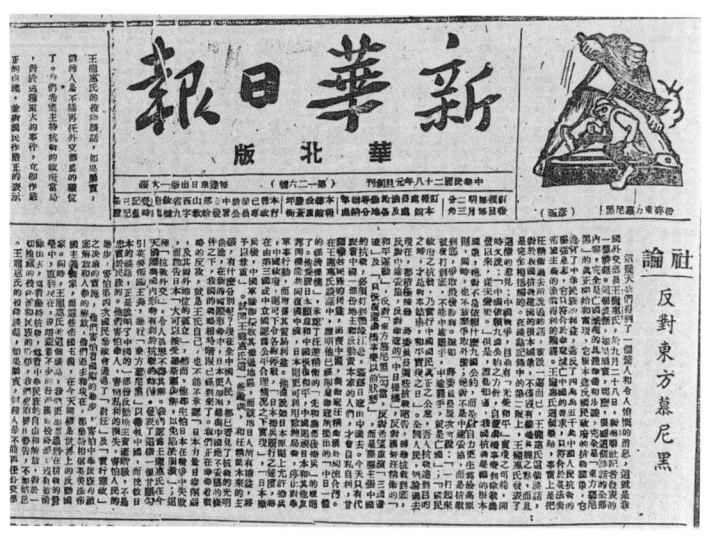

反对东方慕尼黑

　　这几天我们得到了一个惊人和令人愤慨的消息,这就是我国外交部长王宠惠氏,于九月二十八日,对美联社记者发表的一个谈话。这个谈话,如果属实,那么,根据这个谈话的全部内容,完全是亡国灭种的具体准备和步骤,完全是"东方慕尼黑"的真正开始和实现,它根本违反国民政府的抗战国策,它违背了中华民族的利益,违反了四万万五千万中国人民抗战的坚强意志,它只符合于敌寇灭亡中国的要求,只符合于英法美帝国主义的渔翁得利的阴谋。王宠惠氏这个谈话,事实上是把汪精卫过去所说过的话,重说一遍而已,王宠惠氏这个谈话,对于我国抗战建国的根本国策,不仅没有丝毫共同之点,而且是完全相抵触的。在谈话记录中的第二段上，王宠惠氏发表了这样的意见：中国战争，目前有"光荣和平"实现之可能。同时又说："中国依赖《九国公约》之方针，自芦沟桥事变到欧战爆发以来，从未变更。"但是，谁都知道，我国抗战建国的根本国策，绝对不是依赖什么《九国公约》，而是以自力更生为最高原则，同时，也不放弃争取外援。绝对不是中途妥协，而是抗战到底，争取最后胜利。诚如蒋委员长屡次所说"一打起来就要打到底，不能中途罢手，中途罢手，就是亡国"，"国民政府之抗战，乃实行中国国民真正之公意，吾人抗战达到目的之时，才是战事结束，和平实现之日"。全国人民，无论过去现在，都积极拥护蒋委员长这些抗战昭告，拥护抗战到底，反对中途妥协，反对敌寇的"中日提携"，反对汉奸汪精卫的"和平运动"，反对"东方慕尼黑"勾当，反对希望重演"三国还辽"及"只恢复芦沟桥事变以前状态"，而是坚强主张中国的抗战，必须打到鸭绿江边，驱逐日寇出中国去。今天只有代表着中国一部份地主和反动资本家的人们，才会自私自利，甘愿牺牲民族的利益，出卖中国，与敌寇汪精卫汉奸同流合污。在王宠惠氏谈话中，证明他已经同意敌寇所提出的"中日一体的经济提携"，承认了汪逆精卫的"先和议而后撤兵"的原则了。他竟说日本愿意和中国恢复和平，中国则视日本和其他友邦同僚能共同复兴中国，日本则更可利用欧洲局势，停止对华军事行动，而增长其贸易利益。他还说如日本原则上允许撤兵，中国政府，则可下令各线停战，"日本撤兵履行之速度，将在由第三国或中立国认为公平合理情况之下实现""日本撤兵后，中国军队即接受其撤退地区，而该地日人所有权益，将予以尊重"。试问王宠惠氏这一些论调，和汪精卫本来的主张，有什么分别呢？现在全中国人民，都已看见了抗战的光明前途，在新的国际形势中，日本更加困难与中国绝不妥协的条件之下，我国的战略相持阶段已经到来了。我们正在准备着战略的反攻，就是王氏自己，也不能不承认"日本力量日趋削弱，及其对外地位的孤立"，然而，他却生怕日本在战争中失败，而劝告日本"大可以接受罗斯福调解，以免陷于崩溃"；这种"抗战外交"，令人百思不得其解。我们认为王宠惠氏在今天国际与国内形势有利于抗战的时候，发表了这样一个甘愿勾引英美帝国主义，进行"东方慕尼黑"以牺牲中国，而挽救日本的谈话，正是说明了中国的一部份反动地主资产阶级，不是忠实于民族的。他们害怕敌人，害怕私利的损失，害怕人民的进步，害怕第四次国民参政会通过了"讨汪"及"实行宪政"之决议的实施，他们害怕着国际的进步，害怕中华民族的澈底解放和人类的解放，他们过去和现在，都坚持相信英美法帝国主义，而这些帝国主义，在今天同样是世界上的反动国家。同时，王宠惠氏的这个谈话，我们更加认识到在抗战的营垒中，直到现在，还暗藏着不少的汪派汉奸投降派，没有被清除出去。为着坚持抗战，为着中华民族的自由和解放，对于一切掩藏的投降派和民族的败类，我们必须提出警告，不加姑息。王宠惠氏的投降谈话，如果属实，这种人是不能再任外交部长的职位了，我们希望主持抗战的政府当局，对于这种重大的事件，立即作严正的处理，并对国民作严正的表示！

（原载一九三九年十月十五日《新华日报》华北版第一版社论）

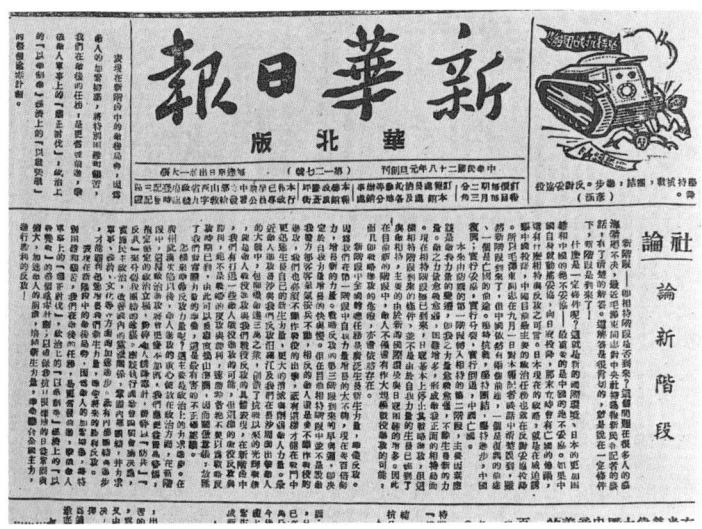

论新阶段

　　新阶段——即相持阶段是否到来？这个问题在很多人的脑海萦回不决，最近毛泽东同志对中央社"扫荡"报《新民报》记者的谈话，有了清楚的解答。这解答是很肯切的，就是说在一定条件下，新阶段是到来了！

　　什么是一定条件呢？这就是新的国际环境、日本的更加困难和中国的绝不妥协——最重要的是中国的绝不妥协。如果中国自身就动摇妥协，向日寇投降，那末立时会有亡国的惨祸，还有什么相持与反攻之可言。日本现在的政略，就是在威迫诱骗中国投降，中国目前最主要的政治任务也就在反对妥协投降。所以毛泽东同志在九月一日对本报记者谈话中清楚说到，虽然新阶段到来了，但中国依然有两个前途，一个是复兴的前途，一个是亡国的前途。坚持抗战，坚持团结，坚持进步，中国复兴；实行妥协，实行分裂，实行倒退，中国亡国。

本来由防御的第一阶段转入相持的第二阶段，主要因素应该是敌我力量的变迁，即我之力量愈战愈强，不断生长新的力量。敌之力量愈战愈弱，困难增多，形成敌我正面的相持局面。现在相持阶段虽已到来，日寇基本上停止其战略进攻，但这样相持阶段到来的条件，并不是由于自我力量的生长已经到了与敌相持，主要的由于新的国际环境与日寇困难的增多。因此在目前新的阶段中，敌人不仅还有作大规模战役进攻的可能，而且即战略进攻的危险，亦还依然存在。

新阶段中全国的总任务是广泛生长新生力量，准备反攻。因为我们在第一阶段中自我力量增长的不太够，现在要百倍努力，增长新的力量。战略反攻的第三阶段到来的早与迟，即决定于自我力量增长的快与慢。但在目前相持阶段中并不是说敌我双方都客客气气按兵不动，相反的敌人还是要不断作战役的进攻，我们也必须不断作战役的出击，只有这样才能在战斗中更迅速生长自己的新生力量，更大的消灭与削弱敌人力量。最近敌人进攻长沙与我们反攻汨罗江及我们在长沙周围出击敌人的大战中，包围歼敌达三万之众，创造了抗战以来的光辉战绩，便是敌人战役进攻与我们战役反攻的具体表现。在新阶段中，我们有打退一些敌人战役进攻的可能，但这样的战役反攻与胜利，绝不是战略的反攻与胜利，速胜论者绝不要以为战略反攻时期已到，由此可以长趋直捣山海关，因而骄傲嚣张，放松了我们对实际力量的准备，这是最有害的不正确认识。

怎样来准备反攻力量呢？这主要是政治上的力求进步。在广州武汉失陷以后，敌人进攻的重心便放在政治方面。在新阶段中，这种政治进攻将会更变本加厉，我们应更益提高警惕，抱定坚定的政治立场，粉碎敌人诱降毒计，粉碎以"防共""反共"来分裂我国团结的阴谋；应该执行国参会四届会议决议，实施民主政治，改善国内的党派关系，巩固内部团结，并力求军事、经济、文化等各方面的加速进步。只有内部团结与进步,才能顺利迅速增长我们新生力量,准备将来的胜利反攻。

表现在新阶段中的敌后局势,因为敌人的加紧"扫荡",将特别困难和艰苦,我们在敌后的任务,是更奋发前进,击破敌人军事上的"肃正讨伐"、政治上的"以华制华"、经济上的"以战养战"的整个阴毒计划,以确保我抗日根据地的日益巩固与扩大,加速敌人的崩溃;培植新生力量,准备配合全国主力,进行胜利的反攻!

(原载一九三九年十月十七日《新华日报》华北版第一版社论)

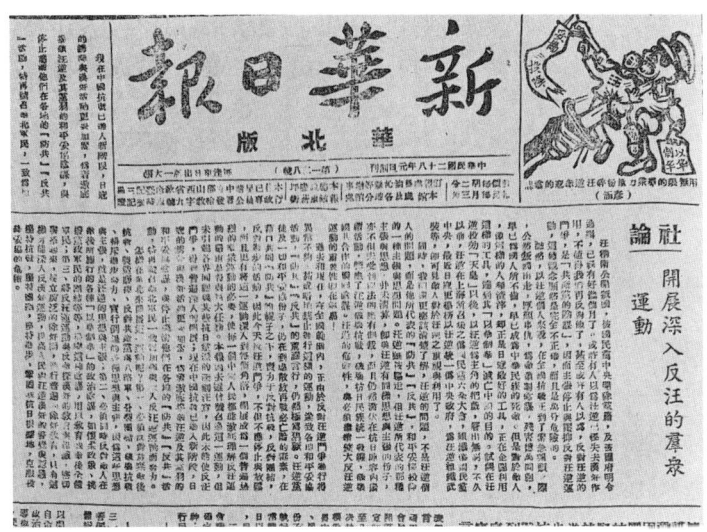

开展深入反汪的群众运动

汪精卫公开叛国,被国民党中央开除党籍,及被国府明令通缉,已经有好几个月了。或许有人以为汪逆已经失去汉奸作用,不值得我们再反对他了,甚至或许有人以为,反对汪逆的斗争,是"共产党的阴谋",因而主张停止与压抑反对汪逆运动,这种观念显然是完全不正确,而且是万分危险的。

诚然,以汪逆个人来说,在全国抗战正到了紧急关头之际,公然叛国出走,厚颜事仇,为敌策划阴谋,残害亿万同胞,早已为国人所不齿,早已成为中华民族的死敌。但是对于敌人,像这样的人类渣滓,却正是日寇最好的工具,正在企图利用这样的工具,达到其"以华制华"灭亡中国的目的。试观在汪逆投效"天皇"以后,以汪逆为主角的把戏,层出无穷。不久以前,汪逆在上海所召集之伪国民党六全大会,组织伪国民党中央,最近日寇更标榜以汪逆统一伪中央政府,为汪逆组织武装等,即可见敌人对于汪逆之重视与利用了。

同时,我们还更应该清楚了解,汪逆的问题,不是汪逆个人的问题,而是他所代表的"防共""反共",和平妥协投降的一种主张与思想问题。汪逆虽被驱走,但汪逆所代表的那种主张与思想,并未清算,即与汪逆有同样思想与主张的份子,亦不但夫受到国法的应有制裁,而且仍然潜伏在抗日阵容内继续活动,响应了汪逆破坏抗战,破坏抗日民族统一战线,破坏国共合作的卖国阴谋。汪逆的危险性,与必须继续扩大反汪逆运动的重要性即在这里!

过去和现在,在全国范围内,正由于反对汪逆斗争进行得异常不够,甚或暗地禁止进行这样的运动,遂致各地和平妥协活动,"防共""反共"的荒谬言行,仍然极为猖獗。汪逆党徒及一切和平妥协份子,仍在到处散放再战必亡论的毒素,在借口共同"防共"的幌子之下,卖力于反对抗战,反对团结,反对进步的活动。因此今天对汪逆斗争,不但不应停止与放松,而且更有将这一运动深入到每个角落,开展成为一个普遍热烈的群众运动的必要,使每一个中国人民都能澈底理解反汪运动的严重意义与重大任务。本报过去虽曾号召过这一运动,但未引起各界同胞与某些抗日党派的深刻注意,因此未能使反汪斗争,得到普遍深入的开展;现在中国抗战已进入新阶段,日寇的诱□与汉奸活动更要加紧,为着澈底揭破汪逆及其党羽的和平妥协阴谋,与停止肃清他们在各地的"防共""反共"活动,特再号召华北军民一致为加强与□入反汪逆运动而努力。

怎样在华北来开展这一运动呢?第一,必须反对放弃敌后抗战、制造磨擦,反对共产党与八路军、分裂团结、破坏抗战、排斥进步势力、实行倒退的各种思想与主张,因为这些思想与主张,就是汪逆的思想与主张;

第二，必须同时反对敌人在敌后所施行的各种"以华制华"的政治阴谋，如怀柔政策，挑拨党政军民的团结等等，揭穿这种阴谋，用以教育我敌后全体军民；第三，将反汪逆运动与反敌探汉奸的教育与组织，密切联系起来，建立广泛的除奸网，进行普遍的除奸教育，只有这样才能深入反汉奸运动，提高人民对汪逆汉奸的警觉与认识，坚持抗战，坚持团结，坚持进步，巩固我抗日根据地，克服投降妥协的危险。

（原载一九三九年十月十九日《新华日报》华北版第一版社论）

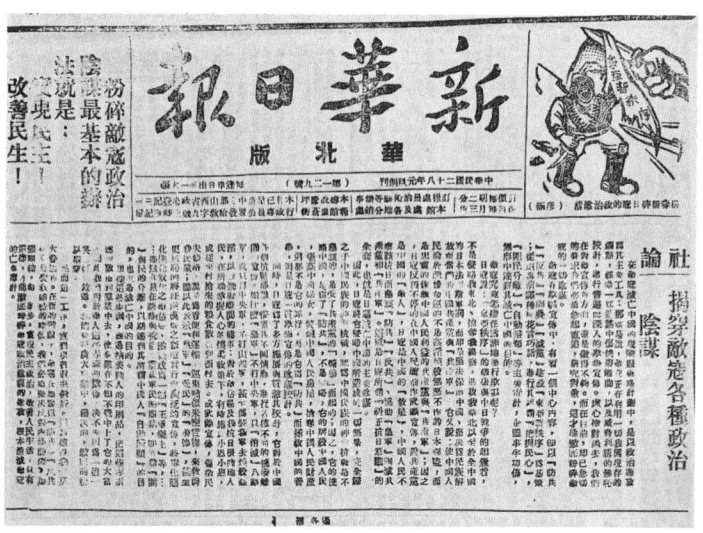

揭穿敌寇各种政治阴谋

在敌寇灭亡中国的现阶段战略计划中,是以政治进攻为其主要工具。那就是说,敌寇正在利用一切我国现存的弱点,经过一切造谣中伤挑拨离间,以及威胁利诱的无耻狡计,进行普遍而深入的欺骗宣传。虚心检讨过去,我们在对敌宣传战方面,还是做得不够。而在目前,却已急切的要求我们必须急起直追,研究对策,这才能澈底粉碎敌寇的一切阴谋。

敌寇在欺骗宣传中,有着一个中心内容,既以"防共""反共""倒蒋""灭党",建设"东亚新秩序"为基策;从这里演绎种种花言巧语,进行其所谓"把握民心""匪民分离""自动归顺"等主要毒计,企图事半功倍,无形中达到其灭亡中国的目的。

敌寇究竟怎样在谲诈地进行欺骗呢？

日寇说，"东亚秩序"的破坏与中日战争的起衅者，不是侵略我东北、掠夺我冀察、进攻我华北以至于全中国的日本法西斯军阀，而却是坚决保卫中国、坚决为民族解放而奋斗的中国共产党与"共产军"；它又说，使中国人民沦于悲惨命运的不是奸淫烧杀无恶不作的日本强盗，而是忠实的保护中国人民利益的共产党与"共产军"。因之，日寇反覆不停的在中国人民面前做武断宣传，说共产党是中国的"敌人"，日寇是中国的"救星"，中国人民不应该抗日而应该"防共""反共"，协助"皇军"剿灭共产党和"共产军"。这就是日寇所谓"纠正抗日意识"的全套，也就是日寇灭亡中国的主要阴谋。

因此，日寇将它侵略中国所造成的一切恶果，完全归之于中国民族的神圣抗战。认为中国民族的神圣抗战是不应该的，是受了共产党的"煽动"而起的。因之，它的侵略中国，是为了"防共"，不是侵略，它的屠杀中国人民，强奸中国妇女，焚烧中国人民房屋，抢夺中国人民财产，这都不是它的罪行，而是他为"防共"而拯救中国的善举，这是日寇一贯欺骗宣传的阴谋狡计。

同时，日寇为了多方施展与贯澈其狡计，它对于中国各个抗战部队，按照其不同情形，进行各种不同的挑拨离间的宣传。如什么"皇军"不打中央军，只"消灭"八路军，或只打中央军，不打山西军；甚至伪装我军去烧杀奸淫，以□挑拨离间的能事。对于敌占区及我抗日根据地人民，在所谓掌握人心的怀柔政策下，有时施以小恩小惠，或从东村抢来的粮食散发到西村去；或武断宣传，强征民夫修路，说是为着便利运输，运来贱价米盐货物，来救济我民众，图以此表示"皇军""爱民"的"美德"；甚至更无耻的将汪逆汉奸之叛逆言行作广泛的宣传，将毒化赌化匪化奴化之敌占区，渲染成为一幅"王道乐土"等……都无疑是在诱骗与挑拨，党政军民的团结，即所谓"匪"与民的分离，以期达到其所谓中国人"自动归顺"的目的，也就是灭亡中国的目的。

根据这些步调，经过精美动人的印刷品，把这些毒素逐步散布到群众中去，使群众在不知不觉中上了它的大当。因此，我们对于敌人这些毒素的散布，决不要因为不值一笑□□□放过。我们要在广大群众中，坚决的，澈底的给以揭穿。

然而这一工作，直到现在还未做好，这是值得我们莫大警惕的。在新的阶段中，敌寇在加紧以"防共""反共"在分裂我团结的时候，我们必须坚决反对内部磨擦，加强团结，努□进步，实现民主政治，改善人民生活。只有这样，才能澈底粉碎敌寇政治阴谋的进攻，根本消灭敌寇的亡华毒计。

（原载一九三九年十月二十一日《新华日报》华北版第一版社论）

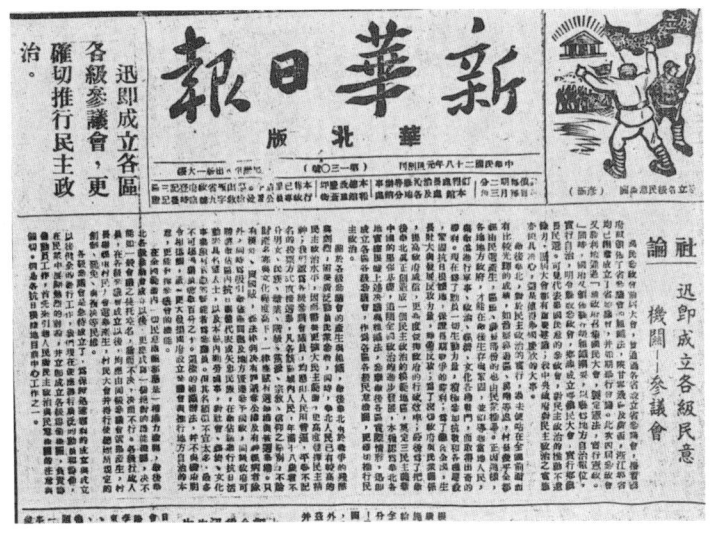

迅即成立各级民意机关——参议会

国民参政会前届大会，曾通过各省设立省参议会，接着国府就颁布了省参议会的组织法，陕甘宁边区及广西、浙江等省均已相继成立了省参议会，并如期举行会议。此次四届参政会又胜利地通过"请政府召集国民大会，制定宪法，实行宪政"。同时，国府又颁布县各级组织纲要，以县为地方自治单位，实行自治，明令县设参议会，乡镇成立乡镇民大会，实行乡镇长民选。可见代表举国民意的参政会，对民主政治的推动不遗余力。历届大会都有重要建议，我中央政府对民主政治之实施亦颇具决心，这是值得举国庆欣的大事。

敌后华北，对于民主政治的实行，过去便站在全国前面而有比较光辉的成绩，如晋察冀边区、冀南等处，村长几乎全都经由民选产生，区长、县长部份的也由民众推举。正因这样，各地地方政府，才能在敌后生存与巩固，并领导起当地人民，与敌伪进行军事、政治、经济、文化各种战斗，而取得出奇的胜利。现在为了动员一切生动力量，积极参加抗战和各种建设，巩固抗日根据地，保证长期战争的胜利；为了配合全国，生长壮大与发展反攻力量，准备反攻；为了密切政府与民众关系，提高政府威信，更高度发挥政府的行政效率；最后为了把敌后华北真正创造成一个民主政治的模范地区，奠定三民主义新中国的坚强基础，追随全国政治的进步发展，本报认为华北各地实应根据上述决议与组织法，参摩敌后各区实际情形，迅即成立各区各级参议会，作为各区各级民意机关，更确切推行民主政治。

关于各级参议会的产生与组织，敌后华北由于战争的残酷与剧烈，需要广泛动员民众参战，同时，华北人民已有较高的民主政治水平，因而需要更扩大民主范围，更高度发挥民主精神。我们认为各级参议会议员，均应由人民用普遍、平等、不记名的投票方式直接选举，凡各该区域内人民，年满十八岁者不分男女、民族、职业、阶级、党派、宗教、信仰之区别，不论财产多寡与文化程度高下，一律应赋有选举权与被选举权。只有汉奸、卖国贼，经法律判决有罪褫夺公权及有神经病者除外，同时为吸引敌占区同胞及地方贤达参予国政，同级政府可聘请敌占区内抗日团体代表或矢忠民族，在敌占区进行抗日活动素具名望人士，以及本区内勤劳国事，对社会、经济、文化事业颇有贡献的贤能者为参议员。但其名额似不宜太多，最多不可超过议员总数百分之十。这样的组织办法，并不与国府明令相抵触，只有更大发扬国府设立参议会与推行地方自治的本意，更能发挥参议会的机能。

在全国范围内一切民意机关都应是一种权力机关，敌后华北各级参议会成立以后，更应成为一个绝对的权能机关，决不能如一般会议之徒托空名，议而不决，决而不行。各级行政人员，在各级参议会成立以后，均应由同级参议会选举产生，村长附经由村民大会选举产生，村民大会并得行使总理所规定的创制、罢免与复决等民权。

各级参议会是急待成立了。为保证迅速顺利的成立与成立以后健全的进行工作，我们现在便应进行广泛的动员和筹备，在民众中展开热烈的讨论，并立即成立各级筹备机关，负责筹备动员工作，首先来引起人民对民主政治与民意机关的注意与关切。这是各抗日根据地目前中心工作之一。

（原载一九三九年十月二十三日《新华日报》华北版第一版社论）

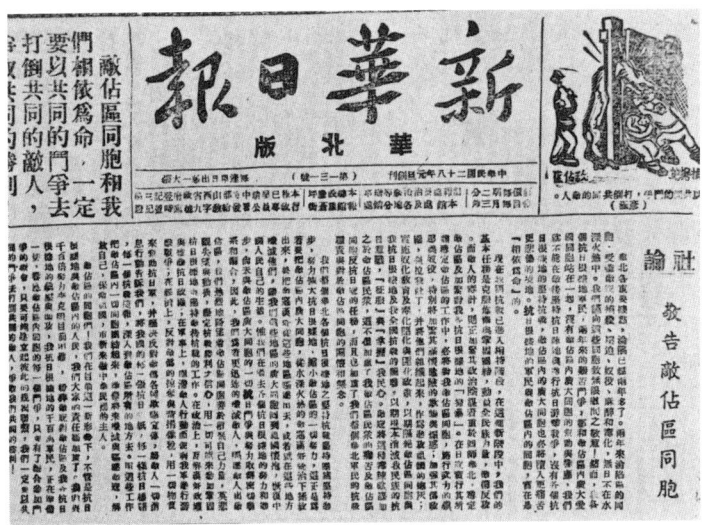

敬告敌占区同胞

　　华北各重要据点，沦陷已经两年多了。两年来沦陷区的同胞，受尽敌寇的烧杀、压迫、奴役、麻醉和毒化，无日不在水深火热中。我们谨向这些同胞致无限慰问之敬意！然而，我各个抗日根据地军民，两年来的艰苦斗争，都和敌占区内广大爱国同胞站在一起，没有敌占区内广大同胞的帮助与响应，我们就不能在敌后坚持抗日阵地与进行抗日游击战争；没有各个抗日根据地的坚持抗战，敌占区内的广大同胞也必将堕入更痛苦更悲惨的境地。抗日根据地的军民与敌占区内的同胞，实在是"相依为命"的。

　　现在我国抗战已进入相持阶段，在这个新阶段中，我们的基本任务是克服危机与巩固团结，动员全民族力量，准备反攻。而敌人的毒计，则正加紧其政治阴谋着重于回师华北，稳定敌占区及加紧对我各抗日根据地的"扫荡"。在日寇实行其所谓稳定敌占区的工作中，必将对我敌占区同胞，施行武力的镇压与奴役，特别将加紧其满怀阴险的欺骗与煽惑；加强其伪政权，强拉我壮丁，并将他们组织起来，作为进攻祖国的炮灰；实施奴化教育及毒化赌化与匪化政策，以期隔绝敌占区同胞与我抗日根据地及我全国抗战的关联，以期根本消灭我民族的抗日意识，"征服"与"掌握"我民心。敌寇将这种毒辣阴谋加之于敌占区民众，这不但加重了我敌占区民众的痛苦及敌占区同胞反抗日寇的任务，而且也加重了我们整个华北军民的抗战职责与对于敌占区同胞的关怀和系念。

我们整个华北各个抗日根据地之坚持抗战坚持团结坚持进步，努力扩大抗日根据地，缩小敌占区的一切努力，这正是为着要把敌占区内广大同胞，从水深火热的敌寇汉奸统治下拯救出来，要把敌寇汉奸从这些地区驱逐出去，或者就在这些地方歼灭他们，让我们这些地区的广大同胞回到祖国怀抱，恢复中国人民自己的生活。惟我们在过去各个抗日根据地的努力和进步，尚未与敌占区广大同胞的一切抗日斗争与努力取得密切联系和配合，因此，我们为着更迅速的歼灭敌人，驱逐敌人出敌占区，我们热烈地盼望着敌占区同胞善于积聚自己力量，莫悲观失望与动摇，坚定抗战胜利之信心，用一切可能来参加巩固抗日根据地与坚持敌后抗战的工作。在政治上，瓦解汉奸政权与维护抗日政权；在军事上，阻滞敌人行动而便利我军进行游击战争；在经济上，反对敌伪的掠夺与苛捐杂税，用一切物资来帮助抗日军，并坚决反对敌伪各种欺骗宣传，将敌人一切消息行动告诉我们，将我国的每一张抗日报纸，每一条抗日标语，每一个抗战捷报，深入到敌占区所有的地方去。用这些工作把敌占区内一切同胞团结起来，准备将来歼灭与驱逐敌寇，解放自己，保卫祖国，重新来做中华民国的主人。

敌占区的同胞们！我们在目前这一新形势下，不管是抗日根据地与敌占区内的人民,我们大家的责任都加重了。我们要千百倍努力来克服目前困难,粉碎敌寇对敌占区及我各抗日根据地的镇压与围攻。我抗日根据地的千百万军民,正在准备一切,响应敌占区内同胞的每一个斗争。只要有了配合参加斗争的机会,只要可能建立起彼此的亲密联系,我们一定要以共同的斗争去打倒共同的敌人,争取我们共同的胜利!

(原载一九三九年十月二十五日《新华日报》华北版第一版社论)

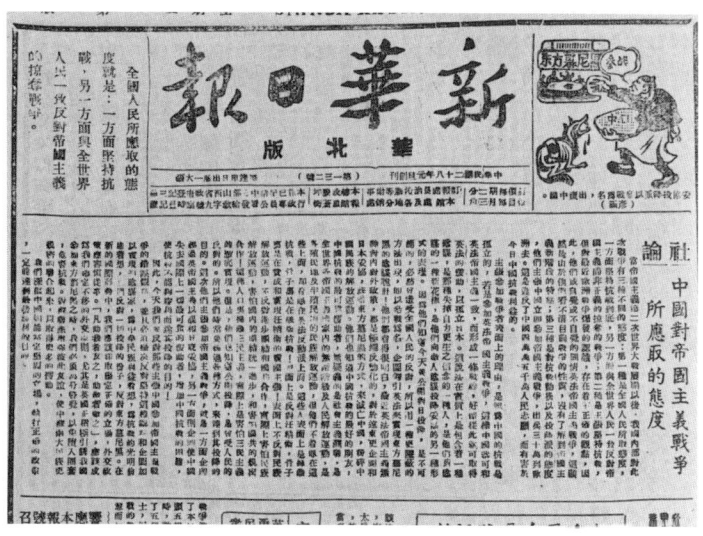

中国对帝国主义战争所应取的态度

当帝国主义第二次世界大战展开以后，我国内部对此次战争有三种不同的态度：第一种是全国人民所取态度，一方面坚持抗战到底，另一方面与全世界人民一致反对帝国主义间非正义的掠夺的战争；第二种是主张坚持抗战，但对最近欧洲战争爆发的认识，存在着不正确的观点，因此，他们或自觉或不自觉的同情英法帝国主义战争，这显然是由于他们看不清目前战争的性质，没有了解到帝国主义新阶段的特点；第三种是对抗战动摇以及投降派的态度，他们主张中国立即参加帝国主义战争，出兵三十万到欧洲去。这是违反了中国四万万五千万人民志愿，而有害于今日中国抗战利益的。

主张参加战争者表面上的理由,是认为中国的抗战是孤立的,若是参加英法帝国主义战争,这样中国就可和英法帝国主义一致,而形成一条战线,好像从此就可取得英法的援助,以孤立日本。这说法在实质上是包含着一种阴谋,是那种失掉自力更生之信念的一种人,是他们旧阴谋的一种新花样,是他们向敌人阴谋投降妥协的另一种形式的表现。因为他们知道今天要公开对日投降,是不可能的,必然会遭受全国人民的反对,所以用一种更隐蔽的方法出现,即以参战为名,企图勾引英法来实现"东方慕尼黑"的阴谋诡计!他们都看得很明白,最近英法帝国主义无论对内对外政策,都是极端反动化的,对于远东更企图和日本妥协,经过"东方慕尼黑"的方式,来灭亡中国,粉碎中国民族的解放运动。他们也知道中国抗战的最好的朋友,中国抗战的最可靠援助者,无疑义的是社会主义苏联,是全世界各帝国主义国家内的无产阶级及人民解放运动,是各殖民地及半殖民地的民族解放运动,但他们不着眼在这些上面,却着眼在英法反动派上面。这些人表面上是拥护抗战,骨子里是在破坏抗战!表面上是反对汪精卫,骨子里是在赞成和实现汪精卫的卖国主张!表面上不反对民族解放运动,不反对进步团结和国共合作,实际上害怕民族解放运动,害怕国内的团结统一进步,和害怕国共的亲密合作!这种人口里拥护三民主义,实际上是害怕三民主义的澈底实现。但是,他们也知道公开投降,是会受人民的反对的。所以他们时常要经过各种方式,来达到其投降的目的。这次他们主张参加帝国主义战争,就是一方面企图经过英帝国主义以谋和日寇妥协,另一方面则企图使中国失去国际上一切最可靠的援助者,增加中国抗战的困难,使抗战不能够胜利而遂其投降的目的!

因此,今天我们要反对那些主张中国参加帝国主义战争的错误观点,并且必须坚决反对坚持这种观点和企图加以实现的阴谋家,为中华民族利益着想,为抗战的光明前途着想,我们反对一切投降的份子,反对"东方慕尼黑"。在新的国际形势中,我们应该采取坚定正确的立场,外交政策应审慎从事。"凡助我者友之,助敌者敌之",应该成为我们确定不移的外交原则,尤其是英国正积极引诱我国参加"东方慕尼黑"之时,我们必须万分警觉,以免进入圈套,危害抗战。对苏联应增强彼此友谊,使中苏两大民族更亲密的联合起来,以取得更多的援助。

我们深信,中国如能站定坚固的立场,执行正确的政策,一定能达到最后胜利的目的。

(原载一九三九年十月二十七日《新华日报》华北版第一版社论)

苏联和平外交的新胜利

　　帝国主义强盗的掠夺战争，正使资本主义世界人类普遍的遭受着野蛮的屠杀、饥饿与死亡的惨痛，正当这个时候，在东殴的一角出现了一缕光明，那就是苏爱互助协定、苏拉互助协定与苏立互助协定的相继订立。这三个国家的领土都与苏联毗连，它们都是因"十月革命"的推动，打破了帝俄的统治，取得了独立。基于这些地理的历史的条件，我们就不难看出苏联和这三个比邻的国家有着何等密切的关系。可是，反动的国际帝国主义，曾运用一切可能的方法，利诱威胁拉、爱、立三国反对苏联。一九一九年，帝国主义利用爱沙尼亚的军港进攻苏联，结果遭受了严重的失败。今年英法苏谈判时，英法帝国主义也企图把拉、爱、立三国作为德国进攻苏联的孔道。

本年九月底，苏爱政府签订了互助协定，苏拉苏立互助协定也继之宣告成立了，规定苏联与爱、拉、立三国共同防御帝国主义的进攻，改善了彼此间的关系，苏联帮助发展它们底经济文化生活，苏联与一些邻邦的关系，也因这三个条约的签订而更加密切了。苏联与一些邻国订立互助的友好协定，这说明了苏联和平外交的光荣胜利，同时更有历史意义的，就是在东欧筑起了一个新的和平保垒，巩固了和平的基础，同时也粉碎了帝国主义对波罗的海各国的奴役，赋予它们以自由幸福的生活及将来的福利。

苏联外交的胜利，是打击了国际帝国主义——尤其是最反动的英法帝国主义挑拨战争企图进攻社会主义苏联的妄想，它摧毁着英法帝国主义在波罗的海的势力，打破了国际帝国主义一切危害人类的阴谋；它巩固了世界和平支柱——苏联，也就是巩固了世界人类的和平。基于苏联社会主义体制，苏联外交政策是和平的和援助被压迫弱小民族的。苏联从来没有利用某些优势为自己打算，或者借某种口实向弱小民族施以压力，干涉其内部生活；相反的，苏联却以最大的尊重和善意对待这些国家，尊重它们的自由权，并努力帮助它们发展自由幸福的经济文化生活。历史的事实证明了这一点，国际帝国主义者对苏联一切造谣诬蔑的谰言，都不攻自破了。在苏联的帮助下与苏联订立互助友好协定的爱、拉、立三国人民，他们脱离了战争的危险，而享受着和平幸福生活，他们所失掉的只是帝国主义的枷锁。拉脱维亚外长孟特氏公开宣称：苏拉协定建立了永久的和平与安全。三国舆论以及民众，也热烈的拥护苏联，感谢伟大的社会主义国家的帮助。

苏联为了更加巩固东欧和平，曾一再向芬兰提出建议，希望它改变过去错误的政策，在互信互助的原则下，与苏联建立友好关系。可是，芬兰某些反苏的政治家，还想利用英法的支持，陈兵边境来拒绝苏联好意的建议，这样只能为英法帝国作牺牲，对它自己是有百害而无一利的。

苏联外交在东欧的胜利，替东欧乃至世界觅得光明的和平途径，是值得庆幸的。在为民族自由解放的英勇斗争着的中国人民,对于社会主义苏联和平外交的新胜利,感到无限的欣慰。我们希望全世界人类与苏联更密切的团结起来,在和平和反帝国主义战争的旗帜下,为解放一切压迫者而奋斗!

(原载一九三九年十一月一日《新华日报》华北版第一版社论)

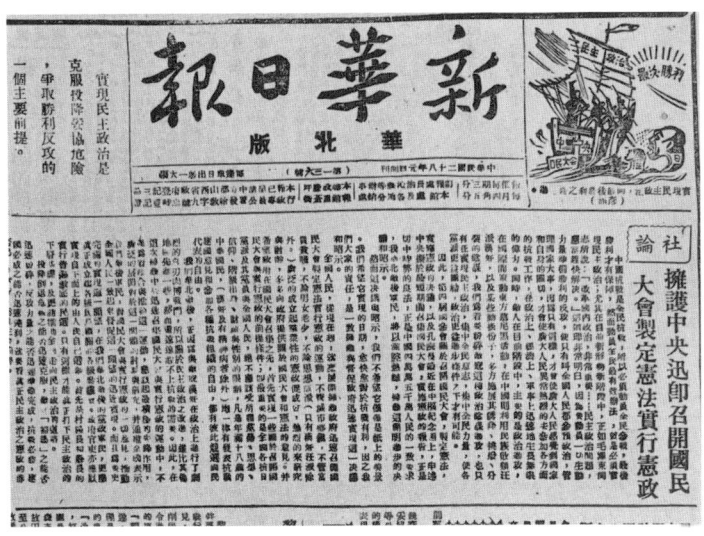

拥护中央迅即召开国民大会制定宪法实行宪政

中国抗战是全民抗战,所以必须动员全民参战,最后胜利才有保障。然而动员全民最有效办法,就是必须实现民主政治,尤其在目前新形势新阶段中。正如毛泽东同志所说:"改革国内政治,非常重要……民主政治问题,应当赶快解决。"这道理非常明白,因为要动员一切生动力量准备胜利的反攻,便只有叫全国人民都参预政治,管理国家大事,因为只有这样,才会使广大人民感觉到国家和自身的关切,才会使广大人民异常热烈的去参加各方面的抗战工作,在政治上、经济上、军事上迅速地生长无限的伟力。同时,敌人在目前阶段中,主要的是政治进攻,在国际间策动"东方慕尼黑"活动,在中国则利用民族败类汪派汉奸,以及某些动摇份子,多方施展其诱降、挑拨、分裂的阴谋,我们为着要粉碎敌寇这种政治阴谋进攻,也只有在实现民主政治,集中全民意志,集中全民力量,使各党派更益团结、政治更益进步条件之下才有可能。

因此,第四届国参会关于召开国民大会,制定宪法,实施宪政的决议,以及孔院长最近在中枢纪念周上,申述中央拟于最短期间召集国民大会,实施宪政的报告,正是切中时弊的良法,正是中国四万万五千万人民的一致要求。我华北敌后军民,将以满腔热诚,拥护这开明进步的决议和昭示。

然而这决议与昭示,我们不希望它仅仅是纸上的美景。我们希望它实现的日期,愈快愈对于抗战有利,因之我们大家的责任,是一致拥护与督促政府迅速实现这一决议和昭示。

全国人民,从现在起,就应展开拥护政府迅速召开国民大会制定宪法实行宪政的运动。不管城市乡镇,不管富贵贫贱,不论男女老少,不论思想党派(只有汉奸汪派除外),广泛的成立起群众性的宪政促成会,热烈的来研究与讨论,多多向政府提供关于国民大会和宪法的意见,并希望政府在国民大会召集之先,首先实现一些关于召开国民大会与实行宪政的前提条件,即最重要的是全国各抗日党派及其党员与全国人民,绝不应该受所谓党籍、思想、信仰、阶级出身、财产与性别的限制,凡是年满十八岁的中华国民(汉奸及有精神病者除外),均一律有发表抗战建国意见和参加各种抗战组织的自由,都有彼此竞选国民代表的自由。

我们华北敌后,正因为与敌寇汉奸在政治上进行了剧烈的白刃肉搏战斗,所以关于民族政治之改进,虽比其他地区先进一些,然而还远远赶不上抗战的需要。因此,在这次拥护中央迅速召集国民大会与实行宪政的运动中,不仅为着配合与推动这一运动,应该起最积极的先锋作用,广泛的展开对于这一问题的讨论与研究,并通电全国表示我们敌后军民,对国民大会与实行宪政的一切意见,推动全国人民一致起来督促这一愿望的迅速实现。而且为要更完满的实现这一愿望，在我们华北敌后的党政军民，更应真正成立起各级民意机关的各级参议会，政府官吏亦应该实现自下而上的由人民自己选举，首先是村区长和县长的实行普遍澈底的民选。只有这样才能真正打下民主政治的下层基础，及更能推动全国走向民主政治的道路。

投降倒退危机之能否迅速克服，敌寇"扫荡"之能否迅速粉碎，反攻力量之能否迅速准备完成，抗战必胜，建国必成之能否迅速达到，就要看真正民主政治之宪政的能否迅速实现，为其主要前提。

（原载一九三九年十一月五日《新华日报》华北版第一版社论）